杨庆祥 主编
新坐标
唐诗人 编

寻欢

陈崇正 著

江苏凤凰文艺出版社

图书在版编目（CIP）数据

寻欢 / 陈崇正著；唐诗人编. -- 南京：江苏凤凰文艺出版社, 2025. 4. -- ISBN 978-7-5594-9338-5

Ⅰ. I217.2

中国国家版本馆 CIP 数据核字第 20252J7M45 号

寻欢

陈崇正 著　唐诗人 编

出 版 人	张在健
责 任 编 辑	胡 泊
特 约 编 辑	余慕茜
责 任 印 制	杨 丹
出 版 发 行	江苏凤凰文艺出版社
	南京市中央路 165 号，邮编：210009
网　　　 址	http://www.jswenyi.com
印　　　 刷	苏州市越洋印刷有限公司
开　　　 本	880 毫米×1230 毫米　1/32
印　　　 张	10.875
字　　　 数	231 千字
版　　　 次	2025 年 4 月第 1 版
印　　　 次	2025 年 4 月第 1 次印刷
书　　　 号	ISBN 978-7-5594-9338-5
定　　　 价	59.00 元

江苏凤凰文艺版图书凡印刷、装订错误，可向出版社调换，联系电话 025-83280257

新时代，新文学，新坐标

杨庆祥

编一套青年世代作家的书系，是这几年我的一个愿望。这里的青年世代，一方面是受到了阿甘本著名的"同时代性"概念的影响，但在另外一方面，却又是非常现实而具体的所指。总体来说，这套"新坐标"书系里的"青年世代"指的是那些在我们的时代创造出了独有的美学景观和艺术形式，并呈现出当下时代精神症候的作家。新坐标者，即新时代、新文学、新经典也。

这些作家以出生于 1970 年代、1980 年代为主。在最初的遴选中，几位出生于 1960 年代中后期的作家也曾被列入，后来为了保持整套书系的"一致性"，只好忍痛割爱。至于出生于 1990 年代的作家，虽然有个别的出色者，但我个人认为整体上的风貌还需要等待一段时间，那就只有等后来的有心人再续学缘。

这些入选的作家都是我们这个时代的新青年。鲁迅在 1935 年曾编定《中国新文学大系小说二集》，并写有长篇序言，其目的是彰显"白话小说"的实力，以抵抗流行的通俗文学和守旧的文言文学。我主编这套"新坐标书系"当然不敢媲美前贤，却又有相似的发愿。出生于 1970 年代以后的这些作家，年龄长者，已经五十多岁，而创作时间较长者，亦有近 30 年。他们不仅创作了大量风格各异、艺术水平极高的作品，同时，他们的写作行为和写作姿态，也曾成为种种文化现象，在精神美学和社会实践的层面均提供着足够重要的范本。遗憾的是，因为某种阅读和研究的惯性，以及话语模式的滞后，对这些作家的相关研究一直处于一种"初级阶段"。具体来说表现在以下几个方面。第一，单个作家作品的研究比较多，整体性的研究相对少见；第二，具体作品的印象式批评较多，深入的学理研究较少；第三，套用相关的理论模式比较多，具有原创性的理论模式较少；第四，作家作品与社会历史的机械性比对较多，历史的审美的有机性研究较少；第五，为了展开上述有效深入研究的相关史料的搜集、整理和归纳阙失。这最后一点，是最基础的工作，而"新坐标书系"的编纂，正是从这最基础的部分做起，唯有如此一点一点地建设，才能逐渐呈现这"同代人"的面貌。

埃斯卡皮在《文学社会学》里特别强调研究和教学对于文学"经典化"的重要推动。在他看来，如果一部作品在出版 20 年后依然被阅读、研究和传播，这部作品就可以称得上是经典化了——这当然是现代语境中"短时段经典"的标准。但是毫无疑问，大学的教学、相关的硕博论文选题、学科化的知识处理，即使是在全（自）媒体时代依然发挥着不可替代的历史化功能。编纂这部书系的一个初衷，就是希望能够为大学和相关研究机构的从业者提供一个相对全面的选本，使得他们研究的注意力稍微下移，关注更年轻世代的写作并对之进行综合性的处理。当然，更迫切的需要，还是原创性理论的创造。"五四一代"借助启蒙和国民性理论，"十七年"文学借助"社会主义新人"理论，"新时期文学"借助"现代化"理论，比较自洽地完成了自我的经典化和历史化。那么，这一代人的写作需要放在何种理论框架里来解释和丰富呢？这是这套书系的一个提问，它召唤着回答——也许这是一个"世纪的问答"。

书系单人单卷，我担任总主编，各卷另设编者。需要特别说明的是，所有的编者都是出生于 1980 年代以后的青年评论家、文学博士。这是我有意为之，从文化的认领来说，我是一个"五四之子"，我更热爱和信任青年——即使终有一天他们会将我排斥在外。

书系的体例稍作说明。每卷由五部分组成：第一，代表作品选。所选作品由编者和作者商定，大概来说是展示该作者的写作史，故亦不回避少作。长篇作品一般节选或者存目。第二，评论选。优选同代评论家的评论，也不回避其他代际评论家的优秀之作。但由于篇幅所限，这一部分只能是挂一漏万。第三，创作谈和自述。作家自述创作，以生动形象取胜。第四，访谈。以每一卷的编者与作者的对话为主体，有其他特别好的访谈对话亦收入。第五，创作年表。以翔实为要旨。

编纂这样一套大型书系殊非易事。整个编纂过程得到了各位编者、作者和江苏凤凰文艺出版社的大力支持，尤其是张在健社长和青年编辑李黎老师的大力支持！在此向付出辛苦劳动的各位同代人深表谢意。其中的错讹难免，也恳请读者和相关研究者批评指正。记得当初定下选题后，在人民大学人文楼的二楼会议室召开了第一次编务会，参会的诸君皆英姿勃发，意气飞扬。时维夜深，尽欢而散。那一刻，似乎历史就在脚下。接下来繁杂的编务、琐屑的日常、无法捕捉的千头万绪……当虚无的深渊向我们凝视，诸位，"为什么由手写出的这些字/ 竟比这只手更长久，健壮？"生命的造物最后战胜了生命，这真是人类巨大的悖论（irony）呀。

不管如何，工作一直在进行。1949 年，作家路翎在日记中写道："新的时代要浴着鲜血才能诞生，时间，在艰难地前进着。"而沈从文则自述心迹："我不向南行，留下在这里，为孩子在新环境中成长。"在这套"新坐标书系"即将付梓之际，我又想起苏联作家帕斯捷尔纳克的一首诗《哈姆雷特》：

喧嚷嘈杂之声已然沉寂，
此时此刻踏上生之舞台。

倚门倾听远方袅袅余音，
　　从中捕捉这一代的安排。

敢问，什么是我们这一代的安排？

是为序。

2019.2.16 于北京
2020.3.27 再改
2023.7.11 改定

目录

Part 1 作品选 — 001

寻欢 — 003

黑镜分身术 — 023

念彼观音力 — 066

大风夜行 — 091

暹罗鳄 — 109

原住民俱乐部 — 130

潮墟 — 171

骑马去澳门 — 192

Part 2 评论 — 211

云山雾罩半步村：陈崇正小说论（徐刚） — 213

陈崇正小说：建构"南方异托邦"（宋嵩） — 221

新南方写作的可能性：陈崇正的小说之旅（陈培浩） — 236

人工智能时代的新南方文学想象（张燕玲） 244

陈崇正的人工智能叙事与小说 "写什么" "怎么写" 问题（杨丹丹） 249

文明叙事、后人文思想与新南方写作的未来向度（唐诗人） 264

梦境、时间与绝望：陈崇正诗集《时光积木》中的三重要素（卢桢） 278

写作就是回家：评陈崇正的《归潮》（谢有顺） 283

书写 "无根" 和 "有根" 的南方：关于陈崇正的小说写作（杨庆祥） 286

Part 3　创作谈 295

先锋是流动的 297

细密的土壤与不确定的虚构 303

Part 4　访谈 309

好故事装下一个时代 311

Part 5　陈崇正创作年表 329

Part 1

作
品
选

寻欢

一

　　风筝下方的围墙重建了我的忧伤。说这句话的时候,我感觉自己的语气显得做作,所以我在输入框里头又加上了一句:这句话是我妹妹说的。我的妹妹太多,我经常借用她们来撒谎。但网络那边的李寻欢,只是回复了一个笑脸。隔了很久,他才说,他想去一趟北京。我朝窗外望去,天空之下那只艳俗的风筝正在风中挣扎,而风筝下面,并没有围墙,不过是一片灰蒙蒙的空气,以及作为背景的灰蒙蒙的楼房。我很想跟他解释一下,所谓的围墙,只是一种感觉,或者是指空气,或者不是,其中焦灼难明,不是几句话能讲得清楚。但李寻欢似乎感觉到了。他说,我们去看樱花吧。

　　这是我们的例牌行动。我们登录美人城世界,选择了我们最为熟悉的33区。在这个虚拟的世界里,他一身黄色的锦袍,而我穿着一袭碧绿的护身裙;他身形起落,在每一棵树最细小的顶部脚尖轻点，潇洒至极，飘飞在空中，而我紧紧相随。脚底下众多的玩家见到李寻欢出现，都退避三舍，采用隐身模式来保护自己。他如同以往那样，见神杀神，见佛杀佛，横行无忌，宛若一头下山的猛虎。飞刀到处，哀声连天，在别人混乱闪逃的时候，只有他保持了一贯的优雅。和以往一样，在穿过紫色森林的时候他开始变身，伪装为行动徐缓的初级玩家，轻轻拉着我的手，说，走吧，看樱花去。

樱花谷就在紫色森林后面。这里人迹罕至，仿佛是"美人城"这个虚拟空间中唯一一个没有任何用处的地方，因为无利可图、无怪可打，所以没有人愿意穿过危机重重的紫色森林来到这里。李寻欢说，这样的地方，一定是创造"美人城"的那个人寄放内心柔软的所在。这里只有琴音袅袅，落英缤纷，并无其他东西。我们还和以往一样来到山涧旁的小亭坐下，相对无言。他没有像以往那样发呆，而是突然问我，嘿，你到底是男是女？

我没有接话，反问道，你为什么要去北京？

在这一问之前，我从来不知道这个李寻欢的真名叫作钱玉龙，多么俗的三个字。叫这样名字的人，大概是不配看樱花的。只有李寻欢可以，在美人城的世界里，只有李寻欢能孤独往来。李寻欢说，他读大学的时候，就是一个学渣，一个经常不及格的学混子。在来到美人城世界以前，他玩过许多游戏，但都被揍得不成人样。其实进入美人城世界也是一样，有一回，他在醉仙楼喝酒，结果隔壁桌的四个人过来寻事，他们头上都戴着三级的光环，一招就把他打趴下了。他只能躲进八仙桌底下，龟缩着不敢出来。他明白，只要出来，他们每人一掌，他的号就算挂了，一切都得重新来过。这是残酷的战争，他必须死死守住。此时下线退出折损的能量，大概也等于自废武功。于是，他在八仙桌底下待了整整六天。这六天他吃饭睡觉都是在学校附近的游戏网吧。他啃着方便面，喝着矿泉水，而此时八仙桌外头，都是吆喝声和叫骂声，他只能狠狠地忍耐着，防备着偶尔低能量的袭击。外面四个人轮番守着他，他们似乎也很有耐心，团队作战，将他作为入瓮的猎物，志在必得。他们的目的很简单，要么他受死，要么他爬出来，跪下磕头叫爸爸。

没有第三种选择了？我问。

没有了，丛林法则永远这么残酷。

二

这样的局面一直到李三哥出现，才得以解决。当日李三哥也来醉仙楼喝酒，目睹这种恃强凌弱的行径，于是出手了。他大概花了一个上午的时间，反复周旋，才打退了那四个人，将他救出重围。于是李三哥就成为了他的大哥。大哥带着他闯荡江湖，那些日子，他内心时时充满了暖流。作为江湖中一个小虾米，他感到安全，他终于能安全地打怪应敌，而不怕孤立无援。遇到劲敌，大哥都是挡在前面，让他先走。捡到什么好的装备，大哥都是让他先用，因为"我比你强，不用也行"。但其实没有良好装备还真的不行，在美人城世界中待的时间长了，他逐渐明白大哥三级半的修为，在整个美人城中真的只能算是极其普通。遇到五级的高手还能勉强顶一阵子，遇到六级的，就只能直接续命了。有一回，在光明洞里，涡流强大，高手混战，大哥带着他贸然进了去，险些出不来。两个人是爬着出来的，丢盔弃甲，狼狈不堪。前段时间两人辛辛苦苦在一起打怪的所有修为都差不多给打没了。出了光明洞，大哥一言不发。他说了一些鼓劲打气的话，但大哥依然呆坐在石头上。最后大哥才说，按他的能力，他压根不应该带小弟。但既然带了，就得负责到底。大哥说，因为工作变动，他恐怕不能经常玩游戏，所以想把整个ID都给他。"通过这几个月的观察，我觉得你玩游戏还是很有天赋的，只是原来的ID级数太差，你根本没法发挥。"这简直是巨大的诱惑！他嘴上说，那我替你保管一段时间吧。但实际上，接过ID之后不久，他就修改了密码。将李三哥的ID给了他之后，大哥又申请过一条新号，叫"李三哥的影子"。这个小号玩了几回，就没有再上线了。

而与此同时，他才发现李三哥这个ID中巨大的秘密。他逐渐懂得，三级半的号，居然能够抗衡五六级大咖的攻击，实属异常。顺着这个线索追下去，他终于直接打开了李寻欢的封印，自此升级为李寻欢。在培育李寻欢期间，他用伪装术，躲进了紫色森林里头，一直将李寻欢升为九级。

这应该是整个美人城世界中第一个九级的号，举世震惊！他慢慢也明白，在整个美人城世界，只有一个ID具有李寻欢的封印。这无疑相当于中了彩票。在打开这个封印之前，他无数次假设自己混入某个门派并得到真传，但现在，什么都不用了，一把小李飞刀，所到之处，无论什么活物皆灰飞烟灭。他慢慢与这个游戏的创造者有一种心意相通的感觉，或者说，他感受到置身其中的某种说不出来的孤独。在遇到我之前,他喜欢一个人静静在樱花谷中看樱花。美人城世界中的老玩家,都明白樱花谷是李寻欢独享的禁地,入谷者死。

遇见他的那天,他正伪装成一个和尚,扶危济困,打抱不平,常常还被三四级的家伙嘲讽和吆喝。但他不生气。他把我从光明洞里救了出来。我只是好奇进去看看,没想到光明洞如此暗无天日,我只能躲在角落里哭。我的护身裙也被打丢了,几乎衣不蔽体。扮成和尚的李寻欢将我带了出来,他居然用一招"拂袖"就抵挡了所有的攻击,这个动作太帅了,简直把我看呆了。

在光明洞口,我说了一句话。我说,幸好存在被打死的恐惧,这个游戏还不至于太过无聊。这句话让本来打算离开的李寻欢停住了脚步。他转过身来,黄色的僧袍非常好看。他什么话都没说,过来带着我就腾空而上。那是我第一次感受到绝顶的轻功,行走在大树的尖顶上,衣袂飘飘,视地面上的一切为芸芸众生。

后来他说,我在光明洞口说的话无意中点醒了他。自从成为李寻欢,他一直觉得闷闷不乐,但他不知道为什么不开心。我的话让他明白他的病是因为"无聊"。这个词已经从他的词典里消失了很久,所以被重新唤醒时,他顿然觉得似乎明白了什么。但他离不开美人城世界,离不开李寻欢,因为离开这一切,他无疑就是一个废物。

三

那是我们最后一次看樱花。在樱花谷里，古老的琴曲乍听不过当当作响，但慢慢地安静下来，就能知道里头高低起伏的哀与乐。李寻欢说他听了我的话，曾经在纸上写上"无聊"，又在纸的背面写上"恐惧"，把纸翻来覆去地看了半天。他说他要去北京一段时间，担心他不在线的时间我会受伤，所以又给我送了一些装备。向来，他给什么，我就拿什么。我明白这些装备在别人可能千难万难，但在他，只要想要，是毫不费吹灰之力的。这些年，他基本上就是依靠售卖各种装备混日子，还过得不错。他给我快递过一个诺莫斯的腕表，就因为听说我喜欢包豪斯的设计风格，喜欢诺莫斯，所以就直接下单买给了我。当然，另外一种解释是，他想通过这种方式取得我的地址和联系电话。我都给了，他却从来不会拨打我的电话。或许他在拨出号码的时候犹豫过吧，我猜。他给我快递的是一款女表，但最后一次在樱花谷时，他却问我，你到底是男是女？我笑而不答。

我给他寄了一个口罩，在他去北京之前。他明显很激动，说好几年没收到礼物。他输入这句话的时候速度很快，似乎在等我再说一句什么，我却只告诉他北京不单有霾，还会下雨，让他带好雨伞。

他当然都带了。为了这次出门，他足足准备了半个月。他说他从来没有坐过飞机。他最熟悉的地方是网吧，后来是他自己的房间。他已经搬出他寡母的家，自己在外面租房子住。房间里有电脑、床、空调、洗衣机、厕所，其他的一切都可以通过网购和外卖。"我如在狱中。"他手里摩挲着口罩时告诉我，他就像一个活在口罩里的人，如今，他要鼓起勇气，变成街上另一个戴着口罩的人。他说他做得最多的梦就是在空中飞翔，大概梦里还是施展轻功的李寻欢吧。我告诉他飞翔的梦与性欲有关。然后发了一串笑脸。他没有回复。

可以感觉得到，他每次不得不走出自己的家门时内心有多么恐惧。他每次都是在电脑上将要去的地方每一个细节都看清楚了，需要如何转弯，需要过多少红绿灯，事无巨细地记录在本子上。而现在，他需要去坐飞机，需要自己主动去往另一座城市。他鼓励自己，必须主动从无聊走向恐惧。

你一定要去吗？我问。

一定得去，"李三哥的影子"上线了，要我去。他说。

那个叫"李三哥的影子"的 ID 已经很久没有上线了，他说看到大哥终于上线了，突然悲从中来，眼泪哗哗流。大哥这次说话很简练："病危，时日无多，来京一聚。"然后是联系电话和地址。

他很着急，急于出门；所以半个月后，他出门了。

四

下了飞机，他并没有看到别样的风景。这些戴了口罩的城市，看起来都并无二致，连污浊的空气都如此相似。一切都如他所料，按照攻略预订好的酒店和饮食，他在传说中的北京城中，走路，吃食，睡觉，呼吸。他背着包出门了，包里是他的电脑，电脑里有他的李寻欢和美人城世界。在医院的电梯里,他摘下口罩,闻到一股说不出的味道,他又把口罩戴上了。

"大哥"就躺在床上。她已经不会说话了,像一块沉默的柿子饼。没错,是"她",一个胖女人。床边坐着一个有胡子的男人和猴子一样的女人。看见他进来,胡子男人和猴子女人都站起来,对他笑。他们礼貌地寒暄,一句接着一句,就如篮球投篮却没有一个中,这让习惯于独居的人非常不习惯。钱玉龙。他们重复了两遍他的名字。当知道他没有正经工作的时候,他们脸上闪过一种说不出的表情。他们打量了他的衣着打扮,那是一身过于刻意的行头,在病房里显得如此不合时宜。在他们东一句西一句的谈话中,李寻欢逐渐了解了他的"大哥",占据了整张床的这个胖女人。她原来是某个部门的公车司机,因为单位的司机太多,通常她也不用出车,有大把的时间玩游戏。但后来公车改革,人事改革自然就把她辞退。下岗不失业,她对新鲜事物倒是自来熟,很快就成为一名网约车司机,做得还不错。"滴滴快车,知道吗?"他们向他介绍。自谋生计之后,她就没有玩游戏,一直到她不舒服,到医院被查出癌症,这大概就是她乏善可陈的整个一生。她时而昏迷时而清醒,有一次迷迷糊糊说她有一个游戏账号,价值千万,但醒了之后又否认。"我们是她的弟弟和妹妹,觉得有必要查一查这事,后来就联系到你。"胡子男人和猴子女人盯着他,那眼神像是四只洛阳铲,要从李寻欢身上挖出宝贝来。"价值千万"这四个字让李寻欢内心一惊,仿佛自己掉入了某种圈套。按照他们的理解,这个网络 ID 也属于她的遗产之一,需要大家一起"商量商量"。

他很快注意到病房的门口也站着两个人，内心说不出的恐慌。在逃出来之后，他给我打电话，向我描述当时的情景，用了"羊入虎口""坐以待毙""命悬一线"三个成语来表达惊慌的心情。"最后我只能用最后一招，将我的电脑作为抵押物放在他们那里，还把电脑密码告诉他们，他们可以随时登录。我出了医院，在商场的一家电脑店里，很快就修改了登录密码和 ID 密码，电脑就算给他们了，也基本是个废电脑。"说这些的时候，他还只是一个大男孩，仿佛在玩一个捉迷藏的游戏。

"你大哥怎么办？"

"我不知道，我有点乱。"他停了一会儿才说，"很高兴你是个女的，我一直拿不准你是男是女。大哥是女的，我很担心你是男的。这个世界有太多完全相反的东西。"

"电话里是女人的声音，不一定是女的哦，我有很多妹妹，我男女通吃！"

他吃吃笑了，并长长呼出一口气："谢谢你！"我没有再说什么，他说他会换电话号码，也会换住的酒店，或者还会去别的地方待一段时间，然后就挂断了电话。

他说他一定会来找我，但他终究还是没有来。这是他第一次给我打电话，也是最后一次。

五

后面的故事就改变了它的走向。这个叫钱玉龙的公民失踪了，因为这最后一次通话的缘故,我被叫去公安局配合调查,录了口供。那是一个漫长的过程,漫长得让我希望遗忘所有的细节。

我是一个非常讨厌麻烦的人。

录完口供出来,我留意到走廊长条铁椅上有一个女人眼睛直直地看着我。我走出公安局,她也跟了出来。我隐约感觉到一团麻烦正在跟过来。我本能地想摆脱她,我很想告诉她,我愿意过离婚独居的生活,就是因为我害怕麻烦。我很想转过头去告诉她,拜托别再跟着我,我能知道的全部,已经跟警察叔叔都说过了。

但这个女人只是跟着我,她没有叫住我,大概走了一百米,我忍不住站住,转过身去。我还没有开口,这个女人扑通就跪倒在地上,呜呜地哭着。她这个突然的举动让我手足无措。当时刚下过小雨,地上都是水洼,泥泞不堪,但这个衣服白净的女人,不管不顾,跪在那里。完全不用介绍,这就是钱玉龙的母亲,一个早年没了丈夫的女人,钱玉龙是她的独子,也是她的灾难和痛。我把她扶起来,我只能把她扶起来。我不能让一个跟我母亲差不多年纪的人朝我跪拜。与她四目相对时,她的那张脸,和"李寻欢"钱玉龙有一种隐约的相似,神奇的基因无时无刻不发挥它表达自身的威力;她的眼中有一种说不出的光芒,大概就是母性之光吧(抑或我只是想为我的失态找一个理由)。总之我竟然忍不住走过去搂住她,也呜呜大哭起来,哭声比她还大。

我的情感汹涌而出,仿佛决堤的洪水,无法自已。她见我哭得比她还伤心,脸上掠过一丝诧异。"我跟他没见过面,就只打过一通电话。"我努力克制地,呜咽着说出这句话。我必须讲清楚,我们不是恋人，也没有任何肌肤的接触。我怕她误会，因为任何误会都会带来更多的麻烦。她说你真是个好孩子。我只能说，我只是想起了一些别的事。其实我也不知道在内心的最深处，我究竟压制了什么，为什么面对这样一个女人，我需要哭泣。

她姓曲，叫曲曼。她这样介绍自己。但其实我从和李寻欢往日的聊天里获取的信息比这个名字多得多：鞋厂的退休女工人，喜欢看哲学书；结过两次婚，钱玉龙九岁的时候死了爹，她没有再婚，一直独居到现在。钱玉龙初中时候曾偷看她在家里约会其他男人，自此母子关系很差，经常聊几句就开始提高嗓门吵架。在他看来，他母亲很固执，很难沟通，认定的事情就不会改变。和母亲吵得最凶的一次，他曾尝试过自杀，但终于还是被母亲救了。此后他就搬出了母亲的家，自己租房子住。

而现在，这个被他描述成老妖怪的女人就和我并肩走着，她说话克制而谦逊，举止优雅，一点都看不出是从工厂退休的，倒有点像退休的女教师。我就是这样夸她，应该是夸对地方了，她有点羞涩起来："以前在工厂里，我们组建了读书会，我会给工人们提供心理咨询和一些杂七杂八的兴趣辅导。我都是自学成才，没什么。"这种貌似谦虚的背后，其实是将自己的工作和一般的鞋厂女工区分开来，也意在告诉我，她的与众不同。这样的聊天方式多么似曾相识，美人城世界里的李寻欢，也是用这样的节奏跟我交流。说实话，我有点担心她的精神状态，总觉得这样的聊天有什么东西是在控制之外的。这种感觉像什么呢？哦对了，就像我这种笨手笨脚的人，在厨房里打鸡蛋，却总担心磕一下用力过猛把整个蛋壳都打碎了，黏糊糊的满手都是蛋清。

　　我们在街角的一家星巴克坐下,她开门见山,希望我能帮助她。我问她为什么不等警察去查呢,为什么一定要自己来。她沉默不语。我似乎也懂得她的意思,这么多年的独居生活,一定让她更相信自己。至于她自己能做些什么,她其实又没有完全想清楚。她絮絮叨叨说了一些话,我这才注意到她说话的特点是非常容易跑偏,不小心就说到完全不相干的事情上面去了。比如她谈到钱玉龙曾经给她买过一份保险,就是作为独子的钱玉龙如果有个三长两短,她就会获赔一笔数目不菲的养老金。也因为这个原因,警察对她做了详细的盘查,让她觉得自己十分委屈。讲了半天保险的事,之后她才绕回来,说:"他十分孤僻,不跟人交往,你大概会是他唯一的朋友。如果你不帮助我,那我几乎对他后来的生活一无所知。他以前自杀过,现在失踪,我担心他陷入自己布置的心理圈套里出不来,做了傻事。"她的泪又来了,她哭了一阵,又用纸巾擦了。我留意到她还化了妆,只是这一哭,脸上都是凌乱的风景。她大概会意到了,离开咖啡馆时,她从包里拿出口罩来戴上,只留一双布满红丝的眼睛露在外面。背后是晃动的玻璃门,一只黑猫从咖啡馆里头跑出来。

六

　　美人城世界从没有如此无聊,庸俗,黏稠,乱糟糟。我孤身一人穿行其中,不时被搭讪,我毫无例外报之以必杀技。我独自在樱花谷的亭子里呆坐了一个下午,只有琴音与鸟鸣,别的什么也没有。

整个世界枯寂无趣，偶尔有凤凰从谷底腾空而上，它会在我头顶盘旋一圈，凝视，眼神中静谧无物。如是者三，重复多了就更加无趣，我只能离开樱花谷，独自晃荡。很多地方我还没有去过，比如鳄鱼池。那些脏兮兮的怪物，我是敬而远之的。以前李寻欢说踩着它们的头在水面上跳舞非常好玩，那是他武功高强，没有什么东西能伤害得了他。我则不行，道行不够，只要走近鳄鱼就会袭击我。但被鳄鱼袭击又有什么所谓呢？凡所有相，皆是虚妄。我一步步走近，仿佛已经闻到鳄鱼的腥味。我蹲下，用手撩拨这池水，水面悠悠荡开一个涟漪。这时我察觉到背后似乎有人盯着我看，回头看时，却是一头公鹿，顶着骄傲而巨大的角，站在离我十步之远的地方，眼神忧郁。就在这时，我感觉整个人天旋地转，回头看时，左臂已经被一头鳄鱼咬住！鳄鱼体型巨大，翻滚着，拖着我往水里去。我一惊，连发两个必杀技，换血，腾空，这才从池中跳出，但浑身已经湿透。我察觉到自己已经满头大汗，仿佛做了一个噩梦，于是点击退出登录，慌慌张张逃了出来。我呆呆望着暗淡下去的屏幕，仿佛屏幕背后有一个圆形的沙堆正在被大风吹散。这时左臂却猛地一阵疼痛，我不禁啊的叫出声来。为什么虚拟世界里的伤，会传导到我身上来呢？不知道，我揉了揉左臂，隐隐感到左臂正在发抖。

我站起来，到客厅里倒了一杯水，坐到看得见阳光的地方。那头公鹿的眼神重新浮现在我的眼前……我噌地站了起来，水杯险些落地！难道那头公鹿是他？不可能吧！但它是不是一直跟着我？不知道。

我内心有点乱了，走进厕所，洗了一下脸。我看着自己的脸，感觉自己正在一点点变成一头鳄鱼。我对着镜子笑，但这样的笑容看上去一点都不漂亮。我开始担心我自己的精神状态——可能絮絮叨叨的曲曼阿姨反而是正常的。眼不见为净，我扯了两张纸巾贴在镜子上。这时另一个念头在我心里浮现，把我吓了一跳："应该存在一个真实的曲曼阿姨吧？"

肚子一点都不饿，我重新坐到电脑前，打开屏幕，一条来自美人城世界的留言跳了出来："被麒麟血烫伤的手臂是麒麟臂，被鳄鱼咬伤的手臂应该叫鳄鱼臂吧？简称鳄臂。"我喃喃念了两遍"鳄臂"，才发现是"二逼"的谐音，哑然失笑。再细看，消息竟然匿名了，随手删了。李寻欢如果不是失踪，而是躲起来，这样的结局显然比较合乎逻辑。或者说，我内心一直是这样想的：他没有死，也没有失踪，只是厌倦了自己，躲起来换一种活法，就如换一个口罩，换一个马甲。

七

在虚拟现实已经被普及的年代里，这种私人行刑场显得如此稀松平常。但曲曼阿姨依然反复盘问所有细节，那个穿着花衬衫的光头佬显然很不耐烦，他一遍遍强调所有应该说的他都跟警察说过了。确实有一个高个子男人来这里体验死刑的经过，但他只在店里玩了两个小时，然后就付款走了。他随手送给店里小妹的电脑包，也上交了西宠警方。知道的他都说了，所以他真的没有什么好说的。曲曼阿姨突然提高了嗓子，"什么叫没什么好说的？所有监控都显示我儿子没有回家,而是从北京直接飞到西宠,到了西宠之后没有住酒店,而是直接来到你店里,然后就失踪了,你说怎么跟你没关系!"光头佬辩解说店里的监控显示他确实离开了,"不信你可以沿着这条街去问问,一定有其他人看见过他。"曲曼阿姨不依不饶,还想跟他吵,被我拉开了,我将她带离那家店。阳光照在曲曼阿姨涂满大红唇膏的大嘴唇上,仿佛阳光都是红色的。她一句话都没说,一路气嘟嘟的。到了酒店门口,她突然站住了。她说她的情绪调整过来了,确实不应该动气,把人家惹急了什么都不说就更没办法。她建议两个人分开行动,她到周边的小巷子去转转问问,让我继续回到店里,跟人家好好聊一下。

我点头表示同意。来西宠已经第四天了,毫无所获。我们商量过,打算如果明天还是找不出个所以然,就回去。西宠是钱玉龙计划之外的一个地点。没有人知道他为什么要在飞机起飞之前三个小时,将从北京飞广州的机票改签为北京飞西宠。我在各种视频中看到这个心事重重的人,他在想什么呢?如果不是在视频中看到这么一个活物,我甚至都有点怀疑自己是不是有心理问题,怀疑这个叫李寻欢的虚拟人物是不是真实存在,还是不过是美人城世界的虚拟人物角色,是个会聊天的人工智能机器人……这个世界会不会就是一个更大的游戏世界?

还没走进私人行刑场,我远远就看到了那颗光头。光头佬蹲在门槛上在用螺丝刀挑鞋底的淤泥和小石头,他的光头露在阳光里,而身子隐在阴影里,看到我回来,对我笑了一下。

这家店的门面不大,左边是一家刺青店,右边是一家宠物医院,为了显眼，他们故意把外墙都刷成了黑色。走进门，墙上刷了一行白色的字："机器静静地工作着，静得叫人几乎忘记了它的存在。"破折号后面的落款写着"弗兰兹·卡夫卡"。我还真不知道卡夫卡说过这样平淡无奇的话，姑且相信之。光头佬笑嘻嘻问我，是不是还想回来吵架？我说不是的，我想行刑。我说，我们说的那个人，他选用的套餐，你也在我身上来一遍。光头佬说，你可能会受不了。我说，我受得了。但光头佬将套餐菜单递给我确认时，我后悔了。因为上面有一项写着"奇痒，程度 10"。我咬咬牙，还是签了名。

光头佬带着我穿过一道挂着塑料帘子的铁门，再往右边拐，一条狭小的楼梯通道出现在眼前，跟着往前走，我感觉自己像一只艰难游向子宫的精子。在楼梯转角处的黑色墙壁上，用白色的字写着另外一句话："他强使自己往前走，至少走到城堡的入口。"后面画了一个非常抽象的字母 K，料想这应该也是《城堡》里面的句子。我被带进了二楼的房间，喝了一杯水之后，光头佬开始介绍烦琐的注意事项。

"什么人才会来你这个鬼地方参加这样的体验？"

"姑娘，别看不起我这个小店，富人穷鬼，劫后余生、大彻大悟、生无可恋、极度虚无的种种人和鬼，甚至半人半鬼，都能被超度，只要给了钱。每个人无论富贵贫贱，最后都必须回到自己的城，我这里是唯一的入口。"

"什么城？"

光头佬笑而不语。在我心里倒是浮现了"美人城"三个字。如果说美人城是我和李寻欢的天堂，那么在这里我们都会去往各自的地狱鬼城吧。正出神中,恍恍惚惚,我就被塞进一个看起来像直立的棺材一样的木箱子里,手脚被绑紧,嘴巴里还被塞进了一个毡团,还被十分考究地戴上口罩,大概是怕我呕吐弄脏他的棺材箱子吧。最后头上戴上一顶类似摩托帽的东西,覆盖了眼睛和耳朵。箱子的门轰隆一声关上,我内心猛地一惊,心想这下子他们要是把我连同箱子一起运到非洲去,我也只能任由他们摆布。我想起《史记》里吕后有一种酷刑叫作人彘,就是将人的四肢砍掉,五官弄残,眼耳鼻舌身意六根清净,就是把人直接变成蠕动的毛毛虫,只剩下吞食的本能和皮肤的触觉,万籁俱寂,一灵独觉,生而为人的意识应该很快会一点点消失在完全的黑暗之中吧。

正当我浮想联翩之际,城门大开,天空之城的窗突然打开,一道强光扑面而来,然后我就看到自己赤身裸体地站在风沙里,双手被绑在背后,口里塞了毡团,动弹不得。脖子上居然还十分讽刺地盘着一条红领巾,算是我身上唯一的装饰了。我仔细看过了自己的身体,骂了一声该死,他们一定扫描了我的身体,连同我乳房中间的黑痣都显现无遗。估计我在这里接受死刑的同时,那个光头佬和他的兄弟们也正在外头360度无死角欣赏我的身体!念及此,我不禁脸红心跳起来。在这无尽荒凉的生命尽头的设置中,我心中竟然蒸腾起汹涌澎湃的情欲,这让我感到难堪。就在这时,我听到了一阵山羊咩咩的叫声,同时,身体慢慢舒展开来,双足朝前伸出,两头公羊缓缓走来,伸出粗糙黏稠的舌头开始舔我的脚底。三秒之后,我终于忍不住笑出声来,三十秒后,我的笑声转为哭声,最后我也听不出我嘴巴和鼻子里发出来的究竟是哭声还是笑声,总之鼻涕眼泪都出来了，我猛烈地咳嗽。这种瘙痒的力度刚好，仿若海水把我整个淹没……二三十分钟之后（也许真实的时间没有那么长），我感到自己乏力地抽搐着。这种感觉在哪里出现过，是的，那个男人在我身体里猛然抽插的时候……我的左边出现一头狮子，右边是一排枪口，好像有子弹从我脑袋里穿过去，但一切都已经不再重要了。

我醒来时，发现自己就躺在酒店里。摸摸胸口，好在身上都穿着衣服，周围灯光昏暗。曲曼阿姨就坐在旁边，她浓妆艳抹，膝盖上放着一台笔记本电脑。见我醒来，她面无表情，用她的手指拨动鼠标，"你离婚，是因为被抓奸在床？"我没有回答，显然，她正在网络上搜索我的过去。我只是想和我喜欢的妹妹睡觉，难道这关他们男人什么事？什么叫淫乱，你们整天都是意淫！我都不屑成为男人！但我没有说出来，我也不想为我的过去辩解。"你倒是挺勇敢的嘛！"曲曼阿姨突然在背后摸索着掏出一把手枪，我惊叫一声让她别冲动，但她不管不顾，果断举起手，嘭的对着我的前额就是一枪……

我在哪里？我是谁？我想醒来！

真正的醒来，还是在行刑场的店里。我被平放在一张按摩床上，浑身无力，呼吸急促；大地毫无道理地摇晃着，旁边的窗户上有雨滴啪啪打着。我挣扎着坐起来，发现下身已经湿透，不知道是因为兴奋还是被吓尿。初步判断后者的可能更大。一个穿着工作服的胖阿姨走进来，递给我一杯温开水，然后让我在账单上签名。她告诉我此刻夜已深了，老板光头佬回家去写诗了（他竟然还是个诗人？），外面雨还挺大，但她可以送给我一把雨伞。

八

寻找李寻欢的事，并没有任何结果，也没有呈现任何意义。李寻欢成为一段空白。空白就是你不知道他为什么开始，也不知道他为什么结束。从西宠回到广州，夜空里望见小蛮腰，内心不觉涌起一阵酸楚。就像登录一次游戏，又从游戏里退出来。下飞机，拿行李，和曲曼阿姨挥手作别。她说了几句言不由衷的话，我都没记住。一个转头，我瞬间差不多忘记她是一个什么样的人了，倒是她在我梦里开枪的情节，仿佛一个伤疤被记录了下来。

如果你要问我，曲曼阿姨是一个什么样的人，我只能说，是一个容易被忘记的人。其实我也是。

日子在继续，李寻欢不见了，钱玉龙也没有再出现，这二合一的一个人，就这样被列进了失踪人口的名单。此后我登录过两回美人城世界，里面发了英雄帖，说开放李寻欢的角色设置。所以一夜之间，街头巷尾到处都是穿着李寻欢衣服的人。这个时候，美人城世界突然让人无比倦怠，我甚至有点怀念与之相对的地狱，那家私人行刑场。有一回我梦见光头佬就蹲在店门处，醒来时还能记得他，我怀疑那天光头佬为什么要弄掉鞋底的泥土，他在掩盖什么？但又觉得自己的想法太过于神经质。这个世界每天都在死人，凭什么要求每个你认识的人的离开都需要理由呢？

几个星期之后，我因为一场离奇的车祸在医院里住了半年，出院之后发现房子已经被房东租给别人，我的所有物品被房东堆在杂物间里。我勃然大怒，对着手机发了一通脾气。房东挂断电话，我只能无助地蹲在楼梯上哭泣。一只黑猫追着另一只黑猫从楼下跑上来，被我的哭声吓了一跳，掉头逃走。

　　我查过，账户上离婚时对方分给我的钱已经快花完了，我明白自己接下来的正确做法无外乎是搬家和找工作，混进上班下班隐约相似的人流里，混入巨大的机器里。"机器静静地工作着，静得叫人几乎忘记了它的存在。"这句话在脑海里重新闪过去。我在包里翻出当日西宠那家私人行刑场门店的账单，账单上有门店地址和电话，我像个机器人一样拨通电话，问他们是否需要招聘新员工，我愿意过去工作。

2017 年 6 月 5 日

黑镜分身术

第一季：黑镜分身术

我们都倾向于相信矮弟姥是不死的。即使在她死去好几年以后，我的朋友都不止一次宣称在村子的某些角落仿佛望见过她，但谁都没有再见到她了，连同她的黑镜分身术。

半步村向来盛产巫婆，她们代表了各种不同的神明，分管各种仪式，比如婚丧有别，仪式程序也由不同的巫婆负责。要结婚，得去问观音娘，她满面喜气，会帮你掐算好良辰吉日，画好符咒，配好红花仙草（即石榴花和菝草），交代好新娘进门的各种诗词口诀。而如果是阴宅问鬼之事，则一般得找盲婆婆，她能很好地解释一切异象，告诉你前因后果，比如你家中住着几个鬼，分别有什么来历，何处沾惹了它们，又如何夹带回家，应该用什么方法破解，乃至焚香的次序，桃木剑的摆放方位，无不十分详尽有效。

但只有矮弟姥是全能的神。她在柚园东北角靠近茅厕的那间阴暗的屋子里住着。每逢农历初一、十五，她的哑巴儿子——哑叔在门口收钱，有所求的人交了钱，掀开帘子走进去，在一片黑暗中用或激昂或低沉的语气叙述发生在自己身上的悲喜，然后带着矮弟姥的破解之法欢天喜地离开黑屋子。

我爷爷以前的房子和她相邻，只隔着一棵被雷劈过的老榕树。我爷爷当过兵，捕过鱼，卖过牛腩汤，外表彬彬有礼，内心十分傲慢，他难得对另一个老人表现出敬畏。这不仅因为矮弟姥每次都能准确说出各种奇怪的植物的名字（有时我怀疑她也是随口瞎说），还因为她的咒语十分灵验。我爷爷常常被当年战场上的鬼魂所苦，时常会觉得双脚被什么东西抓住，动弹不得。但每次矮弟姥从门口进来，使屋内弥漫着煤油灯散发出的那股刺鼻气味，她端坐在椅子上，念念有词，片刻之后，我爷爷的双脚就能缓过劲来，渐渐复苏。

根据我爷爷的描述，矮弟姥代表着四皇爷（至今我都不知道这是什么样一位神灵），能手鞭邪神，脚踩恶鬼，无所畏惧。也就是说，平时的矮弟姥是个女的，一旦她神灵附体，她的声音就会开始变粗，喉音很重，不知所云，双眼似闭非闭地藏在她鼻梁上那架黑色圆形镜片的眼镜后面。然后她的头慢慢低下去，直至她圆鼓鼓的眼睛从眼镜的上缘露出，直勾勾地看着我们，这时，她开始说话，出口成章，全是对仗的诗句。

据说矮弟姥并不识字，人们无从知道她口中句句押韵的诗句从何而来。我爷爷说，矮弟姥之所以如此厉害，皆因她当年死过一次。一番颇具传奇色彩的经历反而成就了她，让她这样一个地主婆顺理成章成为碧河一带声名显赫的巫婆。那个年代大伙都穷,巫婆还不足以成为一个谋生的职业,矮弟姥还必须和儿子一起下地种番薯,日子非常艰难。有一阵子番薯收成不好,她还跟着且帮主出海捕鱼,但不久船帮就散伙了,矮弟姥索性在外面跑了一圈才回来,有人说她去了峨眉山,有人说她去了武当山,但也有人说她其实哪儿也没去,就躲在附近的木宜寺里修行。总之,回来之后,矮弟姥就是我们村最厉害的巫婆。

我八岁那年生了大病,浑浑噩噩在床上发着高烧。赤脚医生来过,羚羊角煮的水、味道极苦的中草药以及各种颜色的药粉都吃过一遍,体温仍然不见下降。我眼中的世界一片白雾茫茫,只见屋梁上挂着的那个竹篮子无端在空中旋转。这是我的幻觉,但它就像梦境一样真实。矮弟姥在我爷爷虔诚的邀请之下来到我们家里,她口称神灵法号,焚香三拜,才在我身边坐下,伸手揭开我身上厚厚的棉被,将我的上衣脱下,让我像死鱼一样翻转身体,赤裸着上身趴在床上。她让我爷爷端来一盆温水,取出随身的玉佩,一边用温水打湿我的背部,一边用玉器刮擦我后背脊椎骨的两侧。一直到我背上像有两条热辣辣的火蛇在游动,在互相撕咬,矮弟姥的双手才慢慢停息下来。

"生姜煮水,喝两碗。"她就这样对我爷爷说。从她的口气里,我爷爷明白问题已经不大,激动得泪都快掉下来了,他口中一直在说着我早死的父母,以及我自出生以来经受的种种不幸。我在床上呼呼大睡一觉,第二天醒来时果然高烧退去,活了下来。我爷爷说这场高烧差不多把我烧傻了，起床时居然一口气吃了三大碗粥，于是叫我傻正。村里人都对我爷爷说，傻正好几次大难不死，以前溺水有人把他捞起来，前年没被牛踩死，现在发烧没死，必有后福，你就等着享福吧。

此后大概一年时间，我按我爷爷的吩咐，在深夜里给邻居矮弟姥送茶。这是我爷爷每天必喝的夜茶，但他总是将第一泡茶，冲在一个白色的瓷杯里，让我小心翼翼送到矮弟姥家，顺便将昨夜的那个白瓷杯取回。两个白色瓷杯就这样轮换着，小巷静谧，没有月光的晚上黑暗那么纯粹，只听得到风吹榕树发出簌簌的落叶之声。我在黑暗之中手端茶杯，摸索前进，好几次被溢出的热茶烫痛手指，却不敢丢掉茶杯。这一年之中我摔坏了三个白色瓷杯，爱惜瓷器的爷爷没有像以往一样骂我，而是十分平静地让我到灶台上再取一个杯子，又倒了一杯热茶送去。

"她救了你的命。"每次我表现出不耐烦，我爷爷总是这么说。

矮弟姥从来不拒绝别人的谢意。"来了啊——辛苦你啊孩子——"她每晚都是这两句话，没有更多的台词。她总是用食指的第二指节敲敲木桌子，让我将茶杯放在桌子上。其实她不说话也可以，她不敲桌子也可以，但她总是这么重复着，仿佛这样的言语动作在每一个晚上都是新的。

她有时会将茶杯端起来，象征性地用抖动的嘴唇呷上一口，眼睛里什么都没有；有时候则一动不动盘膝端坐床头，双眼紧闭；有时候还喃喃自语，仿佛同时在和很多个自己说话。只有一次，她让我过去，一手轻轻拉过我的小手看我的手相，另一只手抚摸着我的头顶。也许是由于害怕，我的头盖骨有一种酥麻的感觉，仿佛就要被融化了。她夸了我一通，说我聪明，然后让我注意十二岁时候的劫难。那时我觉得怎么可能有什么劫难，一点都预料不到我十二岁时会死了爷爷。

"一个人死了，他不是真的死了，他会在另一个世界活着；一个人不完美，他也不是真的不完美，另一个世界里，他依然是完美的。"这是我听她对我说过的最长的话。

如果不是哑叔的死，村里永远没有人知道什么是黑镜分身术。这种介乎生与死之间的神奇巫术，向来只存在于和月眉谷、木宜寺相关的一些传说里。也有人说曾经在年久失修的停顿客栈之中见过分身术，但终究没有人亲眼看过，或者说，没有这么多人同时亲眼见证这样一个历史时刻。

在我印象中，哑叔是个瘦高个儿。后来也有人说他其实并没有那么高，只是因为我太小而已。他总是穿着一件浅蓝色的衬衫，卷着衣袖却并不扣上纽扣，露出里面的白色背心和褐色皮带。至于裤子，经常歪歪扭扭，沾满了泥土。我们并不知道哑叔多大年纪，但他总是满脸胡碴，让人感觉他已经五六十岁了。他没有结婚，有人说他可能不喜欢女人。但他又聋又哑，性格古怪，便又让人感觉他不可能有女人喜欢。逢年过节，哑叔就会在矮弟姥门口摆一张小桌子负责收钱。而平常的日子，那张小桌子上就放着一个红色塑料桶，有所求的人总会自觉往里头放进香火钱，多少随意，不给也行，从来没有人过问。

哑叔死了。死的时候像一只青蛙到处乱跳，大家都说他中邪了，也有人说矮弟姥惹麻烦了，殃及子孙。村里的说法是，凡是惊动鬼神之人，多少得付出点代价，要么残废，要么早夭，要么断子绝孙。

那天哑叔到地里栽种番薯苗，天气热，他到水坑里去喝水。水坑里流淌的清泉看起来十分亲切；而哑叔的动作，也像他做过千百次的那样：弯腰、掬水、低头喝水。但这次不同的是，肚子痛，且奇痛无比。哑叔弯着腰回家，刚到家门口他差不多就成了一只蛤蟆，四脚着地，肚子却拱了起来。哑叔嘴巴里只发出吱吱呀呀令人惊怖不安的声音，但不知道是什么意思。

矮弟姥在儿子的背上接连贴了三道灵符，又喂了自制的草药，却一点都无法改变儿子变成死青蛙的命运。只见哑叔的脸慢慢变成青绿色，眼睛外凸，冷汗直冒，大口喘气。矮弟姥慌了，她用颤抖的手点燃了三炷香，烧了一道符放在水里，手捏剑诀，口含三口清水喷在哑叔身上。人们很少见到矮弟姥家门口有这么大动静，门口榕树下高高低低围了不少人，大家都不敢出声。一番折腾之后，大家没有如预料中那样看到哑叔站起来，却见他蔫下去，脸色慢慢变得苍白，忽然他抬头，对着自己的母亲摇了摇头，又摇了摇头。

"找上门了！找上门了！找上门了……"她喃喃地说，把门帘拉上了。

究竟是什么找上门了，矮弟姥没有说。她将奄奄一息的哑叔抱进黑屋子里去，屋里的煤油灯亮了起来，人们都发出一声叹息，爱看热闹的人陆续离去，只有住在附近的一些人还在窗口、阳台或大树下远远观望。

就是那天下午，很多人看到三个哑叔从漆黑的屋子里跑出来，排着队扑死在门口。屋内传出矮弟姥抽泣的声音。我爷爷壮着胆子掀开帘子，只见屋内一灯如豆，屋子中央放着一把折叠椅和一面大镜子。矮弟姥瘫坐在地板上，背靠着乌黑的大床，呜呜地哭着。

门口躺着三个哑叔！脸朝下，但体型衣饰都一样。

矮弟姥想将濒死的哑叔一分为三来挽救他的性命，这样的做法显然被证明是失效的。就像一个萝卜，如果有一个地方是坏的，我们可以把这个地方削掉，其他地方还是可以吃的。而此时重病的哑叔，他的寿命已经无法一分为三。

"分身术！"人群中有人窃窃私语，这个词像鬼魅一样传遍了半步村。

分身术是最后的一股大风，将哑叔的魂魄吹散了。当天夜里，我爷爷将三个哑叔运到栖霞山上掩埋。我跟在他后面推车子，他说，三个哑叔年龄不同，一个年轻一些，一个年老一些，只有一个与刚去世的哑叔年龄相仿。我爷爷清楚矮弟姥的心思，大概她很想救活其中一个，但终究无力回天。

过了头七的那天早上，天色微明，矮弟姥敲开了我爷爷的门。我爷爷开门时睡眼惺忪，歪着脖子看着这个丧子之人，像是在等待她的指令。矮弟姥没有说话，她穿着以往的那件蓝色衫，纽扣斜斜扣在右肩上。在彼此沉默的这段时间里，我爷爷渐渐清醒，他看到她背着行囊，拄着拐杖，看情形是准备远行。矮弟姥开口说话，她先是感谢爷爷多年来对她的帮助,接着说了一些好人平安之类的话,最后才交给他三张符咒,吩咐他在我十二岁的时候将三张符咒一起贴在门上。

四周又静默下来,矮弟姥站了一会,准备转身离开,我爷爷才叫住她:"要不,你把孩子带走,传些道行?"我爷爷回望了我一眼,眼中充满忧伤和犹豫。

"老了,带不动。"矮弟姥头也不回地走了,这一走就是十年。

这十年中刮过三次大风,碧河的水有两次漫过了堤岸,雷劈掉了村口那棵大榕树,高速公路穿村而过毁掉了郑家的祖坟,半步村开始有了一些不剪头发的发廊,破爷的木材厂着了大火,木宜寺的千手观音塔楼倒塌了下来……这些都没有留给我多么深刻的印象,唯有那场雨。那场大雨像天漏般倾注,把爷爷家二楼的屋顶淋塌了。人没有被砸到,唯一的损失是矮弟姥留下的那三道符咒,被大雨打湿泡软成为一团纸饼。

爷爷花了一个下午的时间试图重新拼贴那三道符咒,但它们已经面目模糊。这让我爷爷在很长一段时间里失魂落魄。那几个月半步村小学在重建,我和爷爷路过工地,看管工地的老头是爷爷的老战友,我们被叫进竹棚去喝一杯茶。我们从竹棚告别出来的时候,没有早一步没有迟一步,正好一个巨大的升降梯砸了下来,将竹棚砸个稀烂。看工地的老头死了,我的脚从此也瘸了。爷爷虽只是被一支竹篙打中了腰,伤得没我重,但他目睹老战友被砸成肉酱,这一幕又勾起了许多战场上的回忆,爷爷大病一场,在病中,他总被鬼魂所纠缠而大喊大叫，几天之后就说不出话来，终究在我十二岁那年的冬天去世了。村里的老人院出面与施工方交涉，施工方到我家里来看了两次，见我孤苦无依，被钢筋洞穿的右腿肿胀未消。眼看我书是读不成了，便让人将半步村小学旁边原来的那猪圈改造了一下，弄成一间店面。但这么小的店面能做什么呢？大家都出主意，但都说不好。我只能开始风餐露宿，捡些垃圾废品维持生计，所以那里天然成了一个废品收购站；两年之后，我又将爷爷的牛腩汤锅搬进去，自此以卖牛腩汤为生。

十年。十年时间真的太久了，这期间有两个女孩子常常光顾我的牛腩汤店。其中有一个有阵子痴迷文身，还在我屁股上练习刺青，一口气刺了三只半猫头鹰，照镜子看黑乎乎的一片。但她们终于还是离开半步村到城里去，她们都说我好，但谁都不愿意嫁给我。

矮弟姥重新出现在半步村的那个黄昏，下了一点小雨。牛腩汤店已经开张四五年，我已经正式成为一个掌勺人，不再需要亲友们轮流关照。除了左脸被汤锅烫伤的大片伤疤太难看，这个熬牛腩汤的工作还是非常惬意的。大概是人矮脸丑腿瘸的缘故，大家都叫我"矮脚猫"，后来我干脆就将"矮脚牛腩汤"作为店名，弄了一块铁皮，用红色的油漆书写，将店名挂了出来。

矮弟姥的伞在屋檐下被铁皮招牌上滴下来的雨水打得啪啪作响。她依旧戴着那副眼镜，身上的衣服换了款式，不再是民国风格的蓝布衫。她笑吟吟地看着我，露出一口整齐的假牙。我惊讶得说不出话来，十分职业地邀请她进门来喝牛腩汤。"我吃素，谢谢！"她的话依然很少,更多是笑。她要我帮她煮一碗素面,坐在最靠门槛的椅子上眯着眼睛吃了起来。她的雨伞就靠在门边,在干燥的地面上留下了一小摊水迹。

"我快死了,回来看看你。"她脸色红润,看上去还可以活很久。

她花了三天的时间打扫那间黑暗的屋子,将后面的窗户打开(原来这屋子有窗户!),将天窗的玻璃擦亮。她在墙上装上一面大镜子,形状奇特,整个屋子顷刻之间亮堂不少。

柚园里已经没有什么人居住了,村里人都搬迁到碧河对岸的新屋区去了,老屋区基本没人。但矮弟姥回到柚园的消息还是很快传遍全村。在农耕时代,巫婆是天然的明星,而现在,人们只关心她这十年干了什么。果然,不知道谁打探来的小道消息,说矮弟姥在城里不叫矮弟姥,而叫"黑镜婆婆"。因为她戴着眼镜?因为她各种镜子道具?不得而知。但可以确定的是,黑镜婆婆是很多达官贵人的座上宾。据说她救了很多人的命,但她从不收钱,却用一个本子将所救之人的生辰八字记录下来,说是"记命"。"欠我一条命,以后要还。"大家都笑了,将这话当成玩笑。她也笑,很淡然地笑着。

"你要娶老婆。"

"没钱,丑,瘸,没人要。"

"钱会有的,老婆也会有的。"

矮弟姥让我在她屋子的中央挖一个宽半米、长两米、深一米的土坑,还在坑里铺上了稻草。我以为她要使用魔法在坑里变出满坑的钱来,但没有,那个坑看起来像个棺材,她用木板将坑盖住了,还贴了符咒，在符咒上放了三枚铜钱。

"过几天就有人送钱来，你带个麻袋来装钱。"她笑着给自己泡了一杯茶，呷一口，"还是你爷爷泡的茶好喝，我喝了那么多年，一直记得那味道。他是个怪人，那么多年也不娶亲。"

过了几天，安静的黄昏，橘黄色的光线让人感觉好像喝醉了一样。这时，一辆黑色汽车开进了柚园。所谓开进来，其实也只能停在大院门口，门槛太高，过不来。汽车的窗户也是黑色的，看不清里面的人。车门打开，走下来一个穿蓝制服的司机，他小跑着打开后座的门：一条修长的腿伸下来，高跟鞋，然后是头，墨镜，黑帽子，帽檐很低，整个人终于出来了（从背影看应该是美女）。她在约定的时间，走进矮弟姥的家。窗帘很快被拉上。从帽檐下面只能看到嘴巴，樱桃小嘴，开口说："怎么还有男人？"黑墨镜对着我。"我的助手。"矮弟姥声音很低沉地说。美女就不敢吱声。她自己找了一把长凳子坐下之后，竟然啜泣了起来。

"您一定要帮帮我，"她声音甜美，"就当我欠您一条命。"

"这次我要钱。"

女人愣了一下。事先的规矩被打破。"钱……钱有！有！"她打了一个电话，蓝衣司机提着一个箱子就进来了，伸手进来放在门帘后面，便恭恭敬敬地离开了。矮弟姥示意我去拿箱子，在我耳边说，你有钱娶老婆了，千万别出声。

屋子里静默下来，天窗上面透下来的光柱刚好打在门神的图案上面，狰狞可怖。

"可以了吗？"女人央求道。

"脱吧。"

女人又转头对着我。

"这瘸子是哑巴，说不了。"矮弟姥说。

女人颤抖着脱下帽子，摘下墨镜。微弱的灯光之下，她的脸比门神还恐怖，歪斜塌陷的鼻梁，糜烂的眼皮，简直惨不忍睹。

"韩国的美容骗子把我害了，黑镜婆婆您一定要救我，我知道您有办法，您要什么我都给！"

"用你七成命，换回十八岁。可愿意？"

女人一怔。矮弟姥又解释道，让你回到十八岁，但你要缩短三分之二的寿命，你可愿意付出这样的代价？比如本来你能活三十年，但现在，你就只能活十年。

"十年……能不能多一点……"

"看造化，看你终究能活多长，三分之一……如果心中犹豫，那你请回吧。傻正，把钱还给林小姐！"

"不！怎么样我都愿意，这样活着比死了还痛苦，影迷们要看到我现在这样子……"

矮弟姥缓缓点了点头："你现在几岁？年龄？"

"我的年龄是秘密……"女人很快意识到自己说错了，"我二十……三十三岁。"

矮弟姥喃喃自语："三十三减去十八等于十五，三十三加十五等于四十八，三个年龄是十八、三十三和四十八。"

"十八岁。"女人的眼里放出了光彩。

这是我第一次目睹分身术的操作过程。没有绚烂的烟花，没有蒸腾的烟雾，黑暗空旷的屋子中央摆放着那把折叠椅，墙壁上的镜子蒙着黑布，镜子前面的桌子上放着一盏煤油灯。女人依言面壁而立，喝了符水，焚香并跟着矮弟姥一起念着所有人都听不懂的经文。准备停当之后，矮弟姥却说，现在只能等待——必须等到月光从天窗照进来，照到椅子上，法事才可以正式开始。在此之前，她刚好有时间和女人聊天，聊她发迹的明星历程，聊她那些负心的男人，聊她未来的演艺事业。这个丑女人在黑暗的掩护之下，语气逐渐松弛，她心中有许多的想法，希望在回到十八岁的时候重新开始。

"让那些臭男人看看我十八岁的样子！"

今夜的满月特别听话，没过多久就真的将皎洁的光芒灌注进来，像白银柱子立在黑屋子的中央，照在那把椅子上。矮弟姥将自己的黑框眼镜给女人戴上，再让女人坐到那把古老的椅子上，空气里弥漫着紧张的气息。矮弟姥揭开镜子的黑布，房间里仿佛亮了一些。透过黑框眼镜，在墙上的黑框镜子之中，女人看到了一盏油灯还有她自己。矮弟姥说，看着那盏灯，直到镜子之中什么都没有了，就开始站起来。在矮弟姥喃喃的咒语声中，她站起来，看到镜中人还坐在那里。矮弟姥又喊了一句："出！"只见一个面相奇丑的妇人也茫然站了起来。

这时，矮弟姥将镜子的黑幕布放下来，喊了一声："合！"三个人应声倒地。矮弟姥走过去，将女人鼻梁上的眼镜摘下来，戴到自己脸上。

十八岁的女人醒来的时候，我已经按照矮弟姥的吩咐将另外两个人放进了之前挖好的土坑里，盖上了木板。十八岁的女人，青春的从容慵懒还停留在她完美无瑕的脸庞上。

"她们在哪里？让我再看一看她们。"

矮弟姥摇摇头："不能见，不能有三个人同时存在这世上的阳光里，不然就乱了。自此之后，你也不能再照镜子，镜子里没有你。"

女人离开了，她看起来没有想象中开心。她离开时，我赶紧去打开木板查看土坑里那两个人，但没有人。矮弟姥再次露出她的白色假牙并说，地狱和人间是两个世界，平行交叉又循环，三个人都不是我变出来的，她们只是我从其他世界拉过来，在某个通道中共享了时间。

第二天中午午睡时我鬼压床，梦见有人开门进来杀我，我却动弹不得。这个梦在莫吉出现在我家里的时候得到了验证，我确实也是动弹不得。不过逃犯莫吉前来柚园刺杀矮弟姥和我，那已经是两个月后的事了。初冬天气，冷得非常潦草，风无端地吹来吹去。我常常发呆，想念已逝的亲人，有时很欢乐，有时很孤独。

矮弟姥猜说杀死我们灭口应该是那位女明星的主意，但莫吉辩驳说这是明星公司的主意，跟女人无关。聊这个的时候，我们俩正被他倒挂在屋梁上，像两条风干的咸鱼。

"杀了我们，你马上又得被抓到监狱里，很快也被灭口，监狱比地狱好不了多少。"矮弟姥的假牙掉到地上，说话含糊不清，但句句在理。

逃犯莫吉没有说话，他手里捏着刀。

"我可以帮你易容，别人认不出你来，你可以过全新的生活。"

逃犯莫吉没有说话，他手里还是捏着刀。

"我可以变出一个年轻的你，一个年老的你，一个现在的你，你可以选择那个年轻的人去活着，过十年二十年快活日子，就跟转身一样容易。"

莫吉终于说话了："我不想要年轻的自己，我想要年老的那个。年轻时候我不喜欢自己。"

生意成交了，这个身材高大、皮肤黝黑的汉子居然听信了矮弟姥的话，像一个虔诚的学徒一样看着我们，眼睛里充满了迷惑和惊恐。好人莫吉把我们放下来，他还帮矮弟姥拾起假牙，用清水洗干净才递给她。

分身术又一次出现在这片忙忙碌碌、不知所谓的时空里。很快，三个莫吉从灯光和月光交汇的地方走出来，扑倒在地上。我提议趁此机会杀掉逃犯莫吉："他是逃犯，死在哪里都没人追查。"但矮弟姥阻止了我，她说从来只有别人欠她命，她不会欠别人命。她说莫吉这么容易就相信她，那么莫吉一定是个好人。"要不很蠢，要不很好，估计是个很蠢的好人。"她伸出手指到嘴巴里去调整假牙。在无数次的分身之中，她仿佛看清楚了事情的次序，所以，她又一次说，她就快要死了。

杀手不能杀掉，还得帮他活下去。于是像往常一样，我正想将其他两个拖进土坑里，但被矮弟姥阻止了："要使用年老那个身体，年轻的那个就不能消失；年轻的消失了，老年和中年就跟着会消失，这是时间的次序。"

"那怎么办?"

"我来替他们消失,消失了的东西也就不会死了。"她说她下辈子要做一块石头。她还说了一些关于重量和平衡的话。我没听懂,或者说她没打算让我听懂。

三个莫吉茫然地从地上爬起来,他们一个接着一个走出门去之后,向三个不同的方向各自散去,什么话都没说。

他们走后,矮弟姥就躺进了土坑里。她将那盏煤油灯带进土坑里,而将她那副黑框眼镜留给我:"透过它,你会知道所有幸福和痛苦都是等量平行的。"她让我带着那箱钱和记命的本子到东州市区去卖牛腩汤,千万别再回半步村了。

我刚摇摆着走出她的屋子,屋子就轰然倒塌了。这个情景与当年我和爷爷走出竹棚何其相似。矮弟姥消失了,她带走了一个隐秘的时代。但我们一直觉得矮弟姥没有死,她只是从土坑里遁走到另一个世界,秋风吹起的时候,她应该会回来,拄着拐杖或雨伞,只是没有人会认出她。

第二季: 灯影分身术

夏天快结束的时候,我的好朋友施阳才回到育才图书公司。那一天,空调照例开着,玻璃门动了一下,施阳进来了。这个倒霉的教材推销员,他将好几个星期以前背走的那些印刷粗糙的教辅资料和世界名著,原封不动又背了回来。他十分自然地走回他的座位(办公室东北角最靠近垃圾桶的那张办公桌)。这时他才发现那把旋转椅上坐着一个年轻人。施阳还没有意识到自己已经被公司开除了,他很大方地朝那个慌忙让座的年轻人摆摆手说,没事,你继续忙着吧,我先去跟大家打声招呼。

被玻璃屏风隔断的一张张办公桌因为施阳的归来而重新打通了经络,压抑的办公室里响起了久违的笑声。施阳给我们带回来一个消息:半步村小学关门了,许多农村小学都关门了,孩子少了,孩子们到城镇去上学了,想抢占农村小学图书市场的做法行不通。其实这个落后的信息我们每个人都知道,但大家还是十分配合地装作大吃一惊,赞同他的业务判断力。施阳正想和我们说说半步村分身术的事,但领导刚好在这个时候进来了,他将施阳叫进他的办公室,很直接就告诉了他被解雇的事,让他到财务那里领走那点被克扣得所剩无几的工资。

施阳离开了,关于他灯影分身术的传言,都是后来的事。离开公司的那段时间,他过得很不好,来找我借过两次钱。他换过好几份工作,包括帮医院洗刷输液瓶、到一家狗肉火锅店的厨房帮忙杀狗、当过两家火葬场的清灰工,都不是什么正经的活计,但养活自己也没问题。问题是他正和一个女孩子在交往,约会、吃饭、看电影都需要钱,所以他来找我,在我的客厅喝了两壶茶,才开口提到钱。

"就借一点,我尽快还。"他这么说,我当然要借他。可他第二次又这么说,我只能借他所提数目的一半,从此以后就再没见他的影子。

开口借钱之前，施阳对我说过很多话，很多我都忘了，现在想起来，中心意思大概是他倦怠了，想找个人结婚。他说的这个人就是关满。女孩关满我们也都认识，她以前在我们公司做过财务，一个月后就辞职不干了。大家都猜测她辞职是因为另一个女同事，有人说她是同性恋或性冷淡。关满短发，清瘦，爱穿白衬衫，袖子挽得老高，要不是胸口傲人的双峰，大家都会把她当男孩。

施阳说，他是在关满心情不好找人喝酒的时候将她搞定的。"搞定"的具体意思是上床，也就是说关满既不是性冷淡，也不是同性恋；但施阳又说，他总担心在床上得到就会在床上失去，所以正在努力。他说这话的时候，我不由得看向他的裤裆。他似乎明白我在怀疑什么，又补充说，他那方面很正常，他正在努力其他方面。说着他从口袋里掏出一个玻璃瓶子，里面装着淡青色的粉末。我正想打开瓶子闻一闻，但他一把抓回去，小心翼翼放进口袋里，神秘兮兮地说：

"这是半步村且帮主送我的礼物，他几十年前出海，带回一把淡青色的椅子，放在木宜寺中。不久前千手观音像倒下把椅子砸碎了，这是其中一小块。我救了他的命，把他从枯井里背到停顿客栈，所以他送我这瓶药。"

当我问及这玩意儿可以做什么时，他讳莫如深，跟我说了一个陌生的词汇：分身术。他说在半步村木宜寺，本来有三个和尚，老和尚悟木，中年和尚悟林，小和尚悟森，但他们是同一个人分身出来的，线性的命运被拆分成三个线段，三个人分别选择了人生的不同阶段去生活。然后呢？然后他们又变回一个人，就是且帮主。"三个水龙头同时打开，寿命就变得很短。"但对于那些对人生冷淡倦怠的人来说，要活那么长干什么呢？

所以，关满毅然接受了分身术的试验，她将一小撮药粉分三次吃下去。那天晚上，施阳终于得到他想要的，三个关满与他纵欲狂欢，他终于同时占有了一个女人的一生。第二天醒来以后，合成一体的关满蹲在墙角抽烟哭泣。她哭泣并不是因为伤心，而是人生如同一个被揭穿了的魔术一样了然之后的另一种空虚。

他们分手了。施阳捏着那瓶淡青色的粉末一言不发。自此之后，施阳仿佛是一个兜售迷幻药的色鬼，他用手机里的软件找到附近愿意一起过夜的女孩，混熟之后就开始玩以一变三的疯狂游戏。其实说她们是女孩不太准确，因为他发现再老的女人也有年轻的时候，再年轻的女人也有老了的时候，所以他的食谱广泛，口味越来越不讲究，过夜的女人形成了一个固定的团队。其中不乏寂寞的富婆，她们给了施阳想要的性和钱，而坐在一旁观看年轻的自己翻云覆雨，常常看得泪流满面。

这样一个游戏总有玩腻的时候，新鲜成了另一种倦怠。再加上无论如何节省，玻璃瓶里的淡绿色药粉也所剩无几了。施阳决定搬家。他想找一处江南古镇，摆个小摊，过另一种生活。他将东西重新整理打包之后，躺在床上迷迷糊糊入睡。他梦见大海，还有半步村的且帮主，且帮主正驾驶着一艘大船，开进一处飘荡着三片乌云的海域。醒来的时候施阳发现并没有三片乌云，床前站着三个人。

逃犯莫吉将他围了起来。逃犯莫吉现在是三个人，拿着三把明晃晃的刀。他们说：

"先生，你得帮帮我，我想合成一个人。"

按照莫吉办事的规矩，施阳被倒挂起来。出租屋里没有横梁，也没有树杈，所以施阳被挂在电风扇上。电风扇很古旧，平时转动起来总发出吱呀吱呀的声音，仿佛随时都可以飞下来用三片扇叶轻松削掉谁的脑袋。现在这把破风扇挂上一个人，它竟然还能吱呀吱呀缓慢转动起来。全身的血液倒流到头部，施阳感觉自己的眼睛都快凸出来了，他跟随着风扇的速度匀速地旋转，眼前循环播放着三个莫吉倒转过来的脸。

"你应该去找那个帮你分身的人！"施阳说完就咳嗽起来，他头晕眼花，理智告诉他一定要在死去之前说服眼前这个人。不，这三个人。

"她死了。"少年莫吉说。

"那个巫婆的房子倒塌，她被压死在里面。"中年莫吉说。

"我不知道还有谁会这种巫术，离开半步村之后，我从一名妓女那儿听说了您显赫的声名。"老年莫吉显得很有礼貌。

施阳强调被他分身的人都是一觉醒来就变成一个人，从来没有试过恒久的分身术，他也委实不会什么巫术咒语。但很快他就没有办法说句子了，他只能说词语，因为逃犯莫吉将一张泡湿的纸巾贴在他的鼻子上，他只能用口呼吸。

逃犯莫吉将第二张纸放进脸盆的清水之中，又十分优雅地将纸巾拎了起来。纸巾在滴水，水滴越来越少，但施阳的呼吸越来越急。

"试试！我愿意……试试！帮你！我帮……我能……"

莫吉还是将那张湿纸巾贴到施阳的嘴巴上，三十秒之后才将施阳手上的绳子割断。施阳用手将纸巾扯开，贪婪地呼吸。莫吉不慌不忙，将施阳脚上的绳子割断。施阳扑通倒栽在床上。

"谢谢！"施阳跪在床上放声大哭，一把鼻涕一把泪，"谢谢！我险些死了！刚才我以为我活不成了！"

"你知道，我从来都没有想过要杀掉你，只是我喜欢按我的方式来，这样交流起来会比较直接高效。"

交流是必要的，莫吉开始讲述巫婆的分身术。她所用的道具很简单：月光、镜子、一盏煤油灯、一把椅子、一副黑框眼镜。"没有什么灵魂机器？巨型发电机？"只有符咒一张，燃尽投入水碗之中，清水口服。念咒诵经，月光透过天窗照到木椅上，端坐，看一灯如豆照出好多影子，也看镜子中的自己如何被月光笼罩，直至镜子中的那个人突然消失，站起来，就能看到镜中人还坐在原地。然后……没有然后……然后就一头栽倒睡着了，醒来时已经是十八岁、三十八岁和五十八岁。"她还说什么没有？"巫术开始之前要等待月光移动照到椅子上。她说我们身边有很多个世界，只是我们看不到，听不到，感觉不到，其实在时间之中重重叠叠地有无数个自己，开门关门都有一个自己走进和走出，必须在死亡的那一刻才恍然大悟。"我刚才快死了，确实就像自己要飞起来一样。"所以，你要将我合而为一，你看，我现在就是飞出来的。"分开了不是蛮好的吗？各过各的生活，齐活。"不跟你扯这些！你看，我们的喉结正在慢慢消失。三个莫吉同时仰起了头,果然喉结都变平了,难怪三个黑男人声音都很尖。中年莫吉扯了一下他的络腮胡子,那些用胶水粘上去的胡子就全掉下来了。

老年莫吉说:"看吧,一分为三,我们慢慢变得不是男人,大概是怕我们分别都生一个孩子出来吧!"他指了指自己的裤裆说,再不变回来,那把柄就会消失不见了,现在每天短一点,快成太监了。

莫吉很严肃,但施阳也不禁笑出声来。伴随着笑声竟然响起一阵敲门声,门外一个女人的声音在叫:"阿施,别笑得那么淫荡,整栋楼都听到了,快开门!"

来的是关满。关满带来了施阳最爱吃的竹笋面,她让施阳吃面,说有事跟他讲。施阳确实也饿了,狼吞虎咽地吃了起来:"说吧,我吃完你也刚好说完,就可以走了。"

"干吗?才分手就巴不得我赶紧走,难道家里有其他女人?你收拾东西呢,想跟谁私奔?"关满十分自信地挺胸靠在椅背上,白了他一眼说,"那就直奔主题吧,我换工作了,跟了一个大老板,做他秘书。反正我也想通了,跟谁过都是过,还不如过得好一点,但是人啊,总是有那么多不满足,我跟他提起你的药粉,他很感兴趣,今天他生日,我想让他今晚高兴一下,你给一点药粉给我,行不?你慢点,小心噎着……你抹什么眼泪……跟你要一点药粉,不至于要抹眼泪吧?"

"你走吧,药粉不能给你,给了你也出不了这门,你走吧。"

"给一点,就三指甲缝的量,行不?"

施阳没有回答,另一个声音回答她:"不行!"中年莫吉在关满背后把门反锁了。老年莫吉和少年莫吉也从厕所里闪出来。

"行啊!"关满站了起来,"哈哈,我以为只有我的想法变了,没想到你变得更快,竟然还玩起男人来了,'性趣'越来越广泛了!"

三个莫吉同时亮出了手里明晃晃的刀,尖刀将关满脸上嘲讽的笑容全给逼了回去。

施阳长叹一声:"你放过她吧,她什么都不知道……你这傻丫头,我不是让你赶紧走吗!他迟早会杀掉我们的,他一定会灭口的。"

"那个给你药粉的人也在半步村?他死了没有?"莫吉问。

在出租屋里待了两天,逃犯莫吉还是决定让施阳带路去半步村找且帮主。他们分成两组,中年莫吉和关满扮夫妻,老年莫吉、少年莫吉和施阳扮成一家人,以掩人耳目。出门的时候中年莫吉突然把施阳一把扯回屋里,对着墙上挂的一幅草书书法吼:"说说,上面写着啥字,我都琢磨几天了,每看一眼就纳闷这样乱涂乱画写的是啥?"

"这是一个中学校长送的书法,上面写的是:举杯邀明月,对影成三人。"

"对影成三人?"莫吉喃喃念了两遍,伸出毛茸茸的大手,一把将画轴扯下来,揉成一团扔在地上,不解恨还上去踩上两脚,"被那巫婆骗了!以后不准在我面前说'三'字!"说着,他气鼓鼓地带着关满走在前面。

中年莫吉这孩子气的行动倒是把施阳逗乐了,他故意高声问:"我说莫吉们,要是千山万水回到半步村还是合并不了,咋办?"中年莫吉回过头来,双眼如炬瞪着施阳,片刻之后才掉过头去继续前行。赶到汽车站已经时近响午,莫吉让关满去买了五张车票。一看时间还早,车没来,于是先找一家小店吃饭。

吃饭的时候莫吉忽然问施阳:"你杀过人吗?"

"我杀过狗。"施阳说。

见莫吉的脸色一沉,施阳赶紧解释说:"我曾经在一家狗肉火锅店打工,杀过狗。怎么?杀人我不敢,杀狗还行。"

"杀狗和杀人其实一样,没什么技术含量。你今天说得对,要是合并不起来……"莫吉停了一下,目光落在少年莫吉身上,"那就执行B计划,让他……"他用筷子指着少年莫吉,"让他……把我和那老头煮熟了吃掉!"听到这话,少年莫吉的脸色登时变得煞白,他眨了眨眼打了一个冷战,把碗筷放下不吃了。

这很像一个笑话,但没有人笑。施阳后悔刚才谈论那样的话题,莫吉这刚烈的性子要急了大概真的会吃人。关满轻声对施阳说,莫吉走起路来真像电视里的牛魔王。"牛魔王吃人吗?"

这大概是夏天最后一个台风,午饭之前天热得像个焚尸炉;午饭吃完,大雨就下来了。水做的斜线东一阵西一阵,落在小饭店的塑料雨棚上,力道很大,跟刀砍一样。少年莫吉就是在这个时候借着上厕所的机会从后门跑进雨幕的。"都怪你!说什么吃人的事,把那孩子吓跑了!"寻不着少年,老年莫吉满肚子牢骚。但中年莫吉什么都没说,他询问了老板娘几个问题,便带着老年莫吉冲进了雨幕。

"那我们怎么办?"关满茫然问。

"逃啊!"

"逃去哪?"她一掏口袋,五张车票还在,"对!到半步村去!他们以为我们跑回家,一定没想到我们还按原计划前进。"

风雨中,汽车在盘旋的山路上行驶,就像行驶在风口浪尖上的一叶孤舟。极度疲惫的关满靠在施阳的肩膀上,呼呼睡去,鼻息均匀,一种久违的感觉在施阳心中蒸腾。在无数女人的身体分合狂欢之中,在情欲到极致细若琴弦的颤抖之时,他所感觉到如萤火虫般微明剔透的空虚,也许正是由于缺少了这样一个充满信任的依靠。或者说,我们一直都被安稳和癫狂交替折磨着,在不确定中追寻一种确定,在凝固之中又追寻着奇迹。

施阳用手肘碰了碰关满的手臂:"喂,要不,我们进村去,就住那里,别再出来了?"

关满的回答如针芒,让我的好朋友施阳心中七彩的气泡无声无息地破灭了。她说,那村里蚊子一定特多,你多给我弄点药粉,我回去好对老板有个交代,你自己爱住多久就住多久,跟你在一起尽是倒霉事。

在那么一个瞬间,施阳认为,他心中时时惦念的关满与此刻话中带刺的关满正处于不同时空。

"你们来求生,我却在等死!"且帮主隔着停顿客栈七号房间的门对他们说,"那个来放火的少年到了没有?哦,还没到时候,他快来了,他快来了。"

施阳吃了一惊,这个胖嘟嘟的且帮主,一定在身体无数次的拆分之中清晰地预见了未来。且帮主一遍遍地告诉自己:"我是固体的。"却依然一不小心就习惯性地脱臼一般又走出来一个分身。屋内一灯如豆,却人影散乱,他必须满屋子找他的分身,然后像穿袜子一样重新将他们穿在身上。

停顿客栈的老板金满楼请施阳回到楼下小坐,他说:"你们这些分身乏术的人,竟还能回到这山谷里来,年轻人,好好喝杯甜酒吧!"他给施阳倒了一杯酒,摇了摇头说:"帮主疯了,他说有人要来烧掉我的客栈,让我快跑。"他又摇了摇头:"我不走,要烧的话,连同我一起烧死。"关满问他知不知道一把可以做成粉末的淡青色椅子,金满楼笑了,露出他金灿灿的大板牙:"都被帮主吃掉了,他吃掉了一把椅子。你们都想吃椅子,你们都生病了。"

脸色苍白的少年莫吉来到半步村时,已经是四天后了。他是从东州市区步行进山来的,山路漫漫,这个铁块一样的少年走得跟风一样快。施阳在看他身后有没有跟着谁,少年莫吉十分果断地告诉施阳:"他们不会来了,或者已经来了。"施阳就不敢再追问下去。少年莫吉走那么远的路,开始并没有打算来放一把火将且帮主烧掉的,他吃完一碗竹笋面之后却这么做了。大火刚好烧掉七号房间里面的所有东西,但很快就被金满楼放置在七号房间楼上的那七个大水缸里的水给浇灭了。大家都知道是少年莫吉放的火,于是顺理成章报了案,这个干净的少年就成了一个少年犯,十五年之后还会是一个逃犯。被带走之前他对施阳说,他打开门时屋内灯影摇曳,且帮主已经微笑着自己燃烧了起来，仿佛一盒焦急等待的火柴遇见了一丝火花，一支火柴着火了，接着全部火柴着火了，都迫不及待地就完成了各自的命运。

第三季：平行分身术

巫婆矮弟姥死后，我从半步村搬到东州市区居住，继续卖我的牛腩汤。跟随我一起的，有一个箱子，一个本子和一副圆形黑眼镜。如果你听说过半步村的巫婆矮弟姥，你就知道箱子里装的是钱，钱当然是巫婆矮弟姥留给我的，有多少？不知道，因为我并不打算打开它；本子上记录了一些人的名字和一些符号和数字，像是一个账本；还有那副眼镜，看起来很酷，但据说戴上它，在午夜时分就能看到鬼，我胆子小，不敢戴。

接下来我故事的重点，并不是钱也不是眼镜，而是我用一个月的时间娶了一个哑巴老婆。这件事如果发生在英国的威廉王子身上，大家都觉得很浪漫；但如果发生在我——一个跛脚的傻子身上，很多人会觉得难以置信。初来乍到对一切不熟，我先在东州市区溜达了两天，漫无目的地转悠。那天大雨过后，我穿过一条老街，看到一间小店，开着一扇门和一扇窗。从门口可以看到里头挂着很多衣服鞋帽手提包，从没有玻璃遮挡的大窗户可以看到有一个女孩子在里头画画。抬头一看，有一块斑驳的木匾挂在上面，写着：雪竹公主手绘。

我走进店里去，女孩一动不动，也不抬头，她的目光专注于她的笔尖。她的画笔沾着颜料,正在一个白色的手提袋上画龙猫。她的竹青色裙子被收拢起来夹在膝盖中间,并拢的膝盖上放着画板,那个手提袋就摆在画板上。我对她的专注会心一笑,继而转头看这间小店。小店很小,一个转身就可以看完,但用心细视就会发现所有的衣帽上都有一幅清新的小画,画着迎风而立的少女或者胖嘟嘟的叮当猫,线条干净,落落大方。我蹲在她旁边看她画画,她的侧脸很美。没想到这小城老街的姑娘,看起来居然比乡村姑娘还要清澈。我准备离开小店时,她抬头礼节性地对我笑笑,更美,美得像一条蛇,一直钻到我心里去了。我一时间心烦意乱,不知所措。我小时候看过几本言情小说,但我皱着眉头回想了一下,没有一本书里头描述过我现在的感觉。

我走出手绘店,一眼就看到对面有一间关门的店铺。一个念头在我心中生成。几天之后,附近的居民就都知道,在手绘店的对面开了一间"矮脚猫"牛腩汤店,开店的是一个跛子,样子腼腆,人称傻正。傻正这个名字朗朗上口,叫的人都笑了,我也笑脸迎客,加上我十多年的牛腩汤手艺,很快就为这条小巷增添了一些人气。一些人会选择从小巷这边绕过去,多走几步路便可以顺手带走一份十分美味的牛腩汤回家。不到半个月,我就和周围几条街的人混熟了,彼此可以轻松地开着玩笑。我也毫不隐讳我的目的,向每一个人打听手绘店这位姑娘的情况。人们开始总是一愣,然后点头哈哈笑了。

"你这跛子,看上对面的哑巴了?"

"她是个哑巴?"我内心倒是一阵高兴——这下好了!大家都是

天残地缺，也没有什么配得上配不上的问题！我心中的石头落地了，感觉离成功又近了一步。然而跟一个哑巴相处，会不会是一件困难的事？好多年没见过哑巴了，这让我想起死去多年的哑叔。哑叔那么憨厚，经验告诉我哑巴都是好人。

"但听说她在隔壁城市有一个恋人……"我心里一冷脸色大变，街坊们哈哈大笑起来，"你们瞧，这脸上挂着茄子……逗你的！好好追吧，我们都看好你！你迟早成为十二指街最会煮牛腩汤的情圣！"

我还没有展开追求就开始造势，哑巴姑娘谭琳一定听到了风声，她傍晚关店门的时候，总是用眼角很紧张地往我这边瞄。在出门回家的时候，她总是低着头，踏着碎步，却不敢再朝我这边瞄。

我的顾客里头只有一个人反对这桩婚事，他叫梁伯，他要大家叫他梁哥，说他没那么老，但大家看他头上花白的短发，就都还叫他梁伯，叫起来比梁哥顺口。梁伯负责附近十条街的清洁卫生，每天一大早就推着垃圾车哒哒哒碾过石板路收垃圾，他干活不紧不慢，总得忙到晚上才回去。有时候收工比较早，他就待在我店里抽烟聊天吃东西，一直到我关店才回去。按他的说法，老伴死得早，回去孤灯对影，连个来聊天的鬼都没有，太孤单。梁伯爱喝牛腩汤，经常靠坐在我门口的柱子旁边的长凳上，嗦嗦嗦就吃完一碗牛腩汤，每次都一定要我再给他添一点汤："太咸了，加点汤。"其实他就是想多喝一口汤而已，我也乐意成全他，多往他碗里倒两块牛蹄筋。

下雨天，大街是不用扫的了，生意也冷清，店里就我和梁伯两个人。梁伯把头靠在那根木柱子上，对着天空说："傻正啊，别说梁哥没劝你，对面那美人你要不到，你没那命，别搭上一生好运气啊。"

"您老的意思是我没那好运气，娶不到美女做老婆？"

"你还是不懂，她不是哑巴，只是有点不正常。"梁伯的手指在脑门的位置绕了两个圆圈，眼睛瞪得斗大，接着说，"她会说话，只是不跟我们说话，我有一次就见到她倒立着在跟一块石磴说话，就这样，两手撑地，长发都垂到地面上；还有一次我倒完垃圾回家，在巷子里就见到她像是在被什么东西追着打，但巷子里空空的什么都没有。你们年轻人不懂，老一辈的人说这叫鬼上身，反正就不太吉利，你最好别靠太近。这么漂亮的女人，如果不是大家觉得诡异，早就被人娶回家了。"

梁伯的一席话把我说得兴奋不已，内心充满了好奇，但又有一点害怕。因为我当时还没有戴上那一副黑框眼镜，对于矮弟姥留下来的分身术理论还不怎么理解，更不懂得平行时空中每个人和他自己有着什么样的错位，又如何在某个通道共享不同的时空，所以觉得这个老头危言耸听，可能是他一时眼花没看清楚便加入了自己十分迷信的猜测。

我正想多问一句什么时，谭琳刚好关了手绘店，撑着伞十分从容地从我店门前走过，她的白裙子在雨中更像一朵百合花了，我看得眼睛都发直，连梁伯的叹息声都顾不上了。梁伯断定我已经走火入魔，也没什么好说的，感到十分扫兴便举着黑伞走进雨幕回家去了。

如果按照正常的时间顺序，我必须找个机会亲近谭琳，还要向她送花，从一朵玫瑰到九十九朵玫瑰，我必须经历种种考验，最后谭琳才允许我跟她做朋友，从普通朋友到有好感的朋友再到真正的男朋友，少说也得半年时间；若想解开她身上的纽扣，那就更加遥远了。

但不是的，故事不是这样发展的，说起来我要感谢那个台风。那可能是那年夏天最后一个台风了吧，只知道这个台风向东州刮过来，然后就和往年一样，这个台风并没有打中东州，而是按照惯例吹向西宠。所以照例是闷热过后的倾盆大雨，大雨时下时停，下了好几阵，在临近中午的时候下了一阵暴雨，整个天空好像翻过来。雨水并没有把我的牛腩店冲走，却带来了莫吉。

巫婆矮弟姥在去世之前曾经做了最后一场法事，那就是将凶悍的逃犯莫吉一分为三，将一个莫吉均匀变成少年莫吉、中年莫吉和老年莫吉。在那个大雨滂沱的午后，中年莫吉和老年莫吉没有任何征兆就跑到我的店里来，他们探头探脑看了半天，最后才看到我。看到我之后他们愣了三秒，我想逃跑，但已经来不及了——"这不就是巫婆旁边那个瘸子吗？"——他们如获至宝，很快像捕捞到一条带鱼一样将我倒挂在牛腩店里屋的横梁上。被绑着双脚倒挂在横梁上，这是多么熟悉而痛苦的感觉，我的脸很快就涨得通红，血液倒灌让我感觉快透不过气来。

"我帮你把脚绑紧点，多挂一会，两条腿拉整齐，你大概就不会瘸腿了！"逃犯莫吉在做这件事的时候轻车熟路，我不得不承认他如果愿意到工厂里去，一定是个好工匠。"啪！"绑好之后，他还在我屁股上拍了一巴掌，"哎哟，屁股上还有文身？猫头鹰？"

"还是这样倒挂人,你们一点都没有进步!"

中年莫吉没再理我,他将老年莫吉扶到墙边的沙发上坐好。老年莫吉刚才跑步过来,已经累得像一条伸舌头的狗,嘴里说着"不行了不行了身体不行了"之类含糊不清的话。

"你把少年莫吉藏到哪里去了?"

我告诉他我只对女人感兴趣,藏一个小孩?我不会做那样的事。

"他走丢了,"老年莫吉边喘气边说,"但他不可能会走丢的,我们三个人,本来就是一个人,我们知道他来到你这里,藏在某个地方。"

"你们一定弄错了,从早上到现在我一直在这里捣蒜泥,没有什么生意,也没有什么客人到店里来。"

"不可能弄错的,一个人怎么可能弄丢他自己。"中年莫吉脾气一直不好,他好像随时都想对我动粗,严刑拷打。

老年莫吉说:"他躲在一个箱子里。"他半眯着眼睛感觉道。

中年莫吉说:"我到外面去看看,好像在那个方向,你看着这个傻子,不能再让他跑了,他是巫婆的助手,多少应该会一点法术。"没等我辩解我不会法术,他已经大踏步往外走。我突然感觉非常糟糕,他走过去的方向,正是谭琳的手绘店。

果然,没过多久,我心中的女神谭琳,就被中年莫吉拖进来。莫吉一手抓着她的一头秀发,谭琳就这样弯着腰像一条上钩的鱼一样被拉了进来。这个可怜的哑巴姑娘嘴巴里发出不规则的声音,却说不出一句连贯的话。莫吉在他屁股后面又摸出一条绳子来,不顾我的反对,他将谭琳也倒挂了起来。就这样,我心中的公主也没有意外地被倒挂在横梁上,她的长发如黑色的瀑布冲向大地,长裙翻过来倒垂在腰上,白皙修长的双腿尽头是一条性感的黑色四角内裤。我承认这个时刻想入非非是一种犯罪,但我不能自已胯下大动,把柄将裤子高高顶了起来,一览无遗。

两个莫吉见状都哈哈大笑起来:"小傻子,你倒是挺淫荡的,看见人家姑娘的玉腿就开始升旗了?说吧,把小莫吉藏在哪里?反正这附近也没人,就只有你们俩。你们说吧,省得我们还要去搜——要是傻子说出来,我就把这姑娘的衣服扒掉,让你兴奋个够;如果姑娘先说出来,我就把这傻子给阉了。"

"她是个哑巴姑娘!"他们想让一个哑巴说话,我怕我迟早得被他们阉了,"附近的人都知道她是个哑巴,她什么都说不出来的。"

"那看来得先把你给阉了。"中年莫吉笑嘻嘻,手里捏着一把明晃晃的尖刀。

"你才是哑巴!我只是不想说话而已。"谭琳突然开口说话,把我吓了一跳,心中暗道,看来梁伯是对的。她能开口说话,而我一无所知,那我就会更快被阉掉。

然而这个被倒挂过来的谭琳不哭也不闹,她说:"你不能阉了他。"她说完脸蛋都羞红了,只不过这种羞红被掩藏在倒挂的脸色涨红之中,只有我才能看得出来。我登时明白了谭琳的意思,这个孤独而单纯的姑娘,她似乎一直在等我走过去送她玫瑰,而一天天过去,我一直没有。我是个胆小鬼。

一阵清风吹来,店门口煤炉上的牛腩汤刚好这时候烧开了,一股牛腩汤的香味从外面飘进来。老年莫吉吞了一口口水,说今天中午因为少年莫吉溜掉了，午饭也没吃饱，这么一折腾累得要命，得先弄一碗牛腩汤来压压惊。说着兀自走到外面，拿起瓷碗就开始盛汤，还问中年莫吉要不要。中年莫吉也跟了出去，两人乒乒乓乓打翻了两个茶杯，开始在外面吃着牛腩汤。

他们走开了，我问谭琳的第一个问题是，人是不是她藏起来的。这小妞果然单纯，她答，我为什么要告诉你。我便笑了，接着问，她能开口说话为什么大家叫她哑巴。这回她没有回答"我怎么知道"，而是说："我说的他们都不信，说我乌鸦嘴，我就干脆不开口。"我十分惊讶，心想一个人装哑巴为什么能装得这么像，瞒过了整条街的人，这得有多深的城府啊。谭琳见我皱眉头，以为我害怕，笑着问我："你胆子就真的那么小？你那个矮弟姥婆婆就说你胆子特别小，让我耐心一点。没事的，你不觉得现在这个情景，好像什么时候曾经发生过吗？"

她说的那种似曾相识的感觉我明白，就是你在做一件事的时候总感觉这个场景似乎什么时候发生过。但我还是苦笑着告诉她："这以前真的发生过，那时候巫婆矮弟姥还没有死，我和她也是这样被倒挂在屋梁上，这是莫吉作案的风格——把人倒挂起来，有的人就这样被挂晕了，有的人就被放血，割开血管，在我们下方放上一个水桶，能盛半桶。"

我本来想吓唬她一下，但谭琳并不怕，她说我要是看到她看到的一切，就不会觉得怕了。

"咦，你怎么知道矮弟姥？你认识她？"

她噘着嘴不想说，我催促了一遍，她才说："所以人们都说我从小就是阴阳眼啊,你看,矮弟姥和我姐姐这时候就蹲在天花板上聊天呢!"

我的眼睛向外面的天花板和里面的屋顶张望,什么都没看到,忽然想到这丫头可能是在吓我的,就像我刚才吓她一样,便骂道:

"死丫头,别胡说!他真的是个杀人犯,你别不信!"我决定转移一下话题,"你就一个人看店?不孤独吗?"

"两个人啊……我说你又不信了吧,我和我姐姐一起看店,只是你看不见她……他们马上要来了,他们等一下有一个人过门槛得摔一跤,你看着,别不信……"

果然,两个莫吉走进来的时候,老年莫吉摔了一个四脚朝天。他从地上爬起来,嘴里还嚼着一块牛腩,也不管谭琳在笑话他,便和中年莫吉一起爬上隔层去了。这间店铺分前后两个部分,前面做生意,后面是房间,中间有一扇门相通。小房间用几根横梁搭了一个隔层,我铺了席子睡在上面。他们先后从木梯爬上去,边爬边喊:"小莫吉,我看到你了,出来吧!"

小莫吉并没有被带下来,带下来的是一个箱子。箱子被打开,吸引莫吉眼球的并不是满箱的钱,也不是那个破本子,而是那副眼镜。

"就是它!"一个莫吉对另一个莫吉说,"我们就是戴着这眼镜一个人变成三个人的,弄得现在胡子消失把柄变短,男不男女不女的,你这瘸子,赶紧把我们变回来!"

中年莫吉有点气急败坏,他将一把明晃晃的刀搁在我两条大腿中间,表示随时都可以将我从中间破开一分为二。我赶紧告诉他,即使要合成一个人,那也得先找到他的第三个分身,那个被他吓跑不知去向的少年莫吉。再说了,巫婆矮弟姥已经死去多时,如果操作不当,少胳膊少腿,或者跟我一样变成一个瘸子,那岂不坏事?

还没等我说完,中年莫吉和老年莫吉便一起冲出门外,不多时,少年莫吉便被抓了回来。

少年莫吉躲在一面镜子里。

那面试衣镜我见过,它原先就挂在谭琳的雪竹公主手绘店正对门的墙壁上,很多客人会把各式各样的手绘包搭在肩上对着这面镜子看看是否合适。

少年莫吉在大雨之中跑到这条街,他闪身进了手绘店,对谭琳说:"姐姐救我!"就这样他一直躲在手绘店隔层上的箱子里。他隔着雨幕听对面牛腩店里的声响,但什么也没听到。过了很久,他忍不住下楼来,蹑手蹑脚打算往外跑,却发现两个莫吉已经闻到他的气息,正从牛腩店里冲过来,慌张之中少年莫吉掉头往手绘店里躲,不料一头撞进镜子里出不来。

这些被分身的人,都无法在镜子之中看见自己,却可以消失在镜子里。

所以这面镜子被带进牛腩店,中年莫吉抱着镜子对我说:"瘸子,现在人齐了,赶紧帮我们合在一起!"老年莫吉翻看着那个破本子:"这里头有没有记录什么方法?"

"我知道怎么做,但你得帮我们解开绳子!"谭琳说,她回头看看我,"没事的,矮弟姥在天花板上看着我们呢!"

我们终于被解开绳子放了下来。被挂得太久，我头昏脑涨扶着墙才勉强站了起来。谭琳也站着，但直立的谭琳是另一个谭琳，忧惧布满她的脸，她张口咿呀了几声，却什么都说不出来。很快，谭琳沿着墙边弯下腰去，她两手撑地，靠在墙边倒立着。

"不用怕，刚才是我姐姐。我必须倒立着，我站直了就不是我，就会成为我姐姐，她是哑巴，没法跟你们说话。"

她让我戴上那副眼镜。我戴上了，在我眼前是一个倒立悬空的世界，矮弟姥和另一个谭琳果然正头朝下屁股对着天花板坐着。矮弟姥朝我摆摆手，她手里有三个绳索，绳索的另一头牵着莫吉的三个分身。从她的角度来看，三个莫吉正像三个倒立的风筝飞在天上。然后我看到另一个我，也在我的上空，头顶对着头顶，看着我憨笑。一个平行的世界呈现在我的眼前，我忽然想起矮弟姥临死之前对我说的话，她说："戴上它，你会知道所有的幸福和痛苦都是等量平行的。"

我听不到他们说话。但谭琳显然听得到，她让我取来一枚小镜子，这一次我看清楚了，我只需要将小镜子对着大镜子，轻轻一拉，少年莫吉就从镜子那一头被拎了过来。中年莫吉正想伸出手去揪少年莫吉的耳朵，但被谭琳吆住了，谭琳说，老老实实站好，才能用镜子将三个分身都收集在一个镜子里，然后才能从平行的世界里将那个人给拖回来。"不是我说的，是矮弟姥婆婆说的。"她最后这样强调，增加了她这番理论的权威性。

逃犯莫吉按照老中青站成一排，他们分别占有了一个人完全不同的三个人生阶段。作为三个被虚拟的人，他们像是三个空空的酒瓶，等待着被回收再造。倒立的谭琳要我取来那个笔记本，她口中念念有词，说要将账本上的这一笔灵魂交易一笔勾销，然后果真就将其中的一张撕了下来。三个莫吉望着那个破笔记本，这个时候他们内心都掠过一丝恐慌。那张写满奇怪符号的白纸被撕下来的瞬间，他们居然感觉到一丝疼痛，只是不知道痛在哪里。

倒立的谭琳有一丝巫婆的味道，她的声音仿佛是从大地深处发出来，果断而有力。她让我点一盏灯放在地板上，再让我将小镜子举起来，举到老年莫吉的头顶上。在熟悉的煤油灯苦味里，老年莫吉就这样成了镜子里那个跟他头顶对着头顶的人，在空气里凭空就消失了。镜子慢慢移动到中年莫吉的头顶上，代表着逃犯莫吉性格中凶残一面的镜像，同样在摇曳的灯光里被吸进了镜子里，成了一个头朝下站在天花板上的人。老年莫吉和中年莫吉这个时候像服装店里两件重叠在同一个衣架上的两件衣服，他们的影子服帖地重叠在一起，仅仅需要少年莫吉的影子，就会有一个人完整地倒立在镜子里。

少年莫吉有一丝紧张地等待着。在对面隔层箱子里躲着的时候，他甚至想通过伤害自己的方式来让中老年的自己停止对自己的搜捕，但举起剪刀时他发现他竟然连划伤自己皮肤的勇气都没有。这个一脸稚气的少年，他开始讨厌他自己，但又不得不和他自己以及未来的自己和平相处。

现在，这面可以修复自己的小镜子已经慢慢向他的头顶移动，他的呼吸开始急促起来。但就在这个时候，门口响起了一个熟悉的声音："傻正！不在家？躲在里头干什么？给我来一碗牛腩！"来的正是梁伯。梁伯的声音让我一怔，但就在这个停顿的时候，少年莫吉一跃而起，将我手中的镜子夺了过去，同时低头吹灭了地上的煤油灯，我眼前登时一片漆黑。少年莫吉抓着小镜子往外跑，整个世界也跟着他往外跑去。他一头将毫无防备的梁伯撞翻在地，一眨眼工夫，这个野蛮的孩子就消失在雨幕之中。数日之后，我在电视上看到他在半步村烧掉停顿客栈的两个房间后被抓了起来。如果没猜错，那只收藏着他中年和老年镜像的镜子大概也在大火中消失了。

而现在，我要做的是将在地上捂着肚子的梁伯扶起来。他一把扯下了我的黑框眼镜："今天中元节本来就容易闹鬼，你还戴着黑眼镜干吗？不吉利！刚才是谁家的野孩子……你们俩在……"他看到哑巴谭琳羞红着脸低头从我的屋里走出来，仿佛猜到自己来得不是时候，"真不好意思……我不知道你们这么快就……你们聊，我不吃了，先走了！"

他不理会我的客气挽留，披着雨衣就走了。

谭琳站在我的面前，她犹豫了一下还是留了下来，没有直接回到她的店里。她抬头看了我一眼，看到我正在看着她，又低下了头。她退回屋子里，将地上的箱子、本子和我手里的眼镜一起收拾好，将煤油灯放回了灶台，然后举着自己的试衣镜准备搬回店里。但镜子太大，她挪动起来有点吃力。所以由我帮她扛过去，她跟在后面。我摆好镜子的时候，她低头向我一个鞠躬。在她鞠躬的这个瞬间我一把将她抱住倒转过来。当她头朝下的时候，那个活泼开朗的谭琳就出现了。我问她一个身体里居住着两个人的感觉如何。她说就像两个人开着一部车，她现在坐在副驾驶座，有时觉得车快了，有时觉得车慢了，但都操控不了。

她问我喜欢哪一个她。我当然回答两个都喜欢。她说爱她哪里。我说爱她那双无邪的大眼睛——她的眼睛真美，像两条游动的金鱼。我说我是一个跛子，本来就是一个不对称的人，身上有着不对称的生长速度。经过这一遭，我更相信一个人身上存在着重叠的时间。谭琳说她担心婚姻这样一种生活形式会阻挡一个人追求新奇的脚步。而我为了哄她高兴，声称我在她身上已经发现了一个全新的世界。我抱着倒立的谭琳在手绘店里转圈跳舞，丝毫没有留意到去而复返的梁伯带着六七个街坊邻居，正站在我的牛腩店里，隔着雨幕看我抱着谭琳像只蜜蜂那样一颠一颠地说着情话。

经此一役，我们的婚事算是铁板钉钉的事了。谭琳带我去见她的父亲。她的父亲是一个瞎子，脖子没有力气支撑头部的重量，只能将那颗肥胖的头颅暂时安放在右边的肩膀上。所以我走进她家里的时候，远远就看到一个歪着摆放的大椰子。大椰子对我笑，问了我父母姓名及家庭情况以后就没有更多的话，只说好："好好好！这样好！"他自始至终都这么说，最后说："我是个瞎子，只希望我女儿别变成瞎子就好。"这句话意味深长，我理解的大意是希望他女儿谭琳别看走眼看错人，所以信誓旦旦加以保证。"我有钱。"我告诉我的老丈人，我准备用矮弟姥留给我的钱去买一套房子，那钱是她留给我娶老婆的，这算专款专用，不会用错地方。老瞎子颤抖着移动了一下他手中的拐杖，说房子不用太大，房子越大想要的就越多，够住就好。但这句话我也没听进去，因为那时我正看中碧河边上一套临河的大房子，我把箱子里的钱数了一下，购房之后刚好略有剩余，可用于装修和结婚旅行。

幸福在按部就班地进行。我们从泰国的海边度完蜜月回来，皮肤都晒黑了，心里却充满了阳光。因为我完全领会了倒挂会成为另一个人的美妙之处——这相当于我一次就娶了两个老婆。但回来之后谭琳就一直忧心忡忡，一周之后，她的瞎子父亲就坐在马桶上走了。悲伤被葬礼的程序按部就班地稀释了，谭琳哭不出来，我也哭不出来。直到安顿完一切之后，谭琳回到家里，才突然哇的一声哭了。她哭完就去手绘店画画，不眠不休画了一天一夜，便在画架旁边沉沉睡去。在我无比担忧的目光中醒来之后，她对我说，我要一心一意对她，因为我已经成为这世上唯一爱她的男人。我当然满口答应，但我的哑巴新娘摇摇头，她在画纸上勾画了两个牵手的女人，然后将其中一个划掉了。

"你不能都要，得做出选择。"我知道她正这样对我说。她显然要求我对婚姻、爱情和性爱都提高到信仰的高度，不可三心二意。

我告诉她，我很难取舍，她身体里的姐妹俩我都喜欢。

"谁规定专一的爱情就不能同时爱上两个人？"我反问她，我如何能在她们两人之中做出一个选择？一个羞涩一个活泼，这不都是叫谭琳么？一个魂灵两个肉体，一个肉身两个灵魂，不过是一张扑克牌的正反面罢了。

但谭琳不吃这一套，她咬着嘴唇不再说话。到了夜里，她也不允许我再玩那个翻转过来的游戏。我反复劝说，告诉她一个身体翻转一下，不过就如同一本小说的两种读法，并没有任何不妥。

但谭琳不肯。

我开始想念那个活泼的谭琳,她火辣、大胆,能十分容易就刺穿我的身体将我的欲望抛到顶点,每次都带给我颤抖的惊喜。那个被囚禁在天花板上的谭琳显然也在反抗,她想要的,天花板上清冷的世界并不能带给她,她需要火辣地燃烧。

但我看不到她。谭琳把我的黑眼镜和破本子都藏起来了。仅仅有一次,我偷偷将那个黑眼镜戴上,便发现倒挂的谭琳早就将她的嘴唇贴在我的嘴唇上,只是我一直视而不见。我看到她的脚下垫着高高的椅子,支撑着她倒垂下来,和我接吻。

"用平行分身术,将我和她分开,求你。"火辣的谭琳说,她想回到地面上来,要平等地竞争,她不惜耗费一半的寿命。

我在她的眼睛里看到了火。

而另一双柔情似水的眼睛出现了,她含着泪,要我摘下眼镜,不然——

"我就从这窗户跳下去,跳到碧河里去,你连尸体都捞不到!"哑巴谭琳用手语十分清楚地这样说,"我想我们得有一个孩子,如果用平行分身术,那就永远也别想有孩子了。"

是的,结婚这么久,她的肚子一直都没有动静。

"你要孩子,对不对?我们都想要,对不对?"她用笔在画纸上这么写道。

我点点头。她伸出手,要我将眼镜递过去。我只能递过去。她一把将眼镜扔出窗外,刚好落入浩荡的碧河之中——"要不眼镜扔进碧河,要不我跳进碧河!"

在这空空的大房子之中,她满眼泪水站在那里,像一个掉进水里的孩子在抓住最后的救命稻草。她举起她的画笔,折断了,并用折断的笔杆刺穿自己的左眼。同时哑巴谭琳开口说话:"我会补偿你,给你一个孩子,给你一双阴阳眼,我会永远爱你!"我扑过去,抢下她的笔,救下她的右眼。

"你不能什么都要,你得做出选择!"

没有一种处理欲望的方式是正确的。如果有第二次相遇,我还会做真正的傻子,去娶一个羞涩而有一双美丽眼睛的哑巴。大概有些事情仅仅被完成是远远不够的,你必须用全部灿烂去包围它,再用一生的时间去圆满。

2013 年 8 月 24 日完稿

念彼观音力

一

"昨天早上我去菜市场买菜,看到一条鲤鱼从水槽里跳了出来,重重摔在地上,左右翻腾着,我正想过去把它捡起来,卖鱼的却说,别捡,让它在地上蹦跶一会儿,蹦不动再捡回来,它就老实了。"

她说话,眼睛看着后视镜。崔浩不知道怎么接话,所以他就没有接。

崔浩将车窗关紧,风扇调大。

她接着说:"想着有人说鲤鱼跃龙门,就是说人怎么也得有梦想,你说对吧?但万一你生来是菜市场的那条鱼,总以为跳出去就是大海,谁知道纵身一跃却落在地板上,那怎么办呢?还不如留在水槽里呢。"

崔浩笑了一下,双手在方向盘上变换了一下位置。车子进入匝道,画了一个弧,上了高速,半步村在后面慢慢退远,变小,成为一个不能动弹的名词。对于一个离开半步村多年的人来说，故乡不过是一串包浆的珠子，牵挂摩挲，却早已经看不出最初的模样。崔浩每次回来都是匆匆一瞥，家里只剩下几亩杨桃园子，都是亲戚帮着照看。这一次回来过年，算是待的时间比较长的了，就因为年前把工作辞掉了，一下子多出了一个长长的假期来。

她又说："在你们这些读书人面前谈这些，会不会被你们笑？你一定是在心里笑我！"

"快别这么说，"有一种聊天模式叫晒不幸，崔浩赶紧说道，"嫂子你这么说，我想到了我离婚，还有从原来的学校辞职，这些事都像是拔牙，拔出来就不能再种回去，所以啊，即使在地板上蹦跶蹦跶，也没办法了，你看我现在就是蹦跶着了。"他舔了一下嘴唇。最近说话少，偶尔说几个句子，都险些咬着舌头。离婚也不算太大的坏事。要命的是陷入中年的沉重里，意兴阑珊，对什么都提不起兴趣。整个春节他几乎每天都宅在家里写毛笔字，恍惚间都成了退休村干部的模样。

"我知道你之前离过婚，还不知道你辞职，村里人都不知道吧？"

"是啊，我老妈拦着不让说，觉得没面子。之前我只是讲师，大家都叫我崔教授，现在不在高校工作了，这头衔也就保不住了，我老妈还怎么在村里一波亲戚家里的中学生面前保持权威和神秘感？每逢高考时候，她都非得打电话咨询各种备考填志愿的事情，你说现在高考一年变一个样，每次把我弄得都得去上网搜索，各种尴尬……"

她沉默了一阵，才说："好在你现在回来得少，你们的老房子夏雨斋都拆了,你就更少回老家了,所以能蹭你的顺风车,真是踩了狗屎运。"

"你上了车,我倒成了狗屎了。"

"哎呀,我不是那个意思……"两人笑。

车窗上忽然洒下几滴雨,一朵云飘过去,忽然又晴了。南方的天空总是这么忙碌。好吧,总算走在离乡的路上。他已经不太习惯老家的一切。家里人都说他这是"城市病",住惯了城市高楼关门闭户的日子,现在一整个假期都躲在二楼,只有吃饭时候才到楼下来。"那么……接下来有什么打算?"过年嘛,父母都在催问。父母催问的时候眼睛都没有看他的脸,总是看着门槛或者屋檐之类无关紧要的东西。

"先去云南转转吧。"他随口说。

"云南?云南是哪里?"老妈只知道半步村之外的地方都是北方,以为出了东州市就全都是外省的地界,他们对云南是哪里根本就没有概念。

他朝电视柜下面药箱的方向指了指:"云南白药的那个云南,也不是太远,打算开车回西宠,再坐火车慢慢过去……去干啥?去看看有没有药材生意或者客栈民居生意,到时再看吧。"他不得不撒了个谎,要说是去散散心,发发呆,他们多半不信。

"你说你要去云南?"鹦鹉嫂子问。"鹦鹉"是她老公,表哥走路总是弯着腰,外号就叫鹦鹉。

"我说过吗?"崔浩搜索着刚才的谈话,好像没提到云南呀?他只是刚好在村口,刚好就这样遇到了鹦鹉表哥的妻子,说是搭个顺风车。是他叫住她的,问嫂子你要去哪里。她背着一个书包,上面是彩色的卡通图案,应该是女儿用过的旧书包,一个人低头走在村道上。他在她旁边停下来,放下车窗,把她吓得脸色煞白。

"嫂子你要去哪里?"他又问了一遍。

"你要干……干啥?"她还没缓过来,慢慢才露出一个笑脸,"你要回西宠?那好!顺便载我一程,你看这破地方,公共汽车不通,出租车更不会来,我还想走去国道看看有没有大巴。"

"你去哪?"

"老娘生病,回一趟娘家。"

崔浩开始后悔刚才停车的举动。他大概脑袋进水,以为只是将她带出半步村,放在国道边上的车站就可以;没想到她得知他要回西宠,居然兴致勃勃地要跟着他一路到西宠,然后再转车回娘家。这个远房表哥的老婆,就这样入侵汽车的空间,她稳稳占据了副驾驶座,眼望前方,仿佛这个座位原来就是她的。这让崔浩感到沮丧,又不好发作。崔浩用食指敲击着方向盘,盘算着漫漫长路,该跟这个半熟不熟的嫂子说些什么。就在这个时候,鹦鹉嫂子不说话了,崔浩第一次感到车厢里有这么多空气。

崔浩干咳了一声,说:"你刚才说到菜市场的鱼,我倒是想起有个哲学家讲的一个故事……"

"说来听听!"她迫不及待插了一句。

"说是有一个人老觉得自己是一粒稻谷,结果就被抓进精神病院,接受治疗,病终于治好了,他也不再觉得自己是一粒稻谷,清楚自己是人类。于是办理出院,但到了门口他又缩回来了,他被一只母鸡吓得直哆嗦。他对医生说，我已经非常清楚自己是一个人，但门口的母鸡它知道吗？它不会吃了我吧？"

崔浩哈哈笑了一下，鹦鹉嫂子却问："然后呢？"

"没有然后，这是一个哲理故事，跟你说的菜市场的鱼有点类似。"

"哦，哈哈。"她应付地笑了一声，声音里充满了尴尬。

崔浩突然觉得很累。为什么要这么累呢？他决定选择沉默。这个时候鹦鹉嫂子突然悠悠叹了一口气，说："你们有文化的人，会相信鬼神和菩萨吗？你说，人死了如果下地狱，阎王爷如果要把我变成一条鱼，或者变成一粒稻谷，你说我能不能跟他讲讲道理，让他别罚我？"

崔浩摇摇头："这个不知道。"

"就知道你会说不知道，你又没见过鬼。"

"你见过？"

"我见过。"她答得干脆，这斩钉截铁、不容置疑的语气，让崔浩又不知道怎么接话。

她打个了哈欠说，既然已经上了高速，她就睡一会儿。她还真说睡就睡，右手肘靠着车玻璃，头靠上去，很快就进入睡眠状态。

"农村妇女。"崔浩脑海里闪过这四个字，同时也闪过对这种念头的忏悔：不应该瞧不起她，说睡就睡对许多所谓的知识分子来说简直就是奢望，大学里有太多老同事是失眠症患者，能睡个好觉就是最大的奖赏。去年就有人因为一个星期没睡结果跳楼自杀。这些年来，他也奇怪于自己总是如此，一边总有歪念头，一边又总为歪念头不停进行自我审判。车在疾驰,这是车上静默者的游戏吧。大概每个人都可能是一条鱼,也可能是一颗稻谷,或者同时是鱼和稻谷。

她呼出一口气,调整姿势,外套挪向一边,露出里面粉红色的衬衫,扣子没扣好,她居然没有戴胸罩,乳房形状若隐若现。崔浩禁不住多看了两眼,一股热力从腹部升起,整个人忽然精神了。他从内心批判这样一种心理状态,但自己的身体又如此诚实地苏醒了。嫂子大概三十好几了,有小肚腩,腰也粗了,但挺拔的鼻梁还是让她拥有非常好看的侧脸。这个侧脸唤醒了他的记忆,十多年前嫂子来到半步村的情景浮现在面前。那时候大概也是过年,鹦鹉表哥打工回来,带回来了一个漂亮媳妇。村子里都在谈论她作为城里人的白皙的皮肤和自以为大方的做作,前者多少有点女人的嫉恨,后者就体现在过年发红包之类的事务上。在碧河镇,村子里过年的红包其实是非常有学问的,这是亲情网络中亲疏远近的权衡:你给我多少,我给你多少,大概就能取得平衡,这都是非常考验当家的女人的。在你来我往的互相表达中,多年来碧河地区过年红包的起步价一直在涨,从五十块一路涨到一百块。但结果,鹦鹉嫂子给每个孩子都发了一个红包,大家喜出望外,结果回家打开一看,每个红包只有五块钱,一时间这件事炸了锅。因为交换回去的红包可都是五十块、一百块:"难怪这个女人姓曲,我看她姓取还差不多!"愤愤不平之后,有些人开始造谣说曲嫂子住过孤儿院,还在城里坐台做过小姐,是做那个的。

曲嫂子却依然我行我素,第二年春节,还是五块钱红包招呼大家,大家不接招,她就说半步村风俗不好,红包就是心意,太多钱大家都有压力,大有移风易俗的意思,弄得大家跟他们夫妻俩说话都变得十分客气。鹦鹉表哥夫妇从大城市回来,钱没有带回来,倒是带回来了大城市的骄傲。他们看一切都不顺眼,喜欢发表意见,这里骂一骂,那里批一批,总有发不完的牢骚。从乡镇的破烂公交车、下雨必堵的下水道,到无所不在的垃圾堆,在他们看来通通应该刷新重来。如果能有一键重装系统的功能,他们一定毫不犹豫换掉这个村。而最需要改革的,是村里逢年过节的拜神,简直就是封建迷信活动嘛!这些话偶尔说说也就行了,说多了就不识趣了。"你厉害你来搞咯!"但很明显,鹦鹉夫妇脾气挺大,却都没什么本事。回乡之后,他们从发廊做起,一路经历卖花、卖自行车,最后才开始卖猪肉。鹦鹉表哥愿意放下身段拿起屠刀,也是因为家里确实穷得揭不开锅了,刚好曲嫂子刚生下他们的第一个孩子,家里天一亮就柴米油盐酱醋茶,样样要花钱。终于在亲戚的劝说下,人高马大的鹦鹉表哥穿上了蓝布围裙,站在猪肉砧板后面,带着屈服的羞涩,对大家笑。这一笑果然亲和多了,大家仿佛都舒了一口气,觉得这样奇怪而不着调的一家子总算变成自己人了。像一块凝固的猪油开始在锅里化开了,鹦鹉表哥开始跟大家开玩笑,讲黄段子,调侃别人的媳妇,男人们也开始能跟他玩开了。在半步村,男人们所谓玩开了,无非是打牌搓麻将,自此鹦鹉表哥的猪肉摊通宵达旦灯火通明。

鹦鹉表哥最初只是玩两手,但大家慢慢就知道了他赌博的天分。确实,他总能扭转颓势,每天赌博赚的钱,不会比猪肉摊少。曲嫂子安顿完孩子睡下后,开始偷偷抹眼泪,但她把话都咽下去。她明白,能咽下话的女人才符合半步村对女人的审美要求。谁都不喜欢一个夸夸其谈的女人,任何场合,表达意见都必须示弱,必须克制,只有这样,你在这个村子才能生存得更好。这是她从城市里回来之后学到的最大的生存之道。所以不记得从哪一天开始,她接过婆婆手里的篮子,也开始挎着竹篮带着果肉祭品去拜神。

卖猪肉还是太累了,要起早摸黑,满手是油。在牌局里头赚到甜头的鹦鹉表哥,开始想着改行做点其他营生。半步村很多人做养殖日子过得不错,养猪、养鹅、养鸡、养牛蛙……养殖不用每天都做买卖,是按批次赚钱的。但鸡鸭鹅这些动物都太烦了,饿了就叫。

"有没有什么动物是你不去找它,它也活得好好的不会来烦你的?"鹦鹉表哥问老婆。

"鱼。"

鱼在水里,隔着水,不长毛,不叫——这一切都非常符合要求。所以鹦鹉表哥开了一家水族馆。外面看起来是水族馆,里头其实就是一个小赌场,曲嫂子在店里帮忙卖烟、卖饮料、记录筹码,水缸里的鱼左闻闻右碰碰,看起来倒像是装饰。在村里人看来,水族馆绝对不是村子的装饰,而是一个笑话。村里到处都是鱼塘,大概没有谁会觉得需要弄个玻璃箱子来养几条金鱼。所以鹦鹉表哥的水族馆赌场在一年之后也就输掉了,他这才想起了他的鱼,带着鹦鹉嫂子租了个池塘养锦鲤。崔浩散步时倒是去过他的锦鲤鱼塘,它离村落大概一里地,竹林环绕,挺安静的。锦鲤不是鲩鱼、鲈鱼、桂花鱼,锦鲤是与众不同的,锦鲤是用来观赏的,不是用来吃的。崔浩理解鹦鹉表哥的意思，即使鹦鹉表哥认为所有人都不明白他的意思。

他要一种区分，要出众，即使这样的出众显得像个升级版的笑话。

二

一辆车突然在旁边的车道呼啸而过，崔浩双手紧紧拿住方向盘，一股海浪一样的气流涌过来，整辆车仿佛漂浮了起来，崔浩不由得踩了一下刹车。旁边熟睡的曲嫂子惊叫一声，脚一蹬，头在车窗上撞了一下。

"嫂子，没事吧？"崔浩一边稳住车，让其匀速前行，一边问。

曲嫂子揉了揉额头，"哎哟，没事，我模模糊糊还以为那辆大货车轧过来呢！"

"这是到哪里了？"曲嫂子深呼吸了一下，顺便打了个哈欠。她一挺胸，两个奶子呼之欲出。她自己大概也注意到了什么，拉了拉外套，身子往后靠，坐直了。但安全带倒是把胸部的轮廓勒得更凹凸有致。

"还远着，嫂子不再睡一会儿？"

"你也不用叫我嫂子，就叫我曲曼吧，我们年龄估计也差不了一两岁，我总觉得我比你还小。"

崔浩一笑，带着一丝不易察觉的羞涩。他对自己身体的另一种诚实感到惊讶和不安。对这样一个农村妇女，自己怎么会有想法呢？他注意到胯下已经旗帜飘扬，幸好人类都穿了裤子。

车里安静了下来，还是曲曼开始说话："说到年龄，真的过得蛮快，记得当时刚来半步村的时候，什么也不懂，也不知道天上有这么多的神仙，我只知道观音菩萨。"半步村的神仙之多，崔浩到现在也数不过来，除了天公、天后、妈祖这些叫得出来名字的神仙，居然连街头巷尾的一块石头也被唤作"石敢当"，初一、十五都有人去烧香祭拜，对着石头说着自己的心事和愿望。

"在半步村，一个女人，如果不会拜神，那就不是合格的女人。"曲曼说这句话的时候，有一丝感伤，"这都是命吧。"她说许多东西都是阴差阳错，当时她爷爷要将她嫁给一个瘸子，就嫁在西宠，但她不肯，离家出走，就遇见了鹦鹉表哥，才有了后面的故事。"悲剧故事。"她补充说。如果没有鹦鹉表哥，现在她应该是一家鞋厂的女老板。崔浩问，瘸子家是开鞋厂的？鹦鹉嫂子曲曼也很爽快，说，现在想想，那个瘸子也不难看，总对她笑。但瘸子就是瘸子，少女时代谁不是看脸，不懂事。父母早年离异，十五岁时父亲就去世了，母亲改嫁后就没联系，家里都是爷爷说了算。两家是世交，高二那年，瘸子的父亲来提亲，爷爷做事强势，非得让曲曼定亲嫁给瘸子。曲曼成绩也不好，几番冲突之后选择了翻窗逃走，现在想来，像极了电视剧里的情节。爷爷一直是个傲慢的人，她走了，他也不追不寻，只等着她来认错。"没错，他就是封建！"曲曼离家出走，走了另一条路。

"那爷爷呢？"

"死了，留给我一箱子信，毛笔字写的，信封上没有地址，只有我的名字。"曲曼说这句话的时候，仿佛是一尊石像，没有表情，也没有温度。

崔浩伸手打开音乐，许巍的声音在唱："我坐在我的房间，翻看着你的相片，又让我想到了大理，阳光总那么灿烂，天空是如此湛蓝，永远翠绿的苍山，我爱蓝色的洱海，散落着点点白帆……"

曲曼笑了一下："你看，车里都是关于云南的音乐，你很喜欢云南啊？"

"也谈不上喜欢吧，最近那边还打人呢，还总是听到导游坑人的新闻，但哪里不是乌烟瘴气呢？至少云南的天真的是蓝色的，不像这里。"崔浩望着前方灰蒙蒙的天色，感觉胯下早已经偃旗息鼓。车在高速上穿行，前后都没有什么车，一片空旷，这条高速公路好像可以一直通向天边，或者某个天涯尽头。崔浩内心浮动着一点小情绪，但他说不出那是什么，身边坐着一个妇女。"妇女"是什么意思呢？讲不清楚，反正不再是少女。记得以前觉得这些生过孩子的女人都老得不行，但随着年岁渐长，似乎频道都放宽了，这些大概就是"熟女"，像成熟的葡萄那样，比较甜，不会酸。

"打人没什么啦，以前半步村也经常打架的，还死过人，死人其实也是非常正常的事情……哦，就最近，有个老人烧死了，卧病在床，两个儿子都各忙各的，他自己做饭忘记关煤气炉，大概后来就烧起来，整个房子都烧塌了，只能找到几块骨头……"

"啧啧，真惨。"崔浩说。

"可不是，还有人说，老人经常在夜里哭，也不一定是不小心，可能是自己放的火。"

"放火烧死自己？"崔浩在想象那个场景，他闻到烧焦的味道，浓烟滚滚，老人卧床，就是不起来救火，"也可能是生病起不来吧？"

"谁知道呢！反正村里嘛，各种意外都有，每年都会死那么几个人吧。"

"是啊，不然也不用那么多神仙，整天需要你们去拜了。"

"我还是觉得只有观音菩萨在救苦救难，观音能知道一切苦。而且拜观音，一般就在盘子里摆个苹果什么的就可以啦，她都是吃素的，一炷清香，不像村里有些神仙，狗肉都能拿来祭拜。"

"有拜狗肉的吗？哪路神仙？不会是吕洞宾吧？"

"那一年，我记得清楚，有一条狗，白色的，非常漂亮的白狗，跑到我们猪肉摊前面，大概就迷路了，我喂了一块骨头给它，它吃完了，看着我，然后走了。可是跑不远，它又回来，在不远处看着我。我再给它一块骨头。它是真饿了，后来，你知道吗，它真的靠近我，居然可以摸它，它对我摇尾巴，用脸来蹭我的小腿，痒痒的感觉。但就在这时候，你表哥，他用网兜就把它罩住了，然后，他们就把它给煮了！煮成狗肉，还拿去祭神！我整整哭了两天，现在想起来还……"她竟然抹了一下眼泪。

崔浩赶紧帮她扯了一张纸巾。

她边擦着泪，边咯咯笑了起来，努力缓解这种尴尬："你看我，你是不是觉得我这种行为非常可笑？死了爷爷没有哭，死了一条狗却哭起来。"

崔浩也不知道怎么接话好，所以他就没有说话。

"爷爷以前说，人是会变的，我没听懂，现在懂了。他以前不会这样的，在城里的时候，他热爱小动物，养鸟，养金鱼，还种多肉。

但他竟然杀狗,那时候,我真的太气愤了,现在想起来,也气愤。"

"到服务区了,要不我们停车休息一下?"

三

服务区里,他们去买水果,卖水果的把他们当成夫妻,一丝小尴尬,但他们都懒得解释。除了水果,曲曼还买了两罐啤酒,大铁罐,拎上车。

"好多年没喝啤酒了,我们穷,我一直都很省,但其实我很喜欢喝啤酒,反正你开车喝不了,我自己喝。"说话间,她喝了大半罐。

啤酒喝下去,她很快就脸红了。她拍拍自己的脸蛋,笑着说话,声音也变大了:"以前,我们在深圳打工,你表哥高兴的时候,会让我也喝半杯,我对酒精有点过敏,但我喜欢喝啤酒。他人真的不坏,以前真的还挺好的……"

"这话什么意思?你们平时处得不好吗?"

曲曼怔了一下,仿佛回过神来:"我刚才说什么呢?你是不是以为我们离婚了?不是的!……但你难道不知道,他经常打我?你回来得少,整个村子都知道他经常打我啊。"说这话的时候,她显得十分轻松,仿佛是遥远的事,完全没有刚才谈杀狗时那么激动。

"打女人的男人,我瞧不起!"崔浩不知道哪里来的男子汉气概,仿佛被隔空点燃。

"他不但打我,他连他母亲都打,只要赌输,回家就打人,孩子也打,所以现在孩子经常跟她奶奶住,放学后不愿意回家。"

曲曼掀起衣服，让崔浩看腰和小腿，确实都是触目惊心的痕迹。她完全没有意识到她在向一个男人展示她的身体。她居然还是有腰的，不是很粗，这让崔浩感到惊讶。

"那你为什么不报警？"

"报警？"曲曼摇摇头，"你不懂。"

她又喝了一大口："不聊这个了。谈谈你离婚以后自己怎么解决问题的吧？"

"什么问题？"话说出口，崔浩突然就明白她说的是什么，猝不及防，没想到自己居然会脸红。

"看看你，脸比我没喝酒还红。"曲曼有点兴奋，开始谈论这两年有了微信之后，村里多少男人戴了绿帽。说话间夹杂着笑声。有那么一个瞬间，她话语间隐约的信号让崔浩以为接下来马上会有故事发生。"车震"。他脑海里蹦出这个词，电视里的，狭小的空间，摇晃的车厢，咬住的嘴唇，渗出肌肤的汗珠……在离婚以前，崔浩有那么两回试图把妻子按倒在车后座浪漫一把，但两回都被拒绝了。一次是在海边，车开到沙滩上，夜幕降临，星野四合，崔浩裤子都脱了下来，但前妻还是挣扎着起来，大喊快透不过气来了，开窗开窗！第二次是在暑假，回到半步村，车停在空旷田野的小道上，前戏都做完了，但前妻总说外面有人偷看，不肯脱衣服。离婚以后，崔浩突然发现身边连个备选的性伴侣都没有，心空了，身体也空了。曲曼这个不速之客，突然来到他的车里，他在心里盘算着，其实自己跟鹦鹉表哥也不算太熟，这个嫂子只是平时遇到打声招呼。所以如果有什么越轨的事，应该也不算什么吧？他在为自己开脱的同时，又一转念：如果在车里脱光了嫂子的衣服，就是乱伦了。动了这样的念头，已然是罪过的。崔浩微笑着，内心却烽烟四起。他想起对曲曼印象最深的一次，是在他们的婚礼上，按照习俗哄着鹦鹉表哥喝完酒，就要开始闹洞房。一圈小伙伴都在讨论曲曼的皮肤，来自城市的白皙与光泽。和嫂子之间始终隔着什么，这中间需要揣度，需要猜谜语，需要斟酌损益……他奶奶的，日子都过成这样了，难道连淫乱的勇气都没有了吗？

然而什么都没有发生，很多事情稍纵即逝，连一丝犹豫的痕迹都没有留下。一场暴雨让车速慢了下来，也让话题回到了这糟糕的天气。"去他妈的天气！"崔浩他只能这样随口骂天气，他不明白刚才暧昧的话题是怎么还未碰摸旋即消逝的，四周突然安静下来。雨水从天上倒下来，闪着黄灯的车子在缓慢移动，就仿佛是大海中的一叶孤舟。而暴雨中还有一场没有完成的性事，即使这只是崔浩的理解，它或许是一场气势庞大的性事，但没有了。思绪浮动，崔浩在考虑如果这个时候停车做爱，他是否真的有勇气吻下去。但曲曼显然并没有考虑这些，她的啤酒已经喝完了，眼睁睁看着前面的雨幕，挡风玻璃上有忙碌挥动的雨刷。

曲曼开始哭泣。按她的解释，喝完酒，她就想哭，这是自然而然之事。她以前身边的朋友们都知道她这一点，会在她喝完酒的时候原谅她的放纵。"我去参加爷爷的葬礼，其实也不是葬礼，就是烧了埋了，我都觉得他是在骗我，觉得他没死，就在某个角落看着我出丑苦恼。活着的时候，他常常拿他的死来要挟我，什么不嫁人他死不瞑目之类的陈词滥调，他在他嘴巴里死了太多次，都让人麻木了。"爷爷去世之后，她去看过医生，吃过一段时间抗抑郁的药。从那一刻开始，她就已经没有朋友。她抽泣着说，有时候会想，她仿佛是被绑架来的，被爱情之类的概念绑架了。那时候满脑子是不切实际的幻想，还以为找到了一个能对自己好的男人，其他一切都是可以让步的。但到头来，落得这样的下场，看雨下得这么大，她感觉自己整个人都要爆炸了。崔浩说，要爆炸，也别在车里爆炸，会把车子炸飞。崔浩说，他现在没有老婆，也没有工作，就只剩下这辆破车了。

"啊——"曲曼抱着头在车里大叫了一声，把崔浩吓了一跳。

"我们还是下高速吧，找个地方暂时避避雨吧，这样的大雨，开高速太危险了。"崔浩轻声建议道，他心里的另一个声音却在说，他真的不是有意要安排开房什么的，但一些预设的画面还是掠过脑际。

"我这是在干啥呢？"开车下高速的时候，他在心里问自己。

四

在一个海边小镇的宾馆里，他们过了一夜。镇上也没有什么像样的宾馆。这是一间双床房，两盏床头灯都是坏的，在两张床中间的墙壁上另外安装了节能灯泡。谜语一样的灯光并没有把整个房间填满。墙上挂着一台破电视，只有一个台，崔浩打开电视，正在播一条新闻，说有个人乘氢气球打松塔，被风刮走了，三天了，至今下落不明。没什么好看的，崔浩关掉电视。窗外是车来车往的高速公路，窗户上方一台破空调呼呼地吹着，偶尔会发出咯咯的声响。

关了灯,高速公路上的汽车灯光不时照进房间,搞得像舞会一样闪烁。崔浩干脆把窗帘给拉上了。雨早就停了,他们没有人想赶路。两个幽灵,各怀心事。

自从进了房间,曲曼就变得安静,不怎么说话。跟车上肆无忌惮询问崔浩如何解决生理问题的样子相比,她似乎换了一个人,神情十分沮丧。她问崔浩微信里有没有半步村的朋友,崔浩说不多,但也有。她把手机拿过去,专门找了半步村的人翻了翻朋友圈。崔浩这才注意到她似乎没带手机。她说她早上走得太匆忙了,手机放在鞋柜上,没有带。崔浩笑她,说她一定是想借他的手机查岗,看看鹦鹉表哥在干什么。她没有接话,也没有笑,只是好像嘟囔了一句什么自责的话,然后倒头就睡,抱着她自己的被子。睡觉前她拿出纸巾擤鼻子,声音很响,似乎还在抹眼泪。

崔浩将之理解为内心矛盾,也猜想她并不是十分开放的女人。

"你说村里现在很乱,你乱过吗?"崔浩试图将话题引回前面暧昧的语境。

没料到曲曼开门见山:"我今天来那个,所以跟你住一间房也无妨,你别多想,想干吗自己到厕所解决去。我累了,想睡一会儿,醒了之后,我想请你帮我个忙。"

她缩进被窝里,没多久,就发出很响的呼噜声。

农村妇女!崔浩内心重新浮现这个词。她怎么这么能睡!他突然想,他今天这样算是什么事?如果被熟人碰到,叔嫂共处一室,狼狈为奸,这消息传到半步村去,还不死翘翘了?两人在大雨中跑来开房,但氛围有点诡异,他不知道该如何开始这个故事。这不像是约个女生开房,大家都心知肚明。更关键是,进了房间之后裤裆里一直软塌塌,没有了奋勇向前的动力。他将被子盖在身上,手往裤裆里一掏,没出息的东西蜷缩在里头。拨弄了两下,内心居然没有任何波澜。窗外有屋檐上的雨滴打在窗外雨棚上的滴答声,一下下很结实。他想起水手和椰子树,还有布达拉宫的夕阳,没多久,也模模糊糊地就这样睡着了。

他醒来时,外面天色已经很亮了,只是还有点阴沉,真不知道自己睡了多久。逆着窗口的光,他看到曲曼正坐在椅子上涂口红,她长发披肩,身子绷得很直。她换了一身紫色的裙子,裙摆大得有点夸张。

"这衣服好看吗?"她问,"像不像要去结婚?"

"我说出来不知道你会不会笑话我幼稚,不过我现在心里想到一个词。"

"什么词?别告诉我是狗屁爱情之类的。"

"不是的,我想到,私奔。"崔浩呵呵笑了两声,这个玩笑开得有些苍白,曲曼也没有配合他跟着笑。

"崔浩你还不起来?"这似乎是两人一路同行到现在,她第一次直接称呼他的名字。

他一跃而起,直接冲进厕所。早就尿急,只是忍着而已。尿完,他临时决定冲一下澡。打开水龙头,热水喷在身上,热气蒸腾,一股雄浑的情欲又将他托举起来,他伸手握住把柄,想起曲曼薄薄的嘴唇,中间似乎可以有某种对应,在想象中完成。火热的坚硬,可以被温润包含、围困、笼罩,像灌注植物叶脉律动的力,被危险驾驭的狂野。他撸动,猛烈地颤抖,轻轻地呼出一口气。

"崔浩,你好了没有?我有话跟你说。"隔着厕所的门,他还是听清了她的话。

他深吸了一口气,应了一声。洪水已经回到澎湃的大海,一切归于平息,他感觉自己在被重新组装,或者在被重新拆解,总之,整个人都松弛了下来。

"什么事?"他站在厕所门口,用浴巾擦着头发。浴巾里有一股消毒水的味道,近似于精液的腥味。

"也没什么……只是,我突然明白了我爷爷,他跪在台上,脖子上都是鲜血,我突然明白他在想什么。"曲曼本来盯着他,但突然又退缩了,转头望向窗外。窗外什么都没有,白茫茫的迷雾在浮动。崔浩这才注意到她今天似乎有些异常,她浓妆艳抹,把自己打扮得非常漂亮。"私奔",他脑海中又闪过这个词。

她伸手在桌上扯了三张纸巾,擤了鼻涕,这才瓮声瓮气地说:"也没什么,可能你要送我回半步村……"

又说:"你也可以送我去车站,我自己坐车回,但我想,你还是送我回去吧。"

又说:"我本来想,找个风景好点的地方,穿着我最漂亮的衣服,我就去死……"说到死,她的眼泪又涌出来。

崔浩的浴巾缓缓地放下来,感觉到她不是在开玩笑。他想找鞋子穿,但脚是湿的。他突然明白她为什么一路上都在讲她爷爷,讲她小时候。

"他不是人,赌输了钱,就把我卖了,三个男人进来强奸我。他在外屋听着，抽他的烟。昨天在池塘边干活，他又找我商量，问我可不可以再被搞一次，我成什么了！还问我被搞的时候是不是很开心？你说他是不是变态？他说他喜欢看我被别人搞，他在外屋也很爽，还能还赌债。说话的时候他蹲在池塘边低头弄鱼料，我抡起洗衣板，一把就将他打翻在池塘里。他栽倒在里头，一动也不动，我很害怕，就跑出来，刚好，路上就遇到你。"

崔浩感觉脑袋里有个炸弹爆炸了，嗡嗡响着。他扶着墙走过去，在床上坐下来。

"你是说，你杀了人？"

她捂住脸呜呜哭了起来，脸上的化妆品全乱成一团，面目瞬间变得狰狞。

"我在想什么呢？"一个女人上了自己的车，她是在逃生，或者真如她所说，是想寻死。而自己浑然不觉，只想使用她身上的某些器官。

"该死！"

五

"我们必须捋一捋。"崔浩终于用浴巾擦干了脚，穿好了衣服和鞋子。他必须理清楚，不然这样两人算什么？奸夫淫妇杀人潜逃？这不成了西门庆带着潘金莲逃跑了？"你行行好，你不能把我卷进去。"曲曼让他放心，她说她要死也不会拉个人垫背："你都离婚了，还没了工作。"崔浩内心闪过一丝被同情的温暖。

"你的洗衣板重吗？"

"重。"

"打中哪里？"

"后脑勺。"

"池塘里有水？"

"有水，不深。"

"倒下时他有喊吗？会动吗？"

"不声不响，也不会动。"

"那你怎么知道他死了没？"

"我害怕，扔下洗衣板就跑回家了。现在想，即使没打死，估计也被淹死了。"

"旁边没人？"

"没人，锦鲤池塘很少人来。"

崔浩注意到床头柜上有一个红色的台式电话，那种葡萄酒的红色。她一定留意到他在看电话机，于是他赶紧问她，那现在你怎么打算？

她张开嘴，似乎很艰难才说出话来。她眼里都是空的，眼泪在眼眶里打转，没说话的时候嘴角会突然变形。但她还是说话了："回去看看孩子，然后去派出所自首。你能不能，给她奶奶打个电话，看看她在不在家，我想跟孩子说说话。"

崔浩弯腰从包里找出手机，递给她。她接过来，手在抖。她递回来，报了一串号码，让崔浩帮她拨。电话嘟了第一声，她又呜咽了，抽了一把纸巾擦眼泪。

"喂！"那声音像踩在晒干的花生壳上，是鹦鹉奶奶，"喂！怎么没人说话呢？是不是阿曼啊？快回来吧，鹦鹉他在找你……"

啪！手机被她一把打落在地上，挂断了。

她的眼睛像两个黑洞，充满了恐惧；她惊慌失措；她环顾四周，似乎在某个角落有另一双眼睛正在盯着她。

"你别怕，反正要面对，他会原谅你的。"

"不可能！"她的脚缩到椅子上，紧紧抱着膝盖，"要不我还是去死，死了我就可以下去跟他道个歉，菩萨保佑让我遇着他，告诉他我真的不是故意的。"

崔浩把手机捡起来。

"别打！"她声音在发抖，"你带我走，去哪都行，云南！我给你做牛做马，你想怎么对我都行！"她瘫坐到了地上，长裙不像是穿在她身上，倒像是捆绑着她。

崔浩的手停在半空。他看着她的脸，她涂抹成一摊的劣质口红。他看着她的手，杀过人的手，他突然不寒而栗，一阵哆嗦。

"你别慌！你要相信崔教授！"突然把"教授"这个名号端出来，他脱口而出，连自己也感到意外。他从来都不是教授，过去不是，未来也不会是。只有现在，他需要冒充一会儿，用一个词汇将自己像个气球一样吹涨起来。他站起来，走到窗边，找到了鹦鹉表哥的手机号码（居然还存着！），拨过去，接通了，一个男人的声音接了电话，信号不好，说了两句才听出来是养鹅的强仔，强仔喂了几声，又叫了几声崔浩（手机里显示了姓名），这时信号稳定了，才告诉他，鹦鹉表哥睡着了，医生刚来过，正在给鹦鹉表哥打点滴。

"他不小心摔到池塘里,可能是中风,现在只记得他当年刚回村子时候的事情,后面的事情全忘记了。他老婆也不在,没联系上;你表哥就是离不开老婆,被人照顾惯了,如果老婆在家,他也不会摔成这样。哦,他还很虚弱,醒来时一直在找他老婆,说让他老婆别去拜神了,观音菩萨什么都不会保佑。"

他没有死!

她安静下来,神情木然。她突然不知道自己应该怎么办,仿佛那些她一直挣脱的,突然之间全部回来了。她站起身,走进洗手间。他听到她尿尿的声音,他听见她打开水龙头的声音,她在洗脸,他都听着,虽然厕所里没有刀片之类的东西,但他还是仔细地听着。她在洗澡,边洗澡边号啕大哭,水声掩盖不了她的哭声。她大概是头靠着墙壁哭,或者蹲在地上哭。她是在庆幸没有杀死他,还是在为一桩失败的谋杀而伤心?

崔浩突然感到难过,他抽了一张纸巾,抹了一下湿润的眼角。但他没有什么眼泪,另一个层面的难过是没有哭声的。荒芜的人生在他面前打开了另一副面目,绝望与虚无,有时候不仅仅是一个词汇,只是一个恐惧会连接着另一个恐惧。有时候他恨自己没有这样的勇气,如果这样的机会再来一次,给自己换一个频道,过另一种生活,清风明月无人管,浪迹江湖度此生。

厕所的门打开了,一股热雾冲出来,模糊了衣柜上的镜子。曲曼走出来,她只穿着内裤和胸罩,身材比想象中匀称,小腹上有一道剖宫产留下的刀痕。她用浴巾擦着湿漉漉的头发,她的头发又长又密,她似乎也没打算把它直接吹干。她肆无忌惮地打理自己的头发,像一只刚从池塘里出来的狮头鹅一样弄干自己,穿衣服,叠衣服,一言不发,而崔浩的存在已经不太重要。

六

退了房出来,外面从云层里漏下来几束阳光,白茫茫如在梦里。旅馆门口刚好有一家沙县小吃,崔浩提议进去吃早餐。说吃早餐已经不太准确,因为时间已经接近中午。曲曼说她不吃,崔浩还是要了两份面条。面条端到她面前,她最终还是吃了起来,狼吞虎咽,最后连面汤都喝光了。

她擦了擦嘴,看着崔浩:"我不想再过那种浑身发抖的生活了,我已经死过一次了……我死也不回去。"

崔浩目睹一份面条改变了一个人。吃了那碗面条之后,崔浩才发现曲曼背着光坐着,但背后都是光芒。

"那你打算怎么样?"

"我想去剪头发。"

在小镇的一家发廊里,她给自己剪了个短发。她说她以前是长发,后来鹦鹉表哥经常揪她的头发打她,拖着她的头发。后来有一回,她干脆剪了一个光头,这个光头直接征服了鹦鹉表哥,他求饶,答应不揪头发,让她还是把漂亮的长发蓄起来。但他还是打她,只是不揪头发。

"你带我去西宠,我想去鞋厂打工,也不瞒你,就是瘸子跟台湾人合资开的鞋厂,但瘸子永远不会知道我在他厂里的,你放心,我也不会让你找到我。你,还有你们半步村的所有人,你们就当我死了。"

2017 年 3 月 17 日初稿
2017 年 5 月 13 日改定

大风夜行

1

有点摇摇晃晃。

"第 33 次大别离。"主理司令官在手记中这样记录。他清楚记得第 22 次大别离的情形。那是一万多年之前,他们在白令海峡,从高空中安静地凝视一队猎人穿过白令海陆桥的动人情景。这些人类先民扛着各种打猎的武器,年轻人的脸上写满慌张,但老者有着不知哪里来的得意和从容。

再往前呢?再往前就没法回忆了,那时候克罗马农人还在与尼安德特人混居。

"智人在黑夜中穿行。"主理司令官翻看着手记,抱怨以前的记录过于简单。

"是简洁,"副手司令官补充说,"这一次,你要记录我是如何一个人灭掉夏朝的。"

"什么朝?"

"夏。"

2

副手司令官在人类那里,还有一个好听的名字叫女娲。

他们建庙供奉女娲,副手司令官认为这很有趣。

"能不能提前翻阅未来的篇章?"女娲问主理司令官。但后者制止了她。主理司令官又问,人类是怎么称呼他的。

"盘古。"女娲答道。

3

公元前 1076 年,帝乙去世,他的小儿子帝辛继位,天下称之为"纣王"。纣王举行登基大典的这一天,那是夏历荷月,一年中暑气最盛的日子,天边的云朵飘去又飘来,突然就大雨瓢泼。大雨落在王宫里,也落在朝歌城中,在城南的一家破旧的牛肉店里,一位老人家正在号啕大哭。他须发皆白,身着素色对襟麻布长袍,跪坐在席子上。他看起来满面沧桑,他活了很久,已经忘记自己是不是过了六十岁,也有人说他已经八十岁,另一些人则怀疑他只有四十岁,只是头发白得早,显老。

他叫姜子牙。他的牛肉店也卖酒,挂了一张招牌,上书"飞熊酒肆"。"飞熊"是他的号。

从小自诩为天才的姜子牙，从来没有料到自己会在一个炎热的下午，对着一堆发臭的牛肉呜呜大哭。雨水很快打湿屋顶的茅草，冲掉早就破落的草筋泥，露出苇束和竹篾，飞熊酒肆的抹泥地板也很快被雨水占领。姜子牙用手抹了一下脸，又用袖子擦了擦，他已经分不清脸上是泪水还是雨水。武白歪还在忙着用白陶罐接雨水，姜子牙喊了他两声，他都没有听见，第三声的时候他听到了，小跑过来。武白歪原来是仆御，也就是马车夫，犯了错，主人家准备将他卖去当罪隶，供人殉葬，刚好被姜子牙碰到。那阵子他的牛屠生意不错，他用半头牛买了武白歪当酒保。

　　姜子牙让武白歪取来一瓮酒。雨好像小了一点，风从雨的缝隙里吹来，夹杂着后厨牛肉的臭味，令人作呕。这堆牛肉坏掉了，也就意味着生意做不下去，姜子牙又要回到穷困潦倒的日子了。

　　"武白歪，从今天开始，你叫武吉，古利的吉，要有个好彩头。"姜子牙斟了第一杯酒，示意武白歪对坐而食。

　　见武白歪犹豫，姜子牙大袖一挥，说："史传商人先祖乘马服牛，地位不会比你更高，且坐无妨。"

　　武吉本在一旁侧立侍候，便依言跪坐在案几旁边："武吉好，这个名字好，太公说叫什么就叫什么。"

　　姜子牙给了他一杯酒："食！"

　　"喏，太公先饮。"

　　"从今天起，你叫我师父，我唤你徒儿。"

　　"太公师父，您刚才因何哭泣？"

　　"人们只知道我为牛肉而哭，却不知道我也在哭天下苍生。"

又喝了几碗酒，雨终于小了，可以清晰听到屋檐下雨滴打在路边牛骨上的声音。

"武吉，你说师父今年多少岁了？"

武吉抬头，端详着姜子牙，只见他双眼炯炯如暗夜中的灯火。

"邻人皆说师父就是活神仙，没有八十，也有七十。"

姜子牙哈哈大笑，又举碗喝了一口酒。

"我也不知道我活了多久，我也不知道我还能活多久！"

早在很多年以前，他的须发就突然变白，这让他看起来比实际年龄要大很多。看看身边的眼神逐渐变得恭敬，他也就在内心把自己当成一个老头。他开始做事变得稳重，思虑变得周全，举止变慢，说话也慢，只有他自己知道，他挥舞长剑的时候，速度有多么快，快得足够切开一片落叶。

这是一种被动的伪装，怪不了他。在这样一个时代，活着本身就需要谋略和伪装。少年姜子牙离开故土，乘着牛车走出东夷齐地，涉足中原，他在先祖伯夷的始封地吊古访旧而无所得，便辗转来到申国。中国本来是他向往已久之地，他在这里追祭吊慰先祖和同族，却遭遇兵匪，九死一生，险些被抓去当殉葬人。逃离申国，他只身前往朝歌，却在棘津停留。棘津古称石济津，在今河南省延津县东北，是距离朝歌非常近的一个重镇。在棘津，姜子牙没有亲戚朋友，生计没有着落，为了养活自己，他在棘津街头卖些瓜果吃食，本来想着做点小买卖过日子，却不料很快就过不下去，生意倒闭，只能另寻出路。最终姜子牙去充当杂役，出卖劳力，那会儿他还年轻力壮，在叱咄声中勉强活命。出卖劳力也干不了多久，人家嫌他笨手笨脚不够机灵，于是他陷入了"棘津之仇不庸"的困境。在棘津混下去也没有希望，姜子牙乘着一叶孤舟沿河而上，不日便到了孟津。孟津也称盟津，离首都朝歌很近，比棘津更为富庶，人口也要多一些。孟津是殷商王朝的军事重镇，地处商周交界，具有十分重要的战略地位。在孟津，姜子牙也没有别的本事，只能继续摆摊卖饭食，他做饭还不错，有几个拿手好菜，然而来吃饭的多是脚夫逃兵、农民穷鬼，他们只要填饱肚子，没钱还会赖账，姜子牙见他们可怜，也不忍心追讨，过了不久，生意也就亏本做不下去了。这样周而复始的生活，总像是被什么诅咒了，他永远走不出这命运的怪圈，重新一穷二白，他又只能去出卖劳力，一路跟着商队，就这样辗转到了朝歌。朝歌是国都，天下的英雄豪杰都汇聚于此，在这里，姜子牙倒是找到了一些老朋友。终于在老朋友的接济之下，他重新做了一点小生意，卖卖面粉和笊篱。一晃十年过去，姜子牙有了一点本钱之后开始屠牛卖酒，也娶妻生女，却不料倒霉的运气又跟着来了，这些年官府限制耕牛的屠宰，牛肉可不是一般人能吃得到的食物，生意再次陷入萧条。

　　姜子牙的目光越过窗外的矮土墙，落在那片青翠欲滴的竹子上。碧绿的颜色让他想起许多往事，那时少年青衫，纵马驰骋，家有良田千亩，出入护卫随身。可是商王帝乙昏庸无能，在帝乙十年发动征伐夷方、孟方的掠夺战争，将所有美好摧残在铁蹄之下，如今帝辛纣王继位，未来不免有更多腥风血雨。

　　"武吉，你知道竹子有什么用吗？"

　　"师父，可以长竹笋，还可以烧火。"

姜子牙并没有看武吉，他还是看着竹子。

"竹子可以发出这个世界上最好听的声音、最优美的音乐，那是绝对的透亮，可以切开任何颜色，辽远，深邃。只是我好多年都没有摸过笛子了。"

"师父也会吹笛子呀？只是我听不懂师父说的是什么意思。"

"没意思，"姜子牙举起双手，在眼前端详着，摇摇头，"没意思，这双手难道只能宰猪屠牛吗？"

"宰猪屠牛有什么不好？邻人都夸您力气大，说其他人还宰不了这么大的牛。"

"可是，我本该一手拿着玉笛，一手执着长剑，号令三军，屠宰昏庸无能的帝王……"

"师父，不可妄言，会被抓去关起来，砍头或者烧掉，都不好玩。"

姜子牙又喝了一杯酒，他心中悲楚，口中难言，只能长叹一声，然后问道：

"大姑娘邑姜这会儿应该到哪里了？"

"应该已经出了朝歌，越过狮子岭了。"武吉又给姜子牙倒了一碗酒，他明白师父伤心的不是牛肉臭了，而是师娘的离开，"师娘会好好照顾大姑娘的。"

姜子牙曾对妻子马氏说，给他十年时间，他一定能重振家业，拜相封侯。"群臣列道相迎，天子与他携手而行，钟鼓齐鸣，骑兵开道，路边铺满香草。"结果，十年过去，女儿邑姜也已经十岁，绰号大姑娘，生得乖巧可爱，他却依然一事无成，整日宰牛卖酒。这也就罢了，更可恨的是，他的性格比牛还倔，这么热的天，偏偏认为暴雨将至，天气将凉，牛肉会大卖，竟然还多杀了两天牛，结果一直等到牛肉里长了虫子，大雨还没有来。马氏积压多年的委屈在瞬间爆发，号啕大哭之后，决定带着大姑娘离开。姜子牙拉着她的袖子，说：

"夫人别恼，再多待些时日，我一定拜相封侯……"

他不说这句话，马氏还有些犹豫和不舍，此言一出，马氏大怒，袖子一挥，大骂了三声骗子，拉了家里唯一的牛车，带着女儿，背着包袱，头也不回地离开了。

飞熊酒肆，没有马氏喋喋不休的吵闹之声，也没有女儿在旁边拍手表扬他屠牛技术了得的声音，只有闹哄哄的苍蝇，围着臭烘烘的牛肉。

但大雨毕竟来了，只是迟了三天。大雨会淋湿妻子马氏吗？会让她回心转意吗？应该并没有，或者狮子岭那边是一片晴空。或者女儿会指着这片覆盖了整个朝歌城的乌云告诉她娘，你看，那边有大雨。马氏一定也看见了，但她不会回头了——十年足够让她心如死灰。

飞熊酒肆里只剩下武吉。姜子牙问他，你为何还不走，牛肉臭了，我的生意也就没有了。武吉大笑说："师父，我还等着您拜官封侯呢！"这句话让姜子牙对着一堆臭牛肉呜呜大哭起来。武吉知道自己说错话了，他收拾酒肆里的盘盘罐罐，良久才说："我不会离开的，自从您举起屠牛的手，用半头牛的钱买下了我，我的命就是您的了，没有什么困难能打败我的忠诚。"这句话说得十分平静，却铿锵有力，坚如磐石。

窗外是连绵的雨，姜子牙手中举着盛满美酒的铜觚（这是屋里最为贵重的铜器了），他仿佛可以穿过雨帘看到一个属于他的时代。他能从每个来到酒肆的客人眼中看到彷徨，看到怨怼，看到推翻一切的潜藏的力。他悠悠地对武吉说："我们会走过一段艰难的路途。武吉，你愿意听我说说过去的故事吗？"

武吉笑着说："太公师父，我们现在已经够难的了。"

"不，还有更难的时候，我们得换个生计了。"

4

主理司令官变化了形态，白发苍苍，手持芒杖，来见姜子牙。他的这个造型后来直接影响了姜子牙的发型。

"我有很多名字，元始天尊，盘古，都不要紧，人间够难的了。"

主理司令官给姜子牙演示如何在荒凉无一物的山崖上，芒杖点地，用三秒的时间还原飞熊酒肆。

姜子牙倒头便拜，口称师尊，问能否教这一招。

主理司令官摇摇头，缓缓开口，他的翻译机质量不行，有着奇怪的口音："第33次大别离即将到来，神要离开人间，你们作为稳定的信息储存器，要珍视人。相比动植物，人是更重要的容器，非必要别弄坏，所以不应该有人祭。我反对女娲的人祭，她制造恐惧，但我认为，人应该封神，每个人应该近乎神。"

"喏，不能再有人祭，要珍视人的生命。"

"小姜聪明。"翻译器的声音沙哑。

姜子牙听到表扬，又拜，继续请求师尊教会本领。

主理司令官眼睛一转，马上有了主意。他打开手记，在姜子牙的左右中指上轻轻一抹。他让姜子牙用拇指轻轻触碰中指，神奇的事出现了，有一行隐隐约约的文字出现了。

"我给了你一行字的未来时间权限，你可以比其他人类提前一行阅读命运。"

"一行?"姜子牙满脸疑惑，他努力理解，将一行字作为时间单位的概念。

"用你能理解的话说，你获得了占卜之术。"主理司令官把手里的芒杖递给他，"这个叫信号接收器，用来保证你占卜的准确度，如果离我们的飞船太远，就得将它高高举起。"

姜子牙似懂非懂，继续追问什么是信号。

"打神鞭。"师尊摸了摸自己的假胡子，用了一个姜子牙可以理解的词汇，再仔细讲解了一遍。

姜子牙打量着手中的芒杖，他脸上的得意和自信，与一万五千年前的人类先民出去打猎时一般无异。

事情搞妥了，主理司令官准备离开。姜子牙忙问何时能再见。主理司令官长叹一声："唉，我那个副手司令官到处搞事，在欧亚大陆的另一侧她成了大地女神，我是太阳神，她正在策划取代我成为主理司令官，太忙了，太忙了。"

主理司令官连连叹息并摆了摆手，说话间，神的声音响彻昆仑山脉，眼前的飞熊酒肆也突然消失。天空下起了大雪，姜子牙手持芒杖，仰头看着天空，天空中仿佛有两个太阳。下山时，他下定决心要蓄须，要跟师尊一样长须飘飘。他将拥有长须的念头视为神启，故此来到渭水之滨，他每次都能在水里，看到自己须发皆白的样子。

5

人祭有三个应用场景，一个是陪葬，一个是修建重大建筑工事，一个是祭神。当然，心情不好也可以"杀羌"，这个不需要记录下来。姜子牙在渭水之滨定居下来，身边有武吉，还有钱。钱是前阵子带着武吉走街串巷摆摊算命赚来的，虽然不多，但摆摊算命明显比此前从事餐饮业明显更容易致富。摆摊算命是为数不多成本约等于零的生意，无本而万利；特别是姜子牙有了万能的中指之后，那些富甲一方的人物，在口口相传中便完成了他的传奇。

很多中年男人的坏习性，有了点钱就开始研究钓鱼，姜子牙也不能免俗，整天像乌龟一样在河边端坐着，手持钓竿，天地间只剩下呼吸。呼吸吐纳，呼吸吐纳，唯一的干扰来自武吉。武吉给他送吃的，还到他耳边低声说："太公师父，鱼跑了。"姜子牙这才睁开蒙眬睡眼，只是打个盹的工夫，鱼来了又跑了，鱼钩质量不好，也给扯坏了，只剩一根针。姜子牙皱了皱眉头，看着手里的直钩，只能笑笑解嘲说："宁在直中取，不向曲中求。"武吉琢磨了这两句话，觉得神妙，于是他开始鼓励师父多说说，他可以让人把这些话记录下来。他说，太公师父，相信我，您的这些话思想深邃，稍加传播，绝对比占卜还能忽悠人，我们还能捞一笔。姜子牙见他这么马屁精，于是深吸一口气，把一个哈欠吞进肚子里，脸上又出现了彩霞般的自信。武吉继续鼓动：

"如今奸臣当道，诸侯愤慨，以太公师父之聪明才智，我们定可每天食肉。"

姜子牙对这种希望吃肉的想法非常不屑，他沉吟片刻，用不同于以往的口气说：

"夫鱼食其饵，乃牵于缗，人食其禄，乃服于君。故以饵取鱼，鱼可杀。以禄取人，人可竭。以家取国，国可拔。以国取天下，天下可毕。"

武吉已经备好笔，火速记录下来："太公师父，您继续讲。"武吉这个小伙子非常聪明，他早就已经明白怎么配合自己的主公去建立人设，并借樵夫渔人之口沿着渭水传播。故事都是沿着水系流动的，骑马的人太匆匆，只有舟中之人需要面对漫漫长夜，绘声绘色地互相讲述江边的传奇。

6

主理司令官在时空之门打盹。大别离不同于小别离，此去经年，也不知道何时这两个世界才能重新实现并轨连接，那时候人类世界还会完整保存神族的部分基因吗？他并不确定这个基因储存器的稳定性。"万籁俱寂，一灵独觉。"他自言自语。也许再见面时，这里已经成为外星人的世界，有其他布施者、觉醒者或者饕餮路经此地球，格式化，然后灵魂静默，或是以另一种编码形式存在。

他也不想留下任何神迹。一万多年前的小别离，他曾在石头上留下诸多神迹，后来都被时间的沙盘抹除了。他无法锁定时间，他不具备那样高阶的权限，包括他在内的神族，也只是时光之河中漂荡的孤儿，只能随波逐流，并未能真正搞清楚更大尺度上是否存在一个统一的宇宙真理。

他百无聊赖地翻阅人类手记，这部时光之书，由诸多测不准的流动算法构成。"天下苦秦久矣，马嵬坡杨贵妃，牛顿运动定律，三十三两白银，哥伦布船队，潮州屠城，马德堡半球实验，西出阳关无故人，新能源电车自燃，第4号台风泰利……"他赶紧把手记合上，这些信息流会令阅读者感到疲倦，无法长时间地凝视。在他的意念中，姜子牙变成了千足虫，出生时的模样和长须飘舞的滑稽模样同时构成了时间之维。他轻轻抽取了一个切片，如同抽出一片树叶，在上面添加了两个字：伐纣。

在渭水边的姜子牙倒地便摆，他感受到神启，他知道自己要伐纣。他知道文王的马车正在过来的路上。

"只是我的胡子还没有完全长好。"他心中暗道。

7

客观地说，三星堆一号祭祀坑出土的"黄金权杖"，全长达143厘米，只是对芒杖的拙劣模仿。周文王姬昌与姜子牙在渭水之滨密谈，河边开满了白色的槐花，天空中飞过两只大雁。文王看到了姜子牙的芒杖，武吉端来刚刚烹制完成的槐花鸡蛋饼，文王看呆了，抓起饼吃了两个。

"昆仑山上带下来的。"姜子牙说。

"神族之物?"姬昌问。他凝视着上面的八卦卦爻,眼中竟然涌出两滴泪水。这是他苦思冥想的题目答案。

姜子牙点点头,眼睛望向渭河水面,那里吹过一阵白色的云雾:"他们说,伐纣。"

"伐纣?"文王良久才反应过来,他的眼睛始终没有离开那根芒杖,"先生以为可行?"

姜子牙搬出他刚刚写完的《六韬》,再把芒杖放在旁边,然后说:"单单这个,不行;单单那个,也不行;但这个加上那个,可行。"

文王点点头:"神启,人谋,可行。"

后来文王被关在羑里城的地牢中,他透过狭小窗户漏进来的月光,想起姜子牙在渭水之滨的激情演讲,想起芒杖,以及有关神启的传言。芒杖上流动着月光的精华,他是亲眼见到的,故此昆仑山顶必有神启。他在地板上摆弄卦爻,依靠芒杖的信念撑过了七年的漫长牢狱生涯。七年之后,他重新见到自己的谋臣姜子牙,他自己老了许多,但姜子牙看起来并没有任何变化。他们聊起家常,他好奇地问姜子牙身体可好,得到的回答是:"还能尿得很远。"两人哈哈大笑。周武王那时候还不是周武王,他听到了笑声,心中的石头终于放了下来。

8

"天命玄鸟,降而生商。"

那艘叫作玄鸟的飞船，必定大有来头。副手司令官女娲一直试图说服她的主理司令官彻查六百年前那场诡异的暴风雪。那艘飞船完全被奇怪的电离层所包裹，穿过时光之眼，依然看不清它是如何在荒芜之中建立了一座都城。但主理司令官并没有改变他的想法，他抿了抿嘴唇，拒绝打开第 42 号文件。这个文件可以越过其他权限，直接调用商朝如何形成城市文明的档案。只要这个文件被打开，那么副手司令官就可以乘机获得修改文件的权限，关于一只狐狸的传说便可能被植入进去，后来的故事也必将全部改写。

主理司令官不禁在内心感慨，不单人间有职场，他住在这个破飞行器里，也常常要为同事之间的各种细节而烦心。他在人间虽然贵为天尊，还有一个盘古的头衔，但他明白这都是副手司令官在表面上给足他面子，事实上她在背后没少给他抹黑。不过，为了维系某种平衡，他决定还是受点委屈。"宇宙的运行，本质上也无非不对称的平衡。"这是他的感悟。他想，也许正因为他身上的这个特点，他才被认为可以胜任主理司令官这样的角色。

盘古问女娲："你听过姜子牙吹笛子吗？"

"没有。"

"应该听听，好听。"

9

姜子牙也没有料到自己能活这么久。

真的太久了，久得让人忘记了时间。文王死了，武王也死了，只有他还活着。他有十五个儿子，三个女儿。他铭记师尊的话，说人类是传递信息的容器，于是他努力完成信息的传播。每个孩子出生时，他都仔细检查婴儿左手中指，将芒杖逼近反复观察，但从未发现过蓝色的文字。他从来没有向任何人展示自己左手中指内侧的蓝色的跳动的字符。他也猜想过，可能师尊选中自己，是因为他身上流淌着大禹的血脉，大禹是半神，注定与众不同，由此也可以推测其他人无法看到他眼睛看到的字符，但不能去冒险。这些字符有时候他看得明白，更多时候他看不明白。他认为自己是个笨人，一斗芝麻倒下来，他只能接住几颗，辛苦地揣摩字符的意思，还常常猜错。当然，他不知道的还有，这中指上的显示会乱码，这也是主理司令官非常苦恼的地方。但要修好这个系统漏洞，主理司令官就必须放下身段去求他的副手司令官，那个在人间到处建神庙的女娲。他不想这么做，因此系统经常自动发送乱码。好在姜子牙小事糊涂，大事还是清楚，他清楚地伐纣，也清楚地主张废除人祭。人是高贵的祭品，这个观念早已经深入人心，故文王没听他的，武王也没听他的，但后来周公听懂了他的话：废除了人祭，也是废除了商朝献祭玄鸟的信仰，也为社会提供了更多的劳动力。

周公问："为了废人祭，你为什么如此执着？"他的意思是，犯不着为了同一件事总是去惹自己的老板不高兴，而且是几代的老板。

姜子牙答："周虽旧邦，其命维新。"

"说人话。"

姜子牙才答："为了对得起被剁成肉酱的伯邑考，他是我的忘年交。"

当然，他还有自己的回答没有说出来，那就是师尊所说的容器，人既然是容器，那么就不应该无缘无故被损坏。

10

好像忘记说说牧野之战了。是的，应该好好说说这场了不起的战争，因为那毕竟是姜子牙先生的高光时刻，在各种版本的故事里也有诸多演绎，在这里，我们只谈谈大家都不知道的一些事。

比如说商有三剑，分别叫含光、承影和宵练。但其实，它们不是三把剑，而是手持宝剑的三个隐身机器人，它们手中的宝剑也不是一般的武器，而是来自玄鸟飞船的神兵利器。每个机器人都是可以横扫千军的杀戮武器，它们还可以合并成可以喷射烈焰的飞龙。龙战于野，其血玄黄。完全可以想象，殷商的缔造者当时留给统治者的如此高级的武器，足以让一个王朝屹立千年而不倒。

姜子牙曾在朝歌见过这三把宝剑凌空起舞。纣王的车队路过飞熊酒肆，驶入不远处的城市广场。有刺客。随后他看到三把剑突然飞起在空中，很快把刺客砍成几段。后来又听说，刺客是纣王自己安排的，一是定期测试三把宝剑的忠诚度，二是威慑朝歌城里那些不安分的人。

但牧野之战前夕，下了一场非常奇怪的雨，这场雨提前显示在姜子牙的中指上，虽然掩盖了一切真相，但直接的结果是含光、承影和宵练在大雨之后便消失不见。

"感谢师尊。"姜子牙对着天空中飞过的环形飞行器长跪叩头，随后力排众议，挥师伐纣，商军根本无心奋战，纷纷倒戈，武王军队势如破竹，三个小时之后便进了朝歌城。

牧野之战，姜子牙一战封神，天下都知道姜子牙通神，有决胜千里之能。但没有人能知道他的神来自另一个世界，在大离别之际，他们还为人类世界建立了新的秩序。

11

师尊最后的话是："神已离开，人间好自为之。"

12

公元前1046年，纣王帝辛在朝歌鹿台自焚。这是大家看到的版本。但姜子牙看到的版本是，这个残暴的人，炮烙了那么多人，每次把人体架上烧烤炉他都感到兴奋，但在帝辛自己生命的最后，他并不能如他自己想象中那样勇敢地走进烈火之中，而是在烈火之旁软弱哭泣，瑟瑟发抖。最后，这个暴君并未能改写命运的结局，他被砍头，头颅被挂在旗杆之上示众。姜子牙对着旗杆上那颗既熟悉又陌生的头颅，发了很久的呆，他似乎完成了一件大事，但又觉得自己什么事都没有干。他常常有不在此处的错觉，仿佛自己还跟随师尊生活在另一个时空。

纣王死去多年以后，姜子牙才走完他漫长的一生。那依然是一个雨夜，他忽然看见早已去世的妻子马氏弯腰从窗前走过，姜子牙感受到来自左手食指的痛楚，这股痛楚一点点从指尖蔓延，一直到心脏，他明白大限将至。他呼唤武吉，武吉此时也是白发苍苍的老头，他走得慢，来到姜子牙床前时，只听见他的主公遗言中的最后一个词：

"不怕。"

2023 年 7 月 17 日

暹罗鳄

1

母亲依然那么忙碌。陆星辰突然感觉到母亲在身边转来转去也是一种幸福，他眼角的余光可以看到她从灶台走向洗衣机，看她拎着拖把走进里屋，她鼻尖一定冒出汗来。她嘴里还在抱怨他乱花钱，抱怨他为什么给家里装这么多监控摄像头。

"家里没有金蟾蜍，哪有贼来偷？"确实，在碧河镇，不能说夜不闭户，但夜里不关门还是睡得着的，那是来自泥土的安全感，活在泥里就没有什么好失去的了。

"昨天新闻里说，上周台风过后，暴雨淹了很多池塘，隔壁镇鳄鱼养殖场的铁皮围墙被大水冲倒了，跑出来六十条鳄鱼，品种是暹罗鳄，很凶，搜捕了两天才抓回去不到一半。"

"暹罗鳄？"母亲回了一下头，"你说的鳄鱼场，是你顺伯儿子的那个鳄鱼场？这附近也没有别的地方养鳄鱼。他们家跟我们家还是亲戚，在泰国的华侨也是同一家，以前经常联络，这两年没什么走动，在乡下生活，亲戚关系还是很重要，要我说，你在家反正也没什么事干，倒是可以去帮他们抓鳄鱼。"

抓鳄鱼？开玩笑吧，这事陆星辰可干不来。

然而装摄像头的真实原因，陆星辰没法告诉母亲，他在外面得罪人了，这次他逃回老家，也是迫不得已。暴力的粉丝团已经将他母亲的名字和住址都公布到网络上，有可靠的消息称，一个叫"黑洞组合"的三人敢死队已经奔赴碧河镇，他们都是血气方刚的青少年，能干出什么来，谁也说不好。所以他必须回来，他跟妻子说，没办法，无论如何我们得回去一趟。他回家之后的第一件事，就是在屋里屋外装上了十多个摄像头，全方位无死角地监视所有通向这座老房子的小巷子。至于碧河镇的鳄鱼跑出来这个事情，他是今天早上才听说的，难怪这两天总是听到镇上有大喇叭在喊，让大家远离池塘，小心什么，没听清，原来是小心鳄鱼。

鳄鱼，多么陌生的名字。在潮州老城区，韩愈当年的祭鳄鱼台还在，一千年前韩愈就是在这里高声念《祭鳄鱼文》："鳄鱼有知，其听刺史言：潮之州，大海在其南。鲸鹏之大，虾蟹之细，无不归容，以生以食，鳄鱼朝发而夕至也。今与鳄鱼约：尽三日，其率丑类南徙于海……"学校里必背的古文，抑扬顿挫，陆星辰大概还能背诵几句。门外吹进来一阵风，让他突然又想到，"黑洞组合"那三个小年轻如果不明真相地往村子里跑，万一被鳄鱼拖到水里当食物，那这事是不是还是跟他有关系？

鳄鱼翻滚。他脑海里浮现这四个字，画面感很强。

"黑洞组合"这个名称听起来傻不拉叽的，对应的正是陆星辰专门用于曝光社会骗局的账号"星斗士猛料"。"星斗士猛料"这个网名当然也矫情，但它在美人城元宇宙享有一定名声，粉丝数量二十多万，都是此前曝光了一起销售月球宅基地的骗局积攒起来的人气，后来就有一些人陆续投稿爆料，食品安全、医疗黑幕、教育丑闻之类的都曾引发热议。陆星辰一直隐藏得很好，他分身有术，在虚拟的空间里他是个战士，但现实中他就是一个怂货。

陆星辰的工作一直不顺。大学毕业前两年考研，他报考的是人类学专业，梦想当大学教授，但梦想太贵，折腾了两年没考上。于是找工作，工作也不顺利，都不是什么好差事。大学教授没当成，本来也可以当个中小学教师，只是教师也需要考试，他没考上编制，窘迫中只能先从家庭教师开始，再到培训学校临聘教师，最后到了公文培训班的老师，他发现自己还是没法按照教案上课，方才辞职离开；紧接着是当编剧，开始当学徒写脚本，打算从不能署名的影视编剧干起，但影视公司纷纷倒闭；第三个阶段他只能去当编辑，图书编辑面试没有成功，便在一家植发公司做了几个月的新媒体编辑，期间兼职做过毕业论文枪手，有一阵子还倒卖过工艺陶瓷，甚至给私人侦探公司也投过简历。父亲去世之后，他在外面晃了两个月，最后还是通过妻子娘家的关系，到南州高新区一家科技公司当内刊编辑。这是他所有工作中最好的一份，工资最高，工作强度也不高。

更值得一提的是，陆星辰每每在潮州老家的饭局上说起自己在南州高新区工作，大家都发出虚伪的羡慕和赞叹。南州高新区风景秀美如画，近些年经济腾飞，房价飞涨，引人注目。这家公司总部在南州高新区，但工厂在西宠，有两千多员工，本来也不需要什么内刊。但公司老板喜欢文学，拍着陆星辰的肩膀让他大胆放开手脚把内刊办好。"要敢想敢干，敢为人先。"老板抽着雪茄强调道。但一份内刊，还能如何放手大胆？无非是在前面的彩页上把老板出席活动的照片放大两厘米。不过仅凭这两厘米，老板突然觉得内刊非常顺眼，对陆星辰也非常赏识。

"小陆做企业文化有一手嘛。我们公司的同事总爱私下给别人取绰号，这种文化就不太好，小陆……子……这应该写一篇文章在我们的刊物上讨论一下这个问题。"老板在大会上谈笑风生，用力地夸了陆星辰，可是老板一时口误，有两次在小陆后面非得加上"子"。但这样一来，公司上下再没有人喊陆星辰陆编辑，连清洁工大姐都喊他"小陆子"。"呸，你应该叫我陆爷！"陆星辰独自在厕所尿尿的时候对着墙壁说。不料这时蹲坑发出一阵刺耳的冲水声。"陆爷不也就是陆公公吗？"蹲坑里不知道谁说了这么一句。其他两三个蹲坑竟然也都有人，都发出了完全刹不住的笑声。公司厕所就是这么一个看似安全其实危机四伏的地方，你永远猜不到门后面蹲着的人是谁。陆星辰心里一慌，趁里面的人窸窸窣窣系腰带的时间赶紧溜出厕所。第二天，"陆公公"的绰号还是在公司餐厅传开了，它让人想起了古代的墓碑。果然有人给做成各种微信聊天表情包，并迅速在各种群流传。三个字稍嫌拗口，很快简化成两个字，有人开始叫他"陆公"，并给他作揖。日子太无聊，在格子间的人们需要各种八卦来续命，在这样的情况下，"陆公公"这个话题估计得热闹好些天，他想了很多种应对破解的说法，没有一招好使。

2

生活本来也就是这样，当一个怂货也没有什么不好。一切的变化要从电梯里的那张该死的海报说起。当时是晚上八点多，陆星辰刚加完班，晚饭也没吃，他搭乘电梯从三十八层往下走，进了电梯就看到一张海报，海报上是一个扭屁股的小帅哥，陆星辰知道是个明星，但并不确定海报上的人就是肖亦迁，国内粉丝量最为庞大的男明星。陆星辰又困又饿，加上刚在电话里和妻子吵了几句，心情不佳，电梯里也没有别的人，手里的文件夹又正好有一支油性笔，他对着男明星那张小白脸看了两秒，怒从心头起，恶向胆边生，掏出油性笔便在海报上涂画了一下，把小白脸画成一个女人，又在上面写了一行字："你纵有千种风情，肾虚依旧！"写完感叹号，他内心一阵舒爽，忍不住哈哈笑了起来。如果事情到此为止，那么也没有后面的事，最多被物业投诉有人乱涂乱画，但他手痒，拿起手机随手一拍，便发到个人的社交媒体上去了。

这张照片把陆星辰的生活彻底扭向了地狱。他本来以为他用的是那个压根没有人知道的小号，但不想无意间用的是"星斗士猛料"的大号，第二天一早发现自己发的照片已经被转发得到处都是。他本来睡眼惺忪，看到那么多留言，顿时清醒了，赶紧删除了照片，但已经太迟了，有人以截图的方式转发，"星斗士猛料"一夜之间被明星的粉丝团围剿。他花了半个小时才大概搞明白状况：大明星肖亦迁深陷一起"换肾传闻"之中，据说是因为那方面不行才换的肾，总之"肾虚"两个字正好切中了事件的要害，而且陆星辰发现自己信手涂鸦的照片，还是有那么点意思，竟然给那张海报平添一种说不出的神韵，让肖亦迁显得无比猥琐。肖亦迁的粉丝们全疯狂出动，只用了一个早上，陆星辰就被人肉搜索曝光出来。肖亦迁的粉丝数量超过五千万，这让陆星辰捏了一把汗，全球超过五千万人口的国家才二十六个，如果数据没有造假，那么这个面色苍白的小男生拥有的粉丝数量已经超过全球大部分国家的人口数。

他出门上班，一切正常，电梯里那张海报已经被撤掉，换上了一张阳光沙滩的照片。中午的时候，他感觉办公室玻璃窗外有人在看他，但抬头时又一切正常，他觉得也许是自己多心了。下班时，在电梯里，有个男人出电梯时朝他竖起大拇指，大概是点赞表扬的意思，那根拇指又迅速收了起来，他甚至猜不到是不是对他点赞，还是刚好是对方的一个习惯性动作。出了办公楼，他来到停车场，发现自己那辆破车的车胎不知道什么时候被扎破了。天色已晚，这个时候也不好去补胎，干脆打车回家吧。他平时若是晚上要跟同事去喝酒，也会打车上下班。他习惯性地走了一段路，穿过超市旁边的人行横道，再绕到路对面打车，这样省至少十块钱的车费。但也就在这时，他确认自己被跟踪了。那是两个穿短裙的女生，她们站在一棵玉兰树下面对着他拍照，被他发现以后她们又装作若无其事。她们的演技明显过于拙劣，然而他只能假装镇定，深深吸了一口气，然后悄悄打开了美人城元宇宙。"星斗士猛料"这个号他已经没有勇气去看了。于是他用小号登录，很快便发现他的个人照片、工作单位、手机号码、家庭住址等个人信息,已经赫然被人非常暴力地公布在网络上。

看来车胎也是被故意扎破的了。这时一股愤怒夹杂着恐惧涌上心头,让他第二次做出了错误的判断。他的手机响了,有个男人给他打电话,他非常自然地脑海里就浮现电梯里给他竖拇指的男人的那张脸,电话很简短,那个人告诉他,他需要的一切黑材料已经发到他邮箱了。果然,邮箱里多了几封未读邮件,里面都是关于明星肖亦迁的黑材料,他越看越兴奋,一种正义感让他全身充满了力量。回到家里,妻子喊他吃晚饭,他也充耳不闻,直接到了电脑前,连夜更新了"星斗士猛料",同时换上了一张圣斗士星矢的卡通头像以表达自己决战到底的信心。按下发送键的那一刻,他明白又一场战争已经打响。半个小时之后,他的手机就响个不停,最先打来的自称是肖亦迁的律师,让他赶紧删除资料并发出道歉声明,说材料都是道听途说的假材料,给多少钱可以谈;接着这个人便问是不是正在电话录音,然后又否认自己是肖亦迁的律师,匆匆挂了电话。紧接着是肖亦迁粉丝咒骂他的电话,然后是匿名电话……他只能选择关机。但是,妻子的手机开始响个不停,接通后都是找陆星辰的。陆星辰只能把妻子的手机也关掉了。妻子望着他,问他怎么了,他只能简单把情况说了一下。妻子听完,一把将脸上敷了一半的面膜扯了下来。

"陆星辰,你疯了吧?"妻子的声音里满是恐惧,"你想害死我们全家吗?还想报警,你还想把事情闹大?"

陆星辰想说什么,但面对愤怒和失望的妻子,他终于还是低下了头。就在这个时候,厨房发出了一声响动,他赶忙跑过去看,以为是老鼠打翻了瓷碗,进去一看却发现是窗玻璃破了,不知道被什么东西砸破的,也许是石头,或者是气枪一类的。他脸色发青,冷静下来,他有点后悔自己的冲动行为,意识到自己相当于向一个坐拥五千万人口的国王发起了挑战。

幸好,没有人继续再砸他家的窗玻璃。妻子坐到电脑前,浏览了一下便说,肖亦迁出来说话了,非常温文尔雅地告诉各位粉丝需要克制,并对粉丝公布陆星辰个人信息的行为表示谴责,同时说如果陆星辰有需要,他的律师团队可以提供帮助。

"看看人家,以德报怨啊这是。"妻子说完,脸色稍宽。

陆星辰也凑过去看,他发现肖亦迁越是这么谴责粉丝,粉丝越是觉得偶像又帅气又大度,所有的留言清一色都是极尽赞美之能事。

然而关于肖亦迁肾虚的传闻继续在发酵,话题的中心已经从肖亦迁的肾慢慢转移到他是否迷奸未成年少女。"星斗士猛料"的账号下面依然每天聚集了大量骂陆星辰的肖亦迁的粉丝,让陆星辰感到害怕的是,这些人里面居然还有他的邻居或同事的小孩,他们宣布认识陆星辰,十分疯狂地认为陆星辰平时伪装得很老实,其实是一个十足的坏人。"求求你做个人吧。"那个叫"黑洞女神"的孩子对陆星辰说话的语气,充满了仇恨和蔑视。他们随时可以为了拯救自己最爱的偶像而献出自己的一切,可以毫不犹豫扒了陆星辰的皮。

陆星辰发出电梯照片之后的第四天,公司的主管也找他谈话,了解事情的经过,并用一种语重心长的口气对他说,最好以工作为重,不要参与到这些负面的社会事件中去。谈话的最后,主管建议他还是休息一两个星期。见陆星辰还想说什么，主管伸出手掌在空中按了一按，仿佛按到了一个暂停键，然后说："我就直说了，那个明星的粉丝代表已经找我们老板谈了你的情况。这些粉丝代表都是很有影响力的，里面有富二代，也有不少有钱有势有时间的中年妇女，师奶团可能比少女团还要狂热。所以你目前能避开一下，也是好的。"陆星辰点了点头，出门的时候主管又说了一句，平时看你挺老实的，藏得很深啊。主管对陆星辰笑了一下，这个笑容让陆星辰预感这份工作可能没法继续干下去了。

3

陆星辰本来以为被粉丝围剿这样的事情，很快会随着时间的推移而过去，他又可以回到原来的生活。生活总是有落地生根的惯性，每一棵树都以为夜里的狂风总会在黎明停歇。但是，熟悉台风的人都明白，台风过境，不可能了无痕迹。

妻子在机场工作，今天刚好需要上夜班。陆星辰饥肠辘辘，他下楼吃了一碗面。他一直在试图梳理事情发生的经过，今天的面条吃起来也没有什么味道。从面馆出来时，广场的空地上正好有理发学校的学员在吆喝着免费理发。陆星辰摸了摸头顶，想起头发也好多天没有剪，于是鬼使神差走过去剪头发。事后追忆，一切的坏事大概就是从这个看似偶然的决定开始的。他在塑料的方凳上坐下时，心里隐隐感到不安，但觉得只是剪个头发，不至于出什么大事。大事来自一阵风。理发围布像魔法师的斗篷，那时已经穿在他身上，那个有点腼腆的学生模样的理发师朝他笑笑。理发师没有龅牙,也没有长长的手指,显得很瘦弱。他拿着嗡嗡作响的机器逼近陆星辰的头发,陆星辰决定不再看他,他只想速战速决,剪完走人。这时一阵大风不知道从哪里吹来,路上的灰尘仿佛都扑到他脸上来,身上的围布被掀了起来,而腼腆的理发师也在这时打了一个大大的喷嚏。陆星辰正庆幸围布掀起帮他挡住了喷嚏的唾沫星子,但只感觉头顶一凉,他心里也是一凉,完了。果然完了,取来镜子,镜中那个人头发被削掉半边,赫然被剃了个阴阳头。

学生理发师被吓得脸色发青站在一边。领班的人一边呵斥他,一边赔着笑脸道歉。但什么都太迟了,削掉的头发不可能再接上去。

"另一边也推掉吧。"陆星辰长长叹了一口气。

"全剃光吗?其实还可以补救,我们可以……"

"住嘴!剃光!"

一颗光头,不圆,也没有想象中那么光亮,但故事开始突破生活的枝蔓,进入我们所知道的那部分细节。或者说,这颗光头为我们获得了一个愤怒的男主角。陆星辰站在路灯下,眼睛血红,他用手机的屏幕又照了照自己的头。领班的还在旁边喋喋不休,陆星辰一个字都没有听进去,他伸出一只手,领班的以为他要钱,苦苦哀求说他们是学员,他们没有钱。

"有烟吗?给我一支。"陆星辰的声音很低。

"烟?有,有烟,有烟!"领班的递给他烟,恭恭敬敬给他点上。

这是八岁那年偷大人的香烟挨打之后,陆星辰抽的第二支烟,他没有猛烈地咳嗽,只觉得嘴巴里都是口水。他朝路灯的方向吐了一口痰,拍了拍领班的肩膀,然后拨通主管的电话,告诉他,他要辞职。主管嘴上挽留,但陆星辰能感受到主管语气中的如释重负。

妻子对他辞职这件事,反应比想象中还要大,虽不能说暴跳如雷,但她在家里走来走去的脚步显然频率都加快了,拖鞋发出吧啦吧啦的声音。他内心明白,妻子的焦虑来自对他生存能力的怀疑,怀疑他没法找到一份像样的工作,没法为这个家庭提供一份稳定的收入。

"我说陆星辰,你能不能正常一点?月光骑士丢了,你也不出去找,就知道在阳台发呆!工作说辞就辞,不看现在是什么经济形势,也不跟我商量一声,这样的家庭生了小孩也会是个悲哀,我们还有房贷……家里的地址都被那些粉丝暴力团公布到网上,你的个人照片和证件信息随便一搜整个网络都是……"

月光骑士是妻子的沙皮狗,已经丢了两天了,南岛新湖那么大,怕是早给人家套走了。陆星辰什么也没说,走向门口,打算开门出去。

"说你半天,你也放不出个屁来……喂,不吃饭你去哪?"

"找狗。"他把大门在身后一关,世界顿时安静了下来。但这时他才发现身上只穿着睡衣,脚上踩着拖鞋,能往哪里去呢?

4

陆星辰穿着睡衣出去找狗。

南岛新湖原本是一个水库,规划成科技高新区以后,里面的农民都搬迁了，在科技企业进来以前，里头空荡荡，只有漂亮的草树。这几年终于有一些企业进来了，而南岛新湖依然是高冷的，更多的是开着车来湖边游玩的人。停车场很快就满了，路的两旁也成了停车场，游人结伴到湖边散步，三三两两，有人牵着小孩，有人牵着狗。陆星辰仔细看着人家的狗，换来对方狐疑甚至鄙夷的目光，一路上他碰到三条贵宾犬、两条哈士奇、一条杜宾犬、一条吉娃娃，还有另外四条他不知道什么品种，但那条叫月光骑士的沙皮狗不见影子。

小时候穿着拖鞋在田埂上行走如飞，如今穿着拖鞋走了两三公里就觉得拖鞋完全成了脚的累赘，但干脆把拖鞋脱掉，脚底板又受不了柏油路的粗糙，真是该死。行人已经渐渐稀少，他拐进一条桥边的小路，他记得桥底下有一条石凳子，如果没有人在垂钓的话，他经常在那条石凳上坐着发呆。特别是落日时分，在那里坐着，可以看到整个湖面的夕照，真是漂亮极了。现在是夜里，当然没有什么夕照，但他需要内心的夕照，需要安顿停歇。

树底下有一团东西在挪动，看不清是猫还是狗，可能是他家的月光骑士，喊了两声，没回应，似乎要跑掉了。陆星辰管不了那么多了，加快脚步就追上去，越过一个长满青草的斜坡，终于看清是一条狗，但不是月光骑士，正想回头，脚下一滑，沿着斜坡的另一边滚下去。

倒霉！爬起来时，陆星辰手掌有点痛，除了屁股和后背湿湿的，好像也没受伤。环顾四周，发现自己已经身处一个泳池边上，远处的房子里有灯光，应该是有钱人住的别墅区了。离泳池不远又是南岛新湖边，这里大概是私人湖景了。

远远就看到有个人蹲坐在石凳上垂钓,那人抱着膝盖,蜷成一团,戴着一顶破草帽,脸上戴着一个口罩,从身影判断应该是个老头。不管了,石凳还有一截,陆星辰决定到那边坐着歇歇脚。凳子上还放着一只篓,陆星辰伸头看了一眼,里面是空的,看来老头钓鱼技术也一般。他把拖鞋脱下来,揉了揉自己的脚,发现有个地方磨得破皮了,难怪走路那么痛。

老头盯着他看了一会儿,然后转过头去,继续钓鱼。

"鱼不好钓吧?"坐得这么近,他觉得不说句什么好像不太礼貌。

"穿着睡衣,不是来钓鱼的吧?"果然是个老头的声音,有点低沉,像是从破瓷瓮里传出来的一样。

"找狗,刚摔了一跤,痛死我了。"

"找到了没?什么狗?或许我见过。"

"沙皮狗,白色的,很好认,走路像个大老板一样骄傲,胃口大,每个月的狗粮都月光,只要喊它月光骑士,它会停下来。"

老头突然大笑了起来。笑得陆星辰一脸迷惑。老头摆了摆手,说他只是想起了一件好笑的事,跟陆星辰说的没有关系。说完觉得这样解释不足以消除陆星辰的迷惑,又道:"我想起我的老爹,他只留下一张黑白照片,眼神特别傲慢,但我儿子小时候就说他爷爷长得像一只沙皮狗。"说完他又发出几声很奇怪的笑声,陆星辰听不出这笑声是笑还是哭。果然,老头伸手抹了一下眼角。

看来是个有故事的老头。不过,这样的深夜在湖边钓鱼的,谁能没点心事呢?

"抽烟吗?"老头问陆星辰,陆星辰犹豫着点了点头,接过老头递来的烟。"刚才乍一看,我还以为走来一个和尚。"陆星辰笑了,这才理解一路上周围人异样的眼光,他穿着灰色睡衣,顶着一颗光头,夜色朦胧中,路人怕是把他当成和尚了。

老头把烟给陆星辰抽,他自己却不抽,说身体不好,抽不得。说着他仿佛想起什么,从随身的帆布袋里掏出一只玻璃杯,又掏出一瓶酒来倒了一杯,远远闻着像是威士忌。陆星辰以为他不抽烟,大概是想喝酒,但老头又把玻璃杯在石凳上往陆星辰这边挪了两寸,意思是这杯酒也是陆星辰的。

"你喝,我不喝。"

"您不抽烟又不喝酒,您这随身带着烟和酒,又是个什么情况?"

老头呵呵笑了几声:"我还带着全套钓鱼的玩意儿,你看,一条小鲫鱼都钓不到。"他解释说,他以前爱抽烟,爱喝酒,现在身体不好,抽不了喝不了,什么都得克制,但随身带着烟酒的习惯还是没改变。"你替我抽着,喝着,我看着也高兴。"

老头倒酒的时候,陆星辰内心还提防着,想起了很多新闻:被下药醒来发现肾不见了,被下药然后成为瘾君子……但他一转念,如今他也没有什么好失去了,拿起酒杯,一口喝完,酒太烈,呛得他连咳了几声。他脑海里浮现妻子的台词,她大概率会这么骂他:"让你去找狗,你倒好,喝得一身酒气。"

老头说,看不出你喝酒还挺实在。他又给陆星辰倒了一杯:"慢点喝,这可是好酒,别糟蹋了。"

"要是有冰块,味道会好些。"

老头摇了摇头说:"不能加冰块,就得这么喝,干净,直接,不玩虚的。"老头定定地看着陆星辰,似乎在看他的光头,或者在等他再喝一杯,但陆星辰决定缓一缓,不想去碰杯子。

"这头发是刚剃掉的?"

"想温习一下乡村剪头发,在广场给一帮理发店实习生当试验品,头发剪坏了,干脆剃光。剃了光头怕上班被人说是太监,干脆也辞职了。回家挨了老婆骂,狗也丢了,说是出来找狗,实际上是出来透透气,没料到狗没找到,还摔了一跤。"陆星辰说着端起杯子,又喝了一小口。

"原来是这么个情况,比我想象的好。"老头又笑。

"那您是觉得我……哦,我明白了,您莫不是料想我得了绝症,所以……"陆星辰没说下去,所以老头才烟酒伺候,对他这么照顾。

"你脑子转得挺快。"说着老头伸手将自己的渔夫帽往上一拎,随即又戴上,就这么一秒的时间,已足够看清楚帽子下面也是一颗光头。两个光头这时相视而笑。

5

这时浮标动了两下,老头调整了一下他的鱼竿,看来又没有什么鱼上钩。陆星辰见老头动作似乎颇为生疏,不像是经常钓鱼的人。老头也发现陆星辰正在观察自己。

"动作很笨拙,对吧?我其实并不喜欢垂钓,偶尔到水边来,是来追思我的老爹。他喜欢钓鱼。他年轻时候在柏林,常常在施普雷河边钓鱼,后来纳粹抓捕犹太人,当然也抓华人,我老爹那时血气方刚,是柏林一家中餐馆的厨师,世道不好,生意惨淡,中餐馆濒临倒闭。那一年在德国的另一个城市汉堡,华人聚居的地方基本被捣毁,一场'中国行动'抓了许多华工,他们就像蝼蚁一样死在异国他乡。"

这怪老头将他脚上的布鞋脱下来拍了拍重新穿上,目光变得悠远。在他们斜上方的大桥上,不时有汽车疾驰而过,但这样的声音仿佛是在为这个发生于1944年的故事提供背景音响。老头显然很会讲故事,他强调,自己的故事一部分来自他的父亲,一部分则是他自己在图书馆查到的相关资料。他说,还不到一百年,我们似乎已经忘记战争是怎么样发生,又是怎么样伤害人类的了。

"在一次清洗中,父亲所在的那家中餐馆的老板开枪打死了两名德国兵,然后饮弹自杀,餐馆里的所有华人员工一起被抓走,我老爹也在其中,他们被装上火车,准备送往奥地利的毛特豪森集中营。有一个纳粹军官特别喜欢中餐,尤其喜欢我老爹做的红焖鲤鱼。我老爹也喜欢搭讪,就跟我们俩现在这样,陌生人互相搭讪,找话题,看谁先打开话匣子。我老爹跟这个军官一起抽过几次烟,谈到在中国是如何捕鱼,如何种莲藕,军官听得饶有兴致。就因为这个原因,我老爹十分侥幸,在火车发动的前一刻他被军官揪下车,直接被送到码头一艘开往中国的货轮上。我懂事时,每逢过年,我老爹亲自到水边,钓最大的鲤鱼,碧河的鲤鱼真是大,比这水库里的鱼……"

"碧河?!"陆星辰有点兴奋,"我就在碧河边长大!"

"别激动,不是老乡!小时候我们在那里住过,后来下乡我也去了碧河镇,算是有缘分,但我不是碧河镇人。"

看来他不喜欢别人打断他的故事。陆星辰哦了一声,想想也是,碧河镇人也不少,偶尔碰到也不值得大惊小怪。

"我刚说到哪里了?哦对,我父亲每年都要去钓最大的鲤鱼,钓不到才去买,会做一大盆红焖鲤鱼,放在案几上,谁也不许去碰。小时候我不理解,八岁那年,我老爹才跟我说起柏林,说起那段故事,也是在这样的水边,我第一次听他开口讲战争。"

老头又补充说了红焖鲤鱼的做法,顺便介绍了一下那时柏林的中餐馆,他老爹告诉他的,他每一个细节都记得非常清楚。后来他不说了,敦促陆星辰把酒喝了,随手又倒了一杯。倒完酒,他不说话了,眼睛静静凝视着湖面。月亮不知道何时出来了,湖面一片透亮,亮得像电影特效一样虚假,也如人世间一切的虚情假意。

他们就这样聊到了深夜,月亮升起来,陆星辰这才想起得赶紧回家,于是匆匆告辞往家里走。老头把喝剩的半瓶酒送给他,他也就不客气地带走了。走过缓坡时他脚下打滑,一屁股坐到草地上,低头一看,心里骂了一声粗话,还是刚才来的时候摔倒的地方,只是这次没有翻滚。人生总得在一个地方摔倒两次,所谓的命运,大概就是这样。

6

"出去鬼混到半夜,一身烟味,月光骑士没带回来,自己倒是浑身湿透,还给我编了这么个鬼故事,陆星辰,换位思考,如果是你,你会信?二战,柏林施普雷河,毛特豪森集中营?你最近电视剧看多了吧？想象力不错嘛！"

妻子的咆哮在意料之中，每一个句子又都在意料之外。陆星辰不敢看她，但他能清晰听到她肺部的呼吸，她在客厅烦躁地走来走去的声音，她端起水杯喝水的声音，她拿起那瓶威士忌又轻轻放下的声音。那时他有点担心她会像电影里那样用酒瓶砸他，或者将酒瓶一举摔碎，前者她要送丈夫去医院，后者她要收拾房间，由此判断她此刻还是理性的。陆星辰一言不发，仿佛有一层透明的玻璃罩将他与这个客厅中的所有事物隔开，他可以听到自己的呼吸和心跳。他想起几年之前，他跟妻子刚认识那会儿，妻子常常夸他聪明。"我怎么就这么笨呢？"这是她那会儿的口头禅，她常常通过自己的"想不到"来衬托他的聪明，她从心里仰望他，觉得他就是个宝藏，有丰富的想象力，总能够出其不意就将事情解决了。谈恋爱的那段时间，陆星辰面试时曾经这么自信满满地介绍自己："我的优点是擅于发现两件完全不相干的事物之间的某些联系。"他的话把面试官逗笑了，直接称呼他为柯南先生。而几年过去，他的体重一天天增加，体重之外的东西却一天天贬值，或者说很快贬得一文不值，如果脸上可以有数字显示一个人的价值，他就是一个大写的负数。"你就不会……"成为新的口头禅，"你就不会替我想想吗？""你就不会把滴在马桶上的尿擦掉吗？"生活变成抹布上洗不掉的油垢，黏糊糊，谁也不愿意靠近用鼻子去闻。

生活总是如此。与此交杂在一起的是那些进入新闻的事件：老公把老婆用绞肉机碎尸冲进化粪池、老婆把老公骗进树林里杀掉、老公和小三一起毒杀了老婆、老婆一怒之下把老公阉了……触目惊心的标题总是出现在眼睛最容易看见的地方，像湖面上溅起的水花那样，容易让人忘记湖面之下生命的伦常依然在空转着。大数据构成信息茧房，总是最知道你需要看到什么样的新闻。

"我说了这么多，你怎么也得应一声吧？你这样我很担心你哪天精神崩溃会把我杀了。"妻子不依不饶，而他最近心里的声音好像不小心就会被身边的人听见，关于杀死妻子的一百种方法在他心里闪过。但他没有绞肉机，也不知道哪里有化粪池，他拿出手机，刷起了小视频。

"说你两句你就这样一副臭脸，陆星辰你就不能正常点吗？"

"要不我们一起回半步村去躲几天？"

"你要回老家你自己回去，我要去上班了，没空陪你在这里耗着。"她穿着高跟鞋出门了，大门被她用力地关上了。房间里没有了她的存在，一切好像重新变得活泼，连鞋柜上鱼缸里残忍吃掉鱼卵的两条金鱼也变得鲜艳起来。绞肉机和化粪池终于从这个空间里消失了，往日楼下刺耳的汽车喇叭声现在也变得遥远。

日子就这样流逝，仿佛不需要意义。辞职在家一个星期，陆星辰甚至觉得自己最适合的工作就是在家待着，无所事事，吃得少，尽量不动，不思考任何问题。在什么都没有的厨房里，他几乎是个魔术师，总能在冰箱的角落里发现一点点食材，鼓捣出足以果腹的食物，谈不上美味，重点在于无中生有。他之前看过新闻，说日本有一些这样的人，就宅着，不下楼，不出门，无欲无求，跟乌龟一样存在着，他以前觉得不可思议，现在忽然觉得这也许才是活着的真谛。

留给他参悟人生的时间也没有持续很久。又是一个星期六的清晨，物业打来电话，他们家的月光骑士被人钉死在离小区入口不远的树上，鲜血淋漓，狗的身上还贴了陆星辰的名字和房号。物业报了警，但最终什么人也没抓到。此事带给妻子巨大的惊吓，她连续几夜没睡好，梦见鲜血和狗，半夜在自己的尖叫声中醒来，捶打着被子哭泣。

"这样的生活没法过了。"她反反复复说着这句话，像是在总结陈词，但声音低得只有自己才听得到，"我跟你回乡下吧，别死在这房子里。"

7

回到碧河镇，陆星辰最终还是必须出来找鳄鱼。

母亲遇到顺伯，聊起来。顺伯一边叮嘱小心鳄鱼出没，一边唉声叹气地抱怨，听说陆星辰在家，于是让儿子来找他，要他一起出来找鳄鱼。

陆星辰苦笑。在城里找狗，在村里找鳄鱼，人生这剧本是被谁操控了吗？

远房表哥见他笑，便觉得他已经答应了："星辰你这个光头很有特色嘛，你还是跟小时候一样好说话。"表哥详细解释说，抓捕鳄鱼都有专业的队伍，他们的工具很专业，陆星辰的任务是在鳄鱼晕过去之后，把它们拖上岸。

表哥说："会捆住鳄鱼的嘴。"

"我们镇上以前是不是有祭鳄鱼？就是用彩纸和竹篾制作一个鳄鱼头，由师公请四方天兵将鳄鱼神君杀掉，队伍最前面提着鳄鱼头，后面的人举着兵器嗷嗷地叫，最后还要念祭文，烧掉鳄鱼头……"

"你在说啥？"表哥一脸茫然看着他，就像看着一个外星人。

见他没有回答，表哥一跺脚说，你不知道现在事情有多急，一条鳄鱼两三米长，张开嘴比老虎还猛，一口能吃下去两个小孩，你得赶紧来帮忙，就当救救你哥。表哥让他带好手机，急急忙忙拽着他出门。

妻子在楼上问他上哪去，他说去找鳄鱼。

"找什么？"妻子显然以为听错了。

"暹罗鳄，一种很凶的鳄鱼，活的鳄鱼。"

楼上再没有声响，对话就这样结束了。

2023 年 9 月 14 日

原住民俱乐部

一

我们是月眉谷第一批数字原住民。同为数字生命，原住民与机器住民完全不同，我们原来都拥有过肉身，是从生物神经元中派生出来的，在月眉谷，也一直拥有跟之前一样的生活逻辑，甚至连计时器都与现实世界拥有同样的流速，浑然不知道其中有着5％的配速。机器住民则不同，他们有的派生于程序和算法（包括到处流窜的病毒），有的则是由神经元储存器损坏之后的原住民派生出来的，他们活着本身都充满了目的。

成立原住民俱乐部的原因也在于此。我们需要在月眉谷重新塑造人类的主体性，重申万物灵长的尊严，故此原住民俱乐部守则的第一条便是，原住民尊重生老病死，不再派生机器住民。我们需要数字生命的终极湮灭来保证人生的意义，数字生命的死亡，应该和现实生命享有同样的唯一性，也就是原住民俱乐部的成员不备份数字生命，意外结束数字生命之后，也不再启动派生复活机器住民的程序。在我们看来，机器住民就应该为原住民服务，就像机器人为现实人类服务一样。这些年，机器住民也在重申他们的平等地位，骂我们是腐朽的守旧派无端制造了阶级对立，说我们所谓的唯一性是虚伪而不真实的，他们不止一次入侵我们的报纸和电视台，希望通过宣传手段让原住民改变立场。确实有一部分人屈服了，但也仅仅是一部分而已。我和妻子向来是原住民俱乐部第一守则的捍卫者，我们终有一天会湮灭，所以在月眉谷的生活也就变得十分认真。

　　时间流速器此时正显示显眼的红色字体：7月23日。这一天对我而言，有着非比寻常的意义。这一天发生了三件事：一是我和妻子唐果果结束了为期两个星期的冷战状态，并由协议离婚转变成正式和解；二是我们每人买了一部黑白屏电话，当然是我付钱——用掉了我两个月的虚拟金币，这个价格完全可以购买一阵清凉的春风；三是我的办公室从637楼搬到348楼，这不单证明我们单位的地位提高了，而且意味着我可以有更大面积的活动空间。原先妻子下来找我只需要走一层楼梯，现在可得坐上半个小时的电梯。用她的话说，这鬼天气去挤电梯，就像上个世纪在挤公车和地铁，跟夏天的午后在芦苇丛里穿行差不多。事实上，我的妻子为自己这个芦苇丛的比喻感到很高兴。那是我们在现实世界的共同记忆，那时候我们还都是大学生，她穿着白色的裙子在芦苇丛中穿行，笑声和身影皆时隐时现，真是妙极。

　　我和妻子之所以吵架，是因为那些怀旧款电话。和其他医生一样，我这人也不喜欢接电话。在一个医生眼里，电话闲聊无疑等于谋杀，信息沟通在月眉谷完全可以用更高效的方式进行。当然这个想法不止一次受到妻子的批评，她认为我们要完全复刻现实，就不可能存在更高效的信息交流方式，更不可能用信息流，那都是机器住民的工具，我们就应该用语音，甚至用方言，用声音，用之前熟悉的交流方式。妻子作为农业技术员，不像我整天面对一些会说话的病人，而是对着一些不会说话的花草稻谷，所以她一天到晚找人聊电话。最直接的受害者就是我了，不仅要每天在电话里陪着她，还经常遭受她的勒索——"老公，我想换电话"——唐果果的电话从有线的到无线的，从纽扣型的、弹力型的到耳垂型的……每一款电话到手没两个星期，就会被她拆得七零八落。而且每次拆后，她装回去老是多出一两个零件。新款的黑白屏电话在月眉谷市集上推出已经一个月了（我一直认为我们冷战和它有关），但这次她只是念叨了两次，也不敢让我去买。她知道这太贵了，提出购买要求必然会遭到我的拒绝。

那天我们从家里出来，挤了四个小时的电梯，终于来到俱乐部中心大厅，负责俱乐部办理离婚手续的法院在 TG208 号楼，离这里还有一大段距离，于是我们上了滑轨车，找了一个靠窗的位置。我们谁都没有说话，手里捏着结婚证书，很不是滋味。我偷偷看她的时候，她的眼睛一直看着车窗外，理都不理我。我知道这下子闹大了，可不是过家家，这不，完了，还能怎么着？她心里难过吗？她是在试探还是真想离开我？她想不想挽回？这时我突然看到唐果果灰色的眼睛里闪过一道亮光，顺着她的视线望去，看到超级市集门口正在促销黑白屏电话。我一把拉着她就下车了。

"你干什么?!"

"买电话,黑白屏!迟了就没得减价了!"

从人山人海的抢购人群中出来,险些被挤扁了。我们还来不及说出芦苇荡之类的比喻,妻子唐果果看着终于到手的电话,哈哈笑个不停。就这样,付出两个月不能玩元宇宙游戏的惨重代价,我们回到了家里。一路上她一直在拨弄那黑白屏电话,十分兴奋:"这电话怎么就卖得这么好?这么多人买,厂家一定发了。你也看看呀,这电话真奇怪。我用了这么多电话,怎么说也是半个电话专家了,就不知这电话怎么拆。我相信它背后的代码也是优雅的……别这样看我嘛,我只是说说而已,又没真的要拆它,知道这电话贵啦。啊,这就是第一代手机啊,你不是老说不喜欢手机捂着耳朵,说难受吗,你现在可以不愁了,这都是物理按键,说明书上说了,只要把它放到口袋里,手指也能熟练打字,不用看屏幕,仅靠触觉就可以完成。你看以后我找你就方便多了……"

看她那高兴劲,和刚才要离婚那情形相比,仿佛什么事也没发生过——真不知说什么好。这女人就是这样,在生活里不停地寻找兴奋点,总要求每一天都是浪漫的,却不知人生在世,何止苦乐参半,大部分都是时间的流逝,是无意义的,真正激动人心的事太少了,而且,快乐可以分享,痛苦却往往只能独自承受,特别是那些虚拟出来的痛苦。

我说,我还是用我那个电话吧。一直都用它,也有感情了。我的电话是七八年前的版本,也是手机样式,用着舒坦。刚说着,我的手机就响了。

"喂，哪位？有事吗？"

"马主任，单位这边出事了，大伙都在等你，你什么时候能回来？"

"我这就去！"

我披上大衣，回房取了公文包，匆匆开门往外走。

"去哪儿？都周末了，就不能多陪我一会儿吗？"妻子唐果果喊住了我。

"单位，有急事呢。如果今晚没回来，你就自己吃晚饭，别等我了。"

"又一个人吃晚饭？不干！"

我只得转身回到她身边，笑笑，低头吻了她一下："乖，救人要紧，啊！"

"讨厌！你怎么不救我呢？"每当这时候，她就猛扑过来打我，我就躲开，不跟她正面交锋。女人越活越年轻，这真是神奇。事实上，按照物理时间，我们已经一大把年纪了，已经进入后高龄时代。

但这次我理亏，也知道她只是闹闹脾气，过了就好。我摸摸她的脸后就出来了。她在后面喊："我会报复的，我会把这个黑白屏电话拆了的！"

唉，这个拆电话狂魔！

从电梯里出来，天色向晚，从窗口看出去，灰白色的高楼已经亮了灯。外面除了灯光和高楼，就什么都没有了。月眉谷没有星星，也没有飞鸟，而春风需要用金币购买。

办公室里人声嘈杂。

"马主任来了!"

"主任,好像是更为底层的源代码病毒,但查不出病毒来源,显然又是来自高速时区……"

"主任,失眠,呓语,高烧……"

"主任,病人太多了,病房已经不够……"

"主任,检查过了,病人所有器官一切正常!"

"主任,看来得会诊……"

看来,这一天我将会非常忙碌,这些人都需要我。

我平静地放下公文包,脱下大衣:"先不要用药,稳定病人情绪。疏散家属。启用备用病房。通知下去,各科主治医生十分钟后开会。小超,把这情况写份报告,发送给俱乐部医疗办……"

"马主任,医疗办来电!"

我接过电话:"对,对,报告一会儿送上去,已经准备会诊,我知道。整个月眉谷都出现这个情况?好的,我会尽快解决问题。知道,牌子一定会保住,月眉谷医疗十强。但俱乐部顶尖的专家也不是万能,我们也有极限,当然,会尽快给您答复!尽一切努力!"放下电话,我对小超说,为了鼓舞士气,上级为咱们医院购买了一阵春风作为奖励,请安排相关人员做好会议记录,我们马上开会!

"主任,首例发现到现在,大概有一个月,当时没有重视,随着疫情蔓延,形势不容乐观,但又查不出具体病源,没有感染,没有中毒。完毕!"

"主任,这一周内病人数量才开始大幅度增加,症状如下:失眠,呈兴奋状态,心率加快,脑电波不稳定,严重的出现发烧、呓语，而且……"

"而且什么？"

"而且大部分病人称撞邪，能预感到未来的事，也有的说见到了死去多年的亲人……"

会议室里一阵骚乱，大家都悄声议论。

我说："这一点请展开，怎么预感未来，又怎么回到过去？大部分病人出现了这样的幻觉？"

"是的，大部分病人说能预感到接下来要发生的一些事，如突然感觉到有水杯摔碎，过了一会儿就真看到水杯摔碎；还有很多病人说无论自己做什么事，都感觉是做过的一样……"

小超突然打断："多林主任，您爱人已经打了三个电话到你手机，两个电话到单位，接还是不接？"

"不接，大事要紧！徐医生请继续。"

"没有了，报告完毕！"

"陆博士，你是神经病毒方面的专家，对这件事有什么看法？"

陆博士沉吟片刻，说："主任，初步预测与神经元磁化有关，但思考还未成熟，我保留看法。完毕！"

我就知道这老家伙会这么说，他讲话从来精确，从他嘴里也问不出什么。

会议进行了四十分钟就散会了。各科室自己进行了第一轮的试探性治疗，都没有什么结果。"主任，这样下去也不是办法，连催眠术都用上了，但没有用，有些病人已经一周没有睡觉了。"

"用强制催眠针吧！"

"但后遗症……"

"让徐医生把关,控制剂量,保住数字生命再说吧。"

就这样,我两天两夜没有离开过单位,只是偶尔在办公室打个盹。医疗办来过两次电话,被挡在办公室外面的记者也吵得要命。月眉谷的情况越来越糟糕。我一直在坚持,我知道如果我垮了,那就全垮了。妻子来过几次电话,说是头痛——每次我不接她电话,她就装病,利用我作为一个医生的职业精神,欺骗感情,所以我对小超说:"不接!现在都什么情况了!"

但这一次我错了。小超说:"主任,嫂子她……"

"怎么了?"

"她在家昏迷一天了,现在送到医院里来。这是她手里死死攥着的纸,好像是写给你的信。"

我接过纸,上面写着:"老公,电话我拆过了,代码不对,里面含有植物毒素。"下面歪歪斜斜写着"我爱你"。

"小超,给我带一个黑白屏电话过来,直接到陆博士办公室,快!"

"那嫂子……哦,好!"

"和我猜测的完全一样,"陆博士十分激动地说,"这款电话使用违规的脉冲信号,直接改变了神经元的运算速度。这个病毒里面确实包含了植物性的物质,结构与郁金香类似,它能侵害原住民的数字神经元结构,让人产生时光倒流的错觉,但因为其能量有限,所以只是使局部计时器产生了褶皱,就像地震一样,未来的时间可能瞬间和现在重合,过去的时间也可能瞬间和现在重合,就出现了预感和回溯……"

"我明白了！小超，快，让徐医生用神经元冷却纠正疗法，另外，赶快接通医疗办的电话，让他们阻止黑白屏电话的生产和销售。"

就在这个时候，我隐约感觉妻子被放在担架床上被推进抢救室，甚至我看到自己大喊着："唐果果，你不能死！给她备份，重启机器生命！"但我发不出声音。我不能让妻子湮灭。

我也中毒了吗？

"重启机器生命！"我大喊，最后这一声倒是喊了出来。我眼前已经出现妻子的葬礼，那一定是未来的时间，我在清理她的遗物，把那一箱七零八落的电话，埋在一百里外她亲手种的那棵树下面。

二

吾有待而然者邪？吾所待又有待而然者邪？吾待蛇蚹蜩翼邪？
——《庄子·齐物论》

影子的影子。我的我的我。数字算法的投影……月眉谷从未被白雪覆盖。

三

我的最后一声大喊，并没有被当成重启妻子机器生命的指令，而成为重启我自己机器生命的第一指令。我存活下来，作为原住民俱乐部第一守则、忠心耿耿的拥护者，最后时刻却成为叛徒，是的，我成了机器住民。

我的生命在一片混沌之中重塑，我耳边响起了妻子唐果果的声音。她说，我爸说过云南有一种早熟的树，一天能长五六米，但木质很软，只能用来做瓶塞。

"果果，你说话时怎么没有双引号？"

电流声。嘀嘀。

"机器住民没有双引号，您的记忆正在重建，我们会保护您的档案安全。"

电流声。嘀嘀。

四

大二那年，我跟唐果果宣布我要学乒乓球，唐果果手中的冰激凌掉到地上，哈哈笑着说马多林同学你别逗了，我发现你越来越幽默了。我说唐果果你别看不起我，我够自卑的了。其实我爷爷说过我的后脑勺大，将来必成大器……马多林没有女友，主要因为马多林个子矮小，谈话的时候习惯于仰视，这样就非常容易让人怀疑是在研究对方的鼻毛长短鼻屎多少。据我所知，女孩子都不喜欢别人研究她的鼻毛和鼻屎，因而稍有高度的女孩子就不喜欢同我讲话；而出于对碱基互补配对理论掌握的牢固情况及对后代个子大小的考虑，我对矮个子的女孩子不感兴趣。个子高的女孩子不要我，个子矮的我不喜欢，所以我在医学院一年多还是光棍。对于这个理论，唐果果倒是表示理解。她说这就像好的大学不要她，现在上的大学她又不喜欢，所以感觉就像嫁错了人，很堕落，也所以才会跟我这么无聊的人在一起。我告诉唐果果，人家都说高三苦，其实我很喜欢考试。因为考试很像在赌博，做题啊做题，然后交上去等待开奖。本来做一个人生的赌徒是快乐的，但我不是很有智慧的赌徒。我赌了一局又一局，最后却在高考时输得一塌糊涂，只能堕落到这里学医。我对她说，唐果果，趁你现在三围还不错，赶快找个男朋友，再过两年你就是老女孩了，到时没人要可别回来找我啊。

喂！对女孩子温柔点，别三围啊变老啊好不好？

其实你去问一问那些拍拖的几个是为了爱几个是为了性——告诉你，都是荷尔蒙在作怪，看起来很幸福，其实很累很痛苦……

光棍马多林，你知道什么？像你这样整天浑浑噩噩尽看些乱七八糟的闲书，不如把时间都用来做实验……别动我头发……有目标的人才是幸福的。以前总谈什么理想啊追求啊，后来现实了谈得少了就不谈了，直到今天我才知道，有些话听起来像废话，其实那些话都对，只是我们太叛逆没听懂。

五

在临床药理学的课堂上，一只苍蝇欺负了我：它舞动手脚为我搔痒。暴怒的眼睛看我的时候有一种骨骼松动的声音。我醒了。醒在午后。阳光爬过窗户，热辣辣地贴在我的手臂上。老师的声音很吵：临床用药也需要思维框架，药物和人体之间永远存在看不见的力场……那只苍蝇降落在课桌上,踢踢后腿,做出一个洗脸的动作。

无聊的时候我总爱打瞌睡,打瞌睡的时候就有好多好多的仙女下凡,轻飘飘地飞舞,接近透明的霓裳上有着淡淡的清香。不打瞌睡的时候我会拉着唐果果像情侣一样到处瞎逛。唐果果告诉我,她想改变想做点事想当学生干部,她说那样会过得充实一点。她还补充说你是中文系的替补才子,虽说中文系的人,无论才不才子都是骗吃骗喝的,但现在做点事有点表现(她好像把这里当监狱)可能出去找工作容易一点,有了工作赚点钱就可以买一个便宜的机器人(你是说布娃娃吗)做妻子,就不用打光棍了。我说我对你的前一件事表示支持,我早说了你前途定然一片大好;但我这人最讨厌的有两样:开会和陪女孩子逛街。叫我开会我不如去跟校门口的阿伯合伙卖豆浆——十年之后我才惊奇地发现我非常怀念阿伯做的豆浆。

那时候我们都喜欢夏天,因为夏天有长长的黄昏,夏天的黄昏常让人觉得身上仿佛敷了一块块温热难熬的膏药,扯不掉地烦闷着。于是我们有充分的理由骑着单车像幽灵一样在老城区游荡。老城区仿佛在小城记忆里的某个年头就被遗忘了,除了婴儿的啼哭和老人的咳嗽,老城区主要盛产一些质量不高的竹篮制品,便宜但容易坏。但老城区的老屋常引发我遥远的遐思:那时候的冬天很冷,那时候的屋子很老,爷爷很老,街巷很老,煤油灯昏黄的灯光更老。昏黄的灯光将爷爷的影子贴在墙上。在老屋墙皮纷纷脱落的声音里,我没有感知愚蠢,相反,忧郁自卑和低调成了我生命的主题。世界在那一刻复杂起来。当我的生命重新简单起来的时候,我已无可奈何地长成这个样子。唐果果说我是个自恋狂,我没有否认。我告诉她当我发现我长成这样的时候,我很自卑,就如一棵莲雾,看似长势良好,却结出了又苦又涩的果。虽然我很爱面子,但我爷爷常批评我说平凡人不会有什么大悲伤。纵然后来邓巴哥跳楼死了,唐果果也离开了,我仍然爱着世界。根据精神病学理论,当一个人的紧张害怕找不到明确的客观对象时,一般会表现为焦虑。这使我想起我母亲的哭泣,母亲哭泣的时候会把父亲的六个兄弟骂得狗血淋头,在我的理解里,她只是在以嘴的机械运动来麻醉自己,通常哭过之后,我母亲照样会在半夜里起床为醉酒的父亲开门,照样忘了挨了耳光的热辣辣的脸而在半夜里把我叫醒出门把被人打倒在地的父亲抬回来,再用自己刺破手指做针线活的钱为父亲装了假牙。自此父亲说话时不是满口的牙膏味,就是假牙相碰的吭吭声,一副贵人语迟的样子。我和他的眼光接触时,我知道他在心中骂我没出息,他也知道我笑他没本事。

六

电流声。嘀嘀。

"我是邓巴哥,感谢你新建了我的档案。"

"不用谢,只是顺便。顺便而已。"

七

我很佩服邓巴哥写诗的才华,但我有时候怀疑他有精神分裂的倾向。据说精神分裂有暴力型和神经质型，但邓巴哥只能是暴力型，因为他激动的时候跟我疯了的达瓦舅舅极为相似。达瓦舅舅平时和蔼可亲，喜欢和我谈巴洛克时期的音乐，但他一发作就要找人打架，一会儿自称武松，一会儿要当孙悟空，并喊着口号要打倒火星上的反派势力。这时达瓦舅妈就会远远地扔给他一个鹅头，达瓦舅舅一见有鹅头吃就安静了。狮头鹅的鹅头是达瓦舅舅的克星，养了五年的狮头鹅有着硕大的鹅头，是潮州菜中一道价格昂贵的名菜。我们想不通为什么鹅头拥有如此神奇的力量，难不成是因为它奇怪的形状？但有时达瓦舅舅发作的次数太多，卤鹅店的鹅头卖光了，达瓦舅妈就只能把门反锁。

每当我说起达瓦舅舅的事，唐果果就抗议，她喜欢听我说老屋子和竹林的故事，不喜欢听疯子的事。

小时候的竹林一片繁荫，终年碧绿碧绿的，偶尔撒纸钱一样地飘一些枯叶。爷爷拉着我的小手到竹林里砍竹笋。爷爷说早晨雾浓土软竹笋儿嫩，小心！别踩着！那个笋刚露尖儿。"吭吭吭"一个笋儿就歪了头栽个跟斗进了篮子。中午饭的笋丝瘦肉汤是我爷爷的骄傲，就如那长发是唐果果的骄傲一样。爷爷的筷子是自制的竹筷，我的是木筷，奶奶的是塑料筷。夜里水井里的青蛙吵得厉害，还有嘤嘤嗡嗡的虫声，窗外挂着斜月，夜来香飘过来，竹床下爷爷夜壶的尿臊味飘过去。我很快就睡着了，醒来时总可以听到鸟叫和蝉鸣。

后来我跟唐果果说这些的时候，唐果果说真他妈的羡慕这种生活，城市里哪里找得到。

女孩子不能说粗话，温柔点，小心嫁不出去。

嫁不出去关你什么事？要不是看你挺哥儿们，我才懒得理你。我那边还有封情书没回呢。继续说，你不是说竹林旁边还有一条小溪……

于是我同唐果果说我的家：我的家就在碧河岸边的果树林里。像现在，初夏的蝉声会塞满浓密的树叶留下的仅有的缝隙。我家是一间木屋，称不上别致，但至少很特别。木屋的门朝着林外的公路，后面是池塘，池塘里有荷花，也养鱼，再后面就是碧河和岸边的乳形巨石，木屋两旁种的仍是竹，竹叶正好筛落了斑斑点点的阳光。但我认为不是睡觉的好地方——公路的汽车声在人睡觉的时候总是分外地响，汽车由远及近再由近及远的声音，仿佛给人稠密的睡意打了个洞。但习惯了也蛮好的。

唐果果沉默了。后来唐果果解释说这沉默和离开我并无关系，我仍然相信她。那时二十一岁的我已经是一个可以原谅这个世界的有为青年了。所谓有为青年，就是时刻让自己相信世界是美好的，依然有许多希望。

八

达瓦舅舅曾对我说，有的狗狗是用来吃的，而有的狗狗是用来爱的。这和谈恋爱是一样的，用来爱的女人……达瓦舅舅没有来得及举例，因为达瓦舅妈端了一盘菠萝走进来，达瓦舅舅就把话题转为有一个人可以暗恋，有一个人可以等待，人才活得有精神。达瓦舅妈就在一旁笑着说别听他胡扯，吃菠萝吃菠萝。我把这个理论说给邓巴哥,邓巴哥听了一怔。我又告诉他唐果果喜欢诗歌,可惜我只是个医学生,诗歌写得不好。邓巴哥好像没有听见,很投入地吹着口琴,口琴声悠扬,如水蛇游入冰凉的黑夜。

我狠狠地喝了一口啤酒。宿舍的阳台上有月光在跳动,黑色的夜风在角落里张着嘴打哈欠。

滟滟随波千万里,何处春江无月明。

我想起小时候赶鹅,领队的那只一展开翅膀,鹅群就会往前冲,这时总有一些抖落在空中的白色鹅毛,粘在路边小草闪光的露珠上。我怔怔地望着这些小生灵,忽然领悟到现实竟是如此刁钻,心中升起了无可救药无可言喻无可排遣的孤寂与空虚,我知道这是我颓废的源泉。如果你曾独自一个人对着电视看完所有电视节目,最后无所适从地对着电视机干愣,或曾站在公共电话亭(这是什么物品)里,翻过所有认识的人的电话号码却找不到一个可以说话的人,你也就能得出这样的结论:单调才是生活的本质。寂寞有的时候很好,它能使人精神集中地干某件事,比如邓巴哥,寂寞使他把诗写得更好。但我和邓巴哥不同。邓巴哥能对着一杯咖啡或一个酱油瓶,像一条鳄鱼一样一动不动看上一两个钟头。但我一动不动的时候肯定是在打瞌睡。特别是在课堂上,我对自己的睡眠技术十分自信,我可以坐得很规矩,睁着豆大的眼睛睡到下课。因此我很讨厌爱提问的教授。但不爱提问的教授都喜欢我,不是因为我安静,而是因为我打瞌睡的样子很像若有所悟地点头。只有知道真相的教授会摇头失望地说，上课睡觉，走出校门一定是个庸医。

邓巴哥的口琴声不知什么时候停了，他说我同你讲讲我的家乡寒水村吧：寒水村和所有的小村镇一样，像个小老头，身体瘦小，早睡早起，除了偶尔咳嗽，倒挺安静，特别是在夜里。夜在这里显得格外纯粹，陈年老酒般温柔地流动。城市里根本没有夜，或者说城市赶走了夜。在我看来，寒水村的夜是对城市绝好的嘲讽，而且这种嘲讽是十分有个性的。但有个性的人从不会说自己有个性，寒水村的人从不说这里的夜特别，不是因为谦虚，而是因为他们很少甚至不曾看过大城市的夜。把你整个人长年累月泡在陈酒里，你一定感觉不出这酒的香醇，同样的道理，寒水村的人们早早就睡了，晚上九点钟对他们来说已经很晚了。除了几对学新潮的时髦的恋人，寒水村的人们不懂什么叫看夜景。

在寒水村的人们眼里，夜的黑很正经，就像泡沫剧肉麻得很正经一样。至少夜的黑不仅不可恶，而且还是一种需要；但寒水河的黑，却是不能容忍的，甚至是要命的。

邓巴哥说，寒水河以前叫含羞河，因为河水清澈得连在河里洗澡的人的脚趾头都看得清楚。女人是不敢到河里洗澡的，但成群结队地到河边洗衣服，捣衣声响应着古诗里的某个节律。那是一个桃花源般生生不息的古老神话。因为有了女人的出现，男人们洗澡都穿了裤衩子——人类文明的发展让人有了羞耻之心，或许也可以说，是羞耻之心让人变得文明。当人们无论干了多么肮脏龌龊的事仍不知羞耻时，人们就再也不到寒水河洗澡了——河水是黑的。但不是夜的那种天真单纯的黑，而是一种浓烈的黑。河面浮着一层闪光的油脂和薄膜袋。河的上游是城市，城市里的工厂多建一个，河的水位就被迫下降一些，最终露出河底的淤泥与怪石，像被剖开肚皮的腐尸，散发着恶臭。大约出于掩盖恶臭的目的，人们将垃圾倒在河滩上，并且不辞辛劳大老远将城市的垃圾运来。我总觉得河滩像一块涂上了黏性粪便、流着脓水的疱口……

说到这里，邓巴哥的寒水河跟我的碧河仿佛已经在某个下游汇合。邓巴哥讲故事不像达瓦舅舅那么有天赋，但说这话的时候邓巴哥很激动，这种激动的语言节奏是达瓦舅舅没有的，所以邓巴哥后来跳楼死了，而达瓦舅舅一直活到七十三岁。有一年我和唐果果从天津旅行回来，去看望达瓦舅舅，他还能跟我们讲后现代主义和后人文思想，并解释了人工智能的元叙事问题。

九

我和唐果果一起看海。带着腥味的海风掠过了唐果果的发梢，我闻到一股熟悉的女孩特有的体香，心神荡漾，很想和她就这样天长地久。我对唐果果说，和我在一起你不会有什么好结果，要是不小心爱上了我，你就会死得很惨。唐果果说我不怕，我免疫力强，况且最危险的一次已经过去。

唐果果所说的最危险的一次，是在离我们学校六七公里远的栖霞山，一片林木稀疏的丘陵地。那时唐果果去参加田径越野跑比赛，结果不但没有拿到名次，而且把自己给丢了。虽然唐果果死都不承认是迷了路，说是扭伤了脚，还说纵然没有我去带她，她再坐一会儿就会自己走出来，但我承认我被吓坏了。我知道这一带的农民很厉害，不但会偷自行车，而且会用自制迷香诱杀野猪，所以并不排除有对付女孩子的其他手段。我在荒草中走遍了几个山丘，累得满头大汗，却发现她坐在一棵老槐树下若无其事地看夕阳。我扑过去朝她胳膊就是狠狠的几拳。后来唐果果说我那时的样子很像西班牙的狂牛：头发凌乱，两眼发红，看人的眼神和受了委屈哭过的孩子一样。她说她被我吓了一跳，还没来得及反应整条胳膊就被打麻了。我当时的感觉并不像唐果果说的那样，相反，生过气之后我突然温柔起来，看着唐果果温顺的样子，我也觉得自己太凶了。我习惯性地拨弄一下她的头发，低声问她的脚还疼不疼。但这个场景在唐果果的理解里大不相同。唐果果说当时她觉得我很可爱，我却认为一个男人若被认为可爱活着也没什么意思了（此处为矫情数据请注意采集）。很好笑，为了哄我不伤害我她只能装得很乖。后来我才懊悔当时竟没看穿这乖的恶毒寓意。由此可以得出一个结论：任何时候对突如其来的温顺都要认真对待，因为许多乖里面有足够的理由隐含着恶狠狠的嘲讽。那些教授后来全知道原来我上课常打瞌睡，他们之间显然经过了沟通，终于，我有几门功课亮了红灯。

后来我带她去数隧道的灯。那条隧道很长，里面一共亮着四十七盏灯。但夜仍然很黑，夜风从隧道的这边进去再从那边出来。唐果果轻描淡写地说其实我在山上的时候有点紧张，但我就知道你会来找我。唐果果说，很危险，当时你背着我下山，我的胳膊还酸麻酸麻的，没有感觉，当我们翻过一座山头的时候就能看到万家灯火在山下安全地闪烁。唐果果还说，你当时身上很臭，除了汗的酸味还有一股轻微的狐臭味。很危险,唐果果说,我当时差一点点就爱上你了。她还补充说爱上一个人真的是一件很危险的事,因为爱上了就意味着你在一生的时光里都不可能改变这件事。直到多年以后我重新认识唐果果,才真正理解了这句话。

兴来每独往,胜事空自知。

每天下午我都跑去体育馆打乒乓球,一个星期下来我才发现我一个星期前的决定是错误的。我一直都弄不明白那个球那么快地飞来飞去怎么能接得住,最后我只能满头大汗地跑着捡球。再后来没有人愿意同我打球,因为我开球时乒乓球从来不往球桌上碰,而是直挺挺如飞机起飞,"嗖"地冲向屋顶。

唐果果是中文系的才女,但许多人只知道她发表了很多文章,做起学生工作时很拼。她对我的评价是有点小聪明,但思想倾向不对,太消极,很堕落,这种消极堕落在这个时代是没有出路的,哪个医院会接收你?她还鼓励我去当流氓,说以我的小聪明能当一个很棒的流氓。她说她常觉得自己的人生有点冤,她发誓要考研,要走出这个鬼地方。我想说我英语四级现在还没有过线。但我终于没说出口。在似水流年里我懂得了一个道理:人与人之间的差距有两种,一种是物质上的,另一种是思想上的。物质上的差距使人自卑。比如我中学时代曾暗恋一个女孩,我甚至知道她也在等着我有所表示,但就因为她家太富而我家穷得叮当响,所以我放弃了。如果当时我能够知道我很年轻,有很多面子可以丢,我在很多事情上就可以成功了。

然而思想上的差距使人难堪。当我学会开球的时候,才发现我已经很长时间没有见到唐果果,很长时间没有和她一起去老城区溜达,也很长时间没有拨弄她的长发了。真是该死,怎么不叫唐果果和我一起练球,唐果果绝不会放弃这么一个羞辱我的机会。我打电话给她,约她出来,她却对我说她最近很忙。我说唐果果我会开球了。她轻轻地笑了两声,告诉我她已经当上班长,现在正在竞选系干部,并准备参加接下来的学院干部竞选,她说她要积极争取——马多林别玩球了,那东西没出息——她把"出息"两个字念得很重,使我感到电话那头的唐果果有点远。我忽然想起邓巴哥的两句诗:泥土粘上我的鞋/我却模糊你的脸。

我记不起唐果果的样子了。这使我有点恐慌。

+

当我告诉达瓦舅舅邓巴哥跳楼自杀了,达瓦舅舅表现出极大的兴趣,不厌其烦地追问前后的一切细节。我告诉他事情很简单,没你想得复杂:邓巴哥在诗歌交流会上与师大的豆蔻诗社社长争吵起来,最后把那社长和两名编辑都打了。我赶过去的时候会场乱成一团,邓巴哥已经不在。三个受伤的诗人被扶出来的时候鼻血还流个不停。地上还有一些被撕得不成样子的诗稿。学院决定开除邓巴哥。接下来邓巴哥就站在一辆奔驰上读自己写的诗,边读边手舞足蹈,样子和达瓦舅舅发作的时候没什么两样。夜里邓巴哥就从六楼跳了下来。邓巴哥临死前曾跟我说世界上的一切都是美好的。我相信了他。后来我发现不但我是一个大骗子,邓巴哥也是,只是骗的方式不同罢了。那天深夜邓巴哥把我弄醒,告诉我他死后把他的骨灰撒在寒水河里。我迷迷糊糊地说邓巴哥半夜三更你发什么疯啊?说完我翻了个身继续睡。他可能怕我忘了,还在桌子上留言。除了骨灰问题,他还写了一首诗:

  死亡是贞洁的乌鸦

  它来的时候父亲和十八个兄弟全部倒下

  骆驼驮着他们的尸体在沙漠流浪

  记得那一个美丽的下午

  人们开始在龟裂的土地上

  想念疯狂生长的水草

  穿着红色绸衣的人

  背起年老的父亲远走

  沿着十八个兄弟走过的脚印

  沿着乌鸦飞来的方向

  我如果知道邓巴哥会在那天夜里跳楼,我不会睡懒觉,至少我会再陪他说说话——有一种朋友是一辈子的——他让我把他的骨灰撒在寒水河里,这就使我除了内疚还有点困惑不解:寒水河那么脏那么臭,撒不撒在里面真有那么重要吗?非得半夜起来专门告诉我?
  觉得我的表述不能令他满意,一直在追问还有没有别的。

我说邓巴哥跳下来的时候压断了一棵木棉树。

他跳下来的时候有没有人看见？

半夜三更的谁看见？但很多人根据血迹推断说他跳下的姿势一定不够潇洒。也有人说邓巴哥的头发很长，跑的时候会向后扬起，有一种骏马的不俗，跳下的时候这个发型肯定不会差到哪里去。还有什么要问的没有？

那么……呃……

达瓦舅舅一时想不出可以问的问题。这个小老头整天坐在家里琢磨围棋的定式；看书的时候要戴一副厚厚的眼镜用手指抠着字一个一个地念出声来；还有事没事发一次疯吃掉几个鹅头，这种情况谁都不敢走近，因为若被他打伤，他是不负刑事责任的。但在我眼里，他好像什么都知道一点。我到现在都一事无成，不能说没有受他的影响。我不想他活到现在还对死亡有那么浓厚的兴趣。但我家里的老人都很长寿，我有机会目睹了爷爷奶奶外公外婆的死，我对于死亡已经提不起什么兴致。

达瓦舅舅骑着一辆尾烟浓稠的摩托车出去，在路上车没油了，他把车推倒，踢上两脚，自个儿走回来，边走边怄气，到家就发作了。

十一

和做试卷一样，赌博最重要的是感觉，在人生的赌桌上赌的次数多了，我心里清楚我的筹码已所剩无几，哪怕一笔小小的感情投资，我都付不起。这些说了唐果果也不会懂。我只能告诉唐果果我现在感觉很迟钝，已分不清女孩子的美和丑。无论多丑，看久了都会习惯，但是和你相处得太久了，到了外边遇到的都是美女。她明白过来我在间接骂她丑后，我不得不为此付出两瓶可乐和三个冰激凌的代价。

再次碰到唐果果已是初秋。那时我的乒乓球水平已经接近半个高手。我到体育馆打了一会儿球，独自疯狂地弹了一会儿吉他，累了就躺在草地上看天，看着看着中间的天空就高了上去，四周的天空矮了下来，等我起身的时候，太阳刚刚下山，粘在衣服上的枯草十分可爱，向我围过来的蚊子哼哼着十分可恶。哀伤便踹了我一脚。但我知道，在这个时候，没有人会理我。这哀伤汇成了一种不成规模的痛苦，需要用音乐来疗伤。对于像我这样生命不够坚强的人来说，一生中总有某个时候会觉得非常需要音乐（哎呀，请注意数据采集，这个矫情的语流，机器住民标注），就像在某个时候你会特别想有一个恋人，特别想结婚，特别脆弱，想要一个精神的家。

没有唐果果的日子里，我像丢了东西，有点失落。但我说过我是一个大骗子，我知道自己终将习惯。但当她出现在我面前，我死死看着她，笑了，我的手不自觉像往常一样伸过去拨弄她的长发，但她竟然避开了。我知道这意味着什么，我默默地看了她三分钟，转过身就走，泪如雨下。她追上来拦住了我，用炽热的唇和急促的呼吸声欺骗了我，在我耳边不停地说，对不起对不起对不起。我本该像一个无知的孩子一样假装相信她，但我知道那样对她，更是一种无遮拦的欺骗。作为一个有为青年，我不喜欢小欺骗，用更暧昧的话说，假若有人要骗我的话，我更希望她能骗我一辈子。我慢慢地推开她。转身走开的时候，我听到背后传来一声声轻轻的暗泣，那一刻我的心如写满错字的废纸被揉成一团，遗落在角落里，又仿佛被密密麻麻的母鸡的嘴啄食着。我想起了那一次在栖霞山，我背着唐果果走过了几座山丘。唐果果那长长的头发垂下来，在我的脸颊上抹过来抹过去，很痒。那时我想我真是倒霉，在找到自己生命中的女人之前，却背着一个女孩子走在蜿蜒的山路上。我突然又觉得这事很滑稽，忍不住笑了起来。唐果果在背后喊起来：不准笑，笑枪毙！突然又像想起什么，低声问我：你刚才在想什么？有什么好笑的？我只能告诉她我想的是我的人生好像是从一个故事进入另一个故事。想了想又补充说：但我更喜欢那种故事开始的感觉。后来唐果果在天津打电话告诉我那边正暖暖地下着雪，并说：我那时真傻，竟然信了你的话，现在才知道一个人无法停在故事的开始，就如一个运动员无法总站在起跑线上一样。

……

这样的记忆是真的吗？炽热的运算之中，虚构的爱情很难说不是一个病毒。你的描述为什么要使用这样酸不溜秋的腔调？你应该为自己是一个机器住民而感到羞耻。

……

达瓦舅舅在我记录这个档案的时候已经死了。他死前连续吃了五个鹅头，笑得很慈祥。吃过之后，他打了一个饱嗝，又打了一个哈欠，说我要休息一会儿，躺下了就再也没有起来。舅妈告诉我达瓦舅舅死的时候还念着我的名字，我相信了。但后来才知道她对我表哥表妹都这么说，我表哥表妹也相信了，我就在想还是邓巴哥说得对——这世界的一切都是美好的——至少小骗子少了，而大骗子明显多了。

虽然在唐果果毕业前一个月，我又被小骗子偷了自行车，活得很漫不经心，但并不知道我们有一天会被算法捕获。

十二

唐果果成为我的妻子，那是后来的事。

很快她毕业离开学校到处找工作了，又过了一年，我也离开那所学校去另一座城市继续读博，我以为我们的故事就这样结束了。后来我又谈了其他女朋友，只在一次解剖课上突然想起了唐果果。我想联系她，但想了想还是没有。

在后来三四年的时间里，我们只通过一次电话，是她打给我的。她喊了我的名字，然后只是哭，我问任何问题她都没有回答，我说我现在过去找她，她说不用，便挂了电话。两分三十五秒，我看着通话记录发呆。那时候我正在面试一家大医院，完全没有心思顾及其他，当然也没有像电视剧里演的那样奋不顾身到另一座陌生城市去找她。

我在其他同学那里听说了她的不顺利，但也只是只言片语，大概知道她换了几份工作，因为太正直，顶撞了领导，甚至把公司给告上法庭。用同学的话说是劝都劝不住。我能想象唐果果的脾气，她怎么可能妥协，只会战斗到底。那几年我也完全变了，成为真正的有为青年。导师对我不错,同学们私底下都称导师为老板。同学们都说,你小子命好,跟对老板了,你老板多牛啊。导师倒是非常喜欢我,也许是因为我身上那种有点懒散的性格,在他眼里却成了真诚。导师说,马多林你是我带过的学生中最特别的,看到你我就想起我家以前有一只花狸猫,也经常对我爱答不理。他说,我们一起努力吧,为那些未来会活在虚拟世界里的人制作一股春风,或一声蝉鸣。

从这个角度看,我的导师还蛮诗意的。如果邓巴哥活着,我的导师说不定也会赞赏他。

但我又想,如果邓巴哥还活着,可能他会非常不喜欢这个阶段的我,也不会将我视为他最好的朋友。这个事情有点复杂,不过这也许就是一个男人成长中必然的代价,我必须变得心事重重,生活中有太多的事需要我瞻前顾后了。因为有一天我突然意识到,即便我全力以赴,也不一定能过好最平凡的一生。

但在我的本科同学眼里,我无疑是开挂逆袭了,我进了东州市最好的医院,由于我导师的隆重推荐,脑科中赫赫有名的贾树人医生亲自带我。

我在和曲折的命运的搏击中磨炼自己的内心,许多话知之而不便多言,许多事藏之于心胸而不足为外人道,有着沉郁的气质和傻笑的脸。我看不到故事的终点,仿佛庄周梦蝶般神奇地穿行在时空中。我常常梦见自己在稀疏的草丛中匍匐而行,但追杀我的敌人还是发现了我。醒来时我怅然若失,是的,命运已经发现了我,稀疏的草丛并未为我遮挡什么,直面命运之时,我的每一个决定都会不折不扣成为我自己，我的每一个选择都会受到内心的质询。

人生路上有一些战斗，年代久远之后，战斗姿态越努力，就会越滑稽。

感恩于这个世界对我生命的馈赠，我没有带来什么，也将不会带走什么，更重要的是在绝对美好的时间里彼此分享的相对的美好。明月清风一杯酒，红颜兄弟一曲歌，对于那些进驻过我生命的人，都应该心存感恩。对于那些影响我生命轨迹的人，更应该一直感激。我只是将唐果果当成这样一个过客。一些人来了又走，更多的人在我未来的时间里向我而来，决绝地离开无疑会带来痛苦，而相对于未来时间里那些更为重要的人，你的新家庭，你的新邻居，你的新知己，那些与往昔的告别便有了人工嫁接培植新枝的意味。命运在碾压我身体的时候，我发出愤怒的吼叫，绝望的叹息，呜呜的悲鸣，长歌当哭，感极而泣；而有时，命运又轻轻转身，清风拂面，昭示希望。

医生不是什么天使，这里的工作也只是普通工作的一种，世界上所有的肮脏医院里都有，世界上应该配备的单纯，医院里当然也有。那时候也有女人喜欢我，一个妇产科医生和一个肛肠科护士都对我有好感，她们经常主动找我聊天。但我那时候整个身心都扑在脑机接口的技术攻坚上面，不是不想恋爱，而是根本没有时间。长期的回绝甚至让她们误以为我不喜欢女人，坊间甚至传言我得了不可见人的病。为了澄清传言，我只能故意安排了两次约会，用实力证明我其实是个正常的男人……人生的幸福就是马不停蹄向他人证明吗？我不知道。

十三

还是想说说那天去给邓巴哥取骨灰的事。

骨灰罐很薄。那时候我也没钱,从寒水村匆匆赶来的三个老人也没钱,所以,那是全场质量最差的骨灰罐了。但那时也管不了这些,邓巴哥的奶奶、母亲和二伯都不说话。他的母亲身体弱,在等待火化的过程中,早就哭得站不稳,一直由他二伯搀扶着。他的奶奶想过来抱骨灰罐,但力气显然不够,晃了一下对我说,还是你来吧。于是我抱起了骨灰罐,不轻也不重,像抱着一个婴儿。陶瓷罐内部的温度持续温暖着我的胃,它和我的身体贴得这么紧,仿佛已经是我的一部分,仿佛邓巴哥就是另一个我,他的寒水河与我的碧河本来就是同一条河流吧,汇合,汇合,蒸腾而起的一切,顺流而下的一切,都应该汇合。

车子慢慢启动,我说邓巴哥的想法是要将骨灰撒在寒水河里,一直沉默不语的他的奶奶这个时候开口了。她用口音很重的方言告诉我,不行,最多撒一把,其他的要带回去,埋在后山的墓地里。

我大概听懂了,缓缓点头。奶奶还说了一席话,我大部分没听明白,只听懂了一个词:安顿。

十四

这些都是我成为马主任之前的事。如果人生是一本日历,那么青春的故事应该是厚厚的一沓，每天的心事都值得一记，中年岁月反而只是薄薄的一页，每天只是上班下班简单的数量累积，像百货店门口堆在一起的啤酒瓶那样繁复而枯燥。每天查病房、开会、做手术、出门诊、写论文，终于从主治医师熬成副主任医师，再到主任医师、学科带头人，头发慢慢变少，荣誉慢慢变多，日复一日，像蜜蜂一样勤劳，也像蜜蜂一样只是围着蜂巢转圈。

这么说来，唐果果是我唯一的蜂蜜。

时光的翻页总是越来越快。我记得我刚毕业那会儿，还有人说我是凤凰男。我开始并不明白，以为这个好听的叫法是一种表扬，后来才明白了，就是说我是从碧河镇这种穷地方飞出来的凤凰。本来我应该是一只鸡，用来生蛋或者杀了吃肉。但事实上，我从来就是一只鸡，是一只不知道什么时候会被端上饭桌的鸡，每天都重复着同样的事情。有一天我甚至注意到，我跟病人交谈所问的问题都如此相似，就连语气都不会有太多的区别。我的技术在进步，我的病人也在更新，我的圈子似乎在升级，但是，拆开他们的头盖骨，我并不能区分他们的身份和性格，他们大脑皮层上的沟回就如同一个巨大的迷宫，每个迷宫都如此相似。

面对迷宫，我有时候会走神，如同我以前在课堂上会睡觉。我的助手都知道我这个毛病。他们的分工中有一项共同的工作是：随时提醒马主任不要走神。但后来他们又开始怀疑我走神的那些瞬间带有某种迷信色彩，是通灵的一种。他们说我每次走神，哪怕只是两三秒的发呆，随后我手里的手术刀便有如神助，精准、果敢，每个动作都如准确到极致的音符。

脑科第一圣手。我的办公室墙上挂着某个镇长夫人送来的锦旗。

但后来,我们做手术开始不用自己动手了。机器人开始接替人手操刀,精确率远高于外科医生的平均水准。就是在这样的背景下,唐果果约我喝咖啡。她见了面才想起我喜欢喝茶,不喜欢喝咖啡。那天她坐在我的对面,说了特别多的话,但最重要的话一直没有说出口。

是不是要我采购你们公司的机器手臂?我忍不住说道。

她愣住了,然后满脸通红。她表示她一点都不想扮演这么一个角色,也不希望多年以后重逢,竟然要将我变成一个有业务往来的客户。她说她早就准备从这家医疗器材公司辞职,只是没有找到新的工作而已。

我摇摇头,说这些都不是最重要的。人世间的一切物质外壳就如盔甲,当然重要,也标明了战士的身份,但也都不是最重要的。那么什么才是最重要的?她问。重要的是你回来了,而且我们都还没有结婚。她继续摇头说,她结过婚,只是半年便离了,人生已经不再完整。

我无法同意她的观点,告诉她,这样的感情就等于做了一场手术,伤口愈合了,就等于没有受伤。那个下午她穿着白色的裙子,我的记忆完全被拉回到十二年前,那时候她就是穿着这样款式的白裙子在芦苇中穿行。

蜂蜜。我心里升腾起强烈的渴望,对糖的渴望。

十五

我们结婚的时候，朋友们都投来了诧异的眼神。因为那时候大家开始讨论新的婚姻模型，简单说就是由四到六人组成的婚姻互助家庭，人类开始回归洞穴生活，在家庭小组内部建立契约，但也允许随时离开加入其他小组，而生儿育女的任务开始由人造子宫来完成。无论男女，基于体验生命的需要都可以申请体验怀孕，只需要为中途退出体验支付足够的保险金即可。

你们会是古典婚姻最后的样板。朋友们在婚礼上这么祝福我们。事实上，撇掉生儿育女传宗接代的功能，更没有人愿意尝试古典婚姻，大家更相信独立的个体能拥有良好的生命体验。退一步讲，即便要结婚，群居洞穴式婚姻也比单线组合的婚姻拥有更多可能性和经济黏性，以后年纪大了还更方便互相照顾。三个菜嫌多，两个菜嫌少，你们会很无聊的。

事实证明，我们并不会无聊。我十分乐意唐果果来分享我的奋斗成果，我愿意她重新来主宰我的生命和财产。这个意思要怎么表达呢？你如果见过那种愿意随时放弃自己人生主导权的男人，应该会很快理解我的说法。

然而有一天，唐果果突然哭着回了家，她和她的两个闺蜜彻底决裂，因为醉酒之后，两个闺蜜一起指着她的鼻子说她是寄生虫，吸附在马医生的工资条上。她拼命地解释说并不是她不想工作，而是暂时找不到适合自己的工作，她也不知道自己能做什么。那个爱较真的唐果果又回来了。这真让人头痛。

总不能让我去写诗？她抬头望见窗外的满月悠悠地说。

我当然反复表达我的宽宏大度，我认为她的闺蜜只是酒后胡话，夫妻之间本来就没有所谓彼此，哪里有什么亏欠依附之说。她却反过来告诉我，这样的道德标准可能在十年前是对的，但如今有了数字生命公约，虚拟的数字生命尚且需要独立人格，活在现实世界，我们这些拥有肉身的人类更应该成为独立的人。

我以为这只是生活的一次小波折，却不料这样一个简单的问题慢慢演化成为唐果果终极的精神危机，她在数次拒绝使用我的钱包付款之后，开始重新意识到寄生虫这个词的含义。她尝试离开我，却发现是物质将她捆在我身边。于是，一个关于生存意义的问题挡住了她的去路：我这样活着干啥？

她出现了生存的真空，她漂浮起来，如同一颗星球。一颗漂浮的星球的存在有什么意义吗？并没有，星球本身也不会发出这样的追问。会发出意义追问只是宇宙中的病症，应该被更浩瀚的虚空治愈。

但唐果果的虚无一直蔓延。她陷入了突如其来的抑郁。直到某一天，她突然萌发了一个想法，她对我说：我是不是应该帮邓巴哥出版一本诗集？

出版诗集一直以来就是邓巴哥的梦想。他那个时候渴望自己的诗能印在纸上，想尽了各种办法。他打印了厚厚的一沓诗歌，然后用麻线将诗稿左侧边缘捆扎成书脊。这样粗放的诗集，我们家的阁楼上就有一本，且尘封已久。抑郁了一个多月的唐果果发现了这本诗稿，如获至宝，她开始策划用最原始的方法为我们共同的老朋友出版诗集。她只是在帮邓巴哥使用我的钱，再说，我当然同意用我的钱给死去多年的邓巴哥出版诗集，并进行任何形式的宣传。于是，唐果果重新发现了自己的职业身份，她在名片上打上：出版人唐果果。

至此，我们都松了一口气。

十六

电流声。嘀嘀。

"我是邓巴哥，感谢你们出版了我的诗集。我能自己设计封面吗？"

"别担心，机器人会设计一切。"

机器人能设计出羞耻吗？

十七

各位读者，欢迎收听深夜电台，现在让我们掌声有请诗集的出版人为大家朗诵邓巴哥的一首诗：

今夜，我的思念却是
一只古旧的瓷瓶
倾倒时会吐露岁月的回声

一群发呆的鲸头鹳，站着听雨
雨落在山川，山川里什么也没有
故事按百分之一的配比预留了羞怯
时长尚有余量，家中还有余粮
一片树叶在春夜缓缓飘落
……

十八

我们家的破产却来得如此突然。

我还这么年轻，本不该得帕金森综合征这样的疾病，但事情就这样发生了。台风天气，世界像一口高压锅，闷热难耐。终于下雨了。疯狂下了两天的雨后，预警解除，人们纷纷回去上班。我也在这样的早晨走出家门，妻子还在床上熟睡，一切都如此正常。然而厄运总算发生了，在路过我几乎每天都要经过的一段十七级台阶时，我摔了一跤。

我在医院中醒来，护士告诉我，我已经在病床上昏睡了一天半。我问妻子呢，他们说她刚好下楼去买吃的，应该很快会上楼。我环顾四周，周围的一切如此熟悉，病房里很安静，房间里另外两张病床上也躺着病人，但我没有看到他们的脸，也许这两位都是我的病人。我躺在我工作过的地方，我的工作和我的生活因为一次摔跤突然被链接起来。过了半小时，唐果果花枝招展地从病房门口进来，手里拎着精致的早点盒子。她说她吃过了，给我带了一些。真是谢天谢地，如她所料，我终于醒过来了。

她给我倒了一杯牛奶，温情脉脉地看着我，把牛奶递过来放在我手里。我发现我的右手有些颤抖，于是赶紧将左手抽过来捧住水杯，但颤抖仍在继续。作为脑科医生，我心里闪过一丝不祥的感觉。

果然，我的同事们都来了。他们反复研究，制定了一套治疗方案，着手对我进行各种检查。最后，我的助手将一沓报告递给了我。我没有伸手去接，我担心自己接不住。他很快明白，用手指在报告单上弹了弹说，主任，检查之后一切正常，但不知道为什么会有帕金森的症状，不明白是个什么病。

我这个病确实很奇怪，它像所有命运的玩笑那样精巧，恰好用来嘲笑我所掌握的脑科医疗技术。仿佛冥冥之中有一双眼睛正在看着我，然后召唤我，让我到那个命运为我安排妥当的地方。是的，这一切的安排，让我必须变得贫穷，必须负债，这是我成为原住民的先决条件。就像我导师说的那样，我们这一批人是现存难得的兼容性人类标本，既有来自田园牧歌的生活经验，还能触碰到数字生命时代，保留了愚昧的傲慢和充满讽刺的自信，实属罕见，是数据库里的稀缺品种。

十九

居家养病一年之后，我彻底失业了。唐果果得知医院已经提拔了新的科室主任，竟然在家里发了一通脾气，她语无伦次，样子比我还痛苦。第二天我醒来时，才发现她一夜未眠，坐在窗口脸如死灰。

我以为只是中年女人正常的情绪波动，故此不以为意，按照我以往起床要做的那样，先做了几组拿筷子的练习。这时唐果果才告诉我，她将家里所有的钱和房子都投进了一个投资项目，为求高回报，她用了资金杠杆，每个月必须从我的工资里扣除一笔钱，如果断供，前面的投资便会血本无归。

我反复询问了她投资的细节，心里已经非常清楚，我在四十八岁的这一年，彻底破产了。唐果果以为我会生气，她看着我的眼睛，看到我的冷静，然后跟我说，要发泄出来，不要压抑自己，别憋坏了。

但我并没有生气，在我面前出现了一条星光灿烂的开阔道路。我想起了我的导师在去世的时候对我说，多林，它已经知道你了，它有一天会将你也吸进去，成为原住民的一员，你务必小心这件事。我的导师拒绝所有的先进医疗技术，在他生命的最后两个月，他和家人搬到了乡下，最后在一片蝉鸣声中溘然长逝。

清风半夜鸣蝉。

在他的葬礼上，我拿到他让家人转交给我的最后的礼物，是他的书法作品，宣纸上写着：是造物者之无尽藏也。

二十

客亦知夫水与月乎？逝者如斯，而未尝往也；盈虚者如彼，而卒莫消长也。盖将自其变者而观之，则天地曾不能以一瞬；自其不变者而观之，则物与我皆无尽也，而又何羡乎！

——《赤壁赋》

二十一

那天清晨，我在沙发上躺着，妻子唐果果在洗手间，中间隔着一扇磨砂玻璃门，她将一个关于月眉谷数字原住民的宣传视频发给了我：原住民俱乐部招募第一批医生，共有五百个名额。

她说她刚看到，只是随手发给我。但我明白这样的随意背后一定是反复思量。几乎没有别的路可走，一星期之后，法院就会将我们这套房子拍卖掉，而维持我生活质量的药物早在一个月前已经停了，我的情况每天都在变糟，如果还需要露宿街头，我应该听不到夏天的蝉鸣了。

目送归鸿，手挥五弦。没有双引号，没有双引号……

唐果果哭着说，她愿意像古代流放苦寒之地的囚徒家眷那样，和我一起进入月眉谷，祸福与共，风险共担。她给我讲述了一个被流放到西伯利亚的作家的故事，这个作家我完全没有听说过，名字也没记住，但不知道为什么我非常感动。我用颤抖的手握住她的手。

她的手凉如秋霜,手上的肌肤却依然柔软光滑。

她见我在抚摸她的手,便说,听说月眉谷中,护手霜的价格只需要现实世界的千分之一,我们到了那边,便不再是穷人了。

二十二

我们在月眉谷中醒来,窗明几净,阳光明媚,房间里的陈设和现实世界一般无异。妻子在窗台上的花盆里栽种一棵仙人掌,仙人掌的尖刺上沾着水珠,正折射着外面的阳光。电话响了,医院的徐医生打来电话,他在电话里叫我马主任,言语间非常客气,显然,我是他的上级。我感受到熟悉的气息,那种原先属于我的无处不在的权力的气息。唉,可恶,这就是生存游戏之中的蜜糖,和我的爱情蜜糖一样,却拥有不一样的配方:幽暗,效果持久,竟然还无处不在。

放下电话,我再一次看向窗外……窗台上仙人掌的价格只有现实之中的千分之一。

现实中的贫富鄙视链,在原住民俱乐部只是得到改善,却并没有完全消失。在月眉谷中,冷风和热风也被标上了不同的价格。如果想听到鸣蝉,价格更是格外昂贵。

为了让月眉谷产生更多的科学奇迹,这里被设定为不同时区,每个时区以现实时间为参照,具有不同的流速。比如我们所在的时区,时间被设定为比现实时间快5%,这是我选择的时间,我不希望时间过得太快,略快于现实即可。另一些朋友则不同,他们选择了飞逝的时间，虽然他们身在其中，对时间的流速并不能察觉，但现实中的人，会看到他们所在的社会正在飞速向前发展。我们活成了高龄原住民，却并不见衰老；我们虚构了幸福和痛苦，却无法完成分享。

多数时区被设定为时光飞逝，人们仿佛希望能快点抵达未来，虽然未来是一个无法穷尽的时间值，但在他们的时区中获得的科技，可以按照数字生命公约规定的协议条件被售卖到现实世界，从而获得更多的资源，甚至还可以向其他时区输出病毒和战争。只有极少数的时区，时间流速被设定为慢于现实时间，他们仿佛活在一部被慢放的电影里，却浑然不觉。

在这里，我，马主任，重新变得忙碌，我的病人和下属都有求于我，我变得十分有用，生活也因此变得十分殷实。而我的妻子，她也重新任性了起来，她早就不做出版商了，而是迷恋各种收藏，那些已经被时代抛弃的电子产品成为她的心头好，很快家里的储藏室就堆满了。

二十三

如今我是一个机器住民了。我为自己能在黑夜里走路而感到羞愧。

埋葬了妻子之后，我在无垠的空间里长存，游荡，没有归期，也没有人对我说话。

我想起我的碧河，那条长长的河流，它能发出一万行代码也编写不出来的淙淙之声。我折叠起我的记忆，就如同收拾一件旧衣服。我终于跟随人流来到意义之门，大门上方的屏幕上显示一句话：欢迎来到美人城机器住民俱乐部，请凭识别码免费领取春风一份，没有双引号的人生也值得一过。

原刊《西部》2023 年第 6 期

潮墟

一

　　在北京，潮州菜很贵，牛肉火锅是为数不多大伙儿能吃得起的潮汕美食。特别是冬天，推开挂着"潮汕牛肉火锅"招牌的馆子的玻璃门，撩起塑料帘子，里头热气腾腾，牛肉汤的香味扑鼻而来。落座点菜，用笔在菜单上打勾，或扫码点餐，清汤锅底，牛肉按盘计费，不一会儿牛肉就被端上桌。厨师刀工好，牛肉被切得非常薄，纸片一样铺满小盘子。是那个味道，然而毕竟不正宗，总觉得缺了点什么。必须回到潮汕老家，牛肉火锅才有灵魂。要论正宗就得讲究精确。在广东，潮汕牛肉火锅一般会叫潮州牛肉火锅；如果到了潮州，便必须叫官塘牛肉火锅。官塘是个镇子，吃货的天堂，这里的牛肉按斤计费，在盘子里自然堆放，不平铺，不夸张，也不能乱：吊龙、吊龙伴、匙仁、匙柄、胸口朥、牛腩、嫩肉、肥胼、三花趾、五花趾⋯⋯不同的部位不同的口感，也不必用小纸条煞有介事写着

"匙柄10秒"，涮肉还得计秒，形式感太强真心累。官塘的牛肉新鲜，有时赶巧，牛刚宰杀，两个小时之内上桌，牛肉还在盘子里嚣张地颤动。

所以那些新媒体营销文章里会说，没有一头牛能活着走出官塘。官塘古称鹳塘，有白色的鸟儿在此起落。到小说里，这个南方小镇被我称为碧河，这个村落被我称为半步村。碧河镇的牛肉火锅也很出名，这是因为碧河有这座城市最大的牛肉屠宰场，叫潮墟。

潮墟最早并不是屠宰场。半步村小学还没建成之前，潮墟是牛市，牛市之前是肉菜市场。潮墟建在缓坡之上，占据了碧河六镇的制高点，正所谓条条大道通潮墟，这里也就成了碧河地区最大的肉菜市场，人来人往，好不热闹。会拉二弦琴的瞎子说，这个地方风水好，在清朝还是大官的宅子，驷马拖车的大院落，现在只剩下屋顶，没有墙。是的，孤零零的石头柱子撑起了斗拱的屋顶，整个潮墟看起来就是由横七竖八的长条状风雨亭构成，如果不说这里曾经有墙壁，有回廊，有胭脂和深闺笑语，人们还以为这样的建筑结构是故意为之。这些能遮风避日的亭子结构简直是市场的首选，路边尽是摊贩，行人却可以自由穿梭，牵着牛或抱着狮头鹅，从一个亭子直接穿到另一个亭子。

在很长时间里，牛是耕地的大动物，老人们常常会对着牛说话，将其视为家庭成员，不能随便宰杀，舍不得。潮墟在成为潮墟之前，是牛的中转地。春耕和冬耕之后，有相当一部分牛是以委托的方式让人牵到水库边的深山农场去放养，牵牛的人需要经过山尾渡、急水渡、石龟头渡这三个渡口才到达水草丰茂的响水农场。赶牛的人向来技术高超，渡河涉水时，人乘渡船，牛在水里游，鼻孔里喷着粗气。这些牛会被养肥，然后回到潮墟，或者先到田里干完当季的农活再回到潮墟。

养肥的牛在潮墟聚集，潮墟成了牛和牛贩子的集散地，碧河六镇的牛都会被集中到这里进行交易。潮墟的牛贩子厉害，老实的农民有时候并不想把自家的牛卖到这里来，但最后他们发现，家里的牛兜兜转转还是会来到潮墟。卖给其他人还被赚了差价，不如直接到潮墟交易。

潮墟有牛的宿命。碧河地区有吃生鱼片的传统，鲩鱼去骨拔刺之后，会被切成薄如蝉翼的生鱼片端上饭桌。这种刀工后来在牛肉身上得到创新的尝试。一锅清水煮沸，牛肉涮过后蘸沙茶酱，新鲜的口感令人难忘，也打开了一头牛变成牛肉之后的故事线。潮墟的真正开始是成为牛的屠宰场，而把潮墟变成屠牛场的人，叫陈得斌。

二

陈得斌有个倔强的母亲。1939年端午节后，日军在碧河西岸架起了机枪，过河者只要运气不好就会被射杀，没有沟通，也没有理由。陈得斌的母亲那时年轻，每天能挑七担盐，往来于两个渡口，肩膀上磨出老茧，她也觉得高兴，一分汗水一分收获，让人安心。有一天过碧河，那时碧河大桥还没有建起来，只能靠渡船，忽然听得对岸一阵枪响，同伴赶忙逃窜，逃不掉的一头栽到水里，血登时洇开，河水变红，只有她懵掉了，突然胸口挨了一下，屁股着地栽倒在河滩上，望着天空她头脑空白，回想起往昔种种，总觉得此刻死去心有不甘。醒来时只觉胸口隐隐作痛，她揭开衣服一看，皮外伤，她装在上衣口袋里的那只牛角梳子帮她挡了子弹，弹头还留在梳子上。

"是一头神牛救了我。"母亲对陈得斌说，而且是反复说，反复说，"那头牛一定很强壮，拼命长肉，两个角也变得坚硬，最后肉被吃掉，牛角做成梳子，梳子救了我。"

往后岁月艰难，老太太在陈得斌的心里面画了一个神牛的图腾，神牛器宇轩昂，气质不凡。对生活本身，老太太没有太多言语，只看着陈得斌手持赶牛鞭，从一个放牛娃成长为牛贩子，终于成为潮墟最有资格的"牛中人"。中人就是中间人的意思，不做买卖，只负责评估牛的重量和价格，是整个市场中最有技术含量的那一类人。陈得斌外号陈八两，据说这是因为他估算的牛肉重量，也就是一头牛去掉牛皮、牛骨、牛蹄、脂肪、内脏剩下能买卖的部分，误差不会超过八两。

潮墟流行赌牛，也就是一方出牛的总价，另一方则估算牛的重量和出肉率，因为市场上牛肉的价格是相对稳定的，那么拼的就是眼力了。

多年下来，已经没有人敢跟陈得斌赌牛。整个潮墟所有的牛中人间流传着一句话："遇事不决找八两。"也就是说，但凡遇上不太能确定的，最好请陈八两看一眼。在潮墟，陈八两并不难找，即便是陌生人，也可以仅靠一句"左手中指和食指被烟熏黄的那个瘦子"轻易找到他。穷人也愿意找陈得斌帮忙卖牛，因为斤两不会错，价格往往比别人高一点。有时买主若问,真有这么多?陈得斌就不语言,只抽他的烟。聪明的买主就会明白陈得斌的心思,犯不着惹他不高兴。

往往,最终惹陈得斌不高兴的,不是兜里有钱的买主,而是不知深浅的穷人。有个穷人姓吴,外号秀才。在农村,秀才从来不是什么褒奖的词汇,这个词背后蕴含着"眼高手低,不善耕种"的意思。"不会种田,想当秀才啊!"这是批评人的话,后来这句话又演绎成:"不会种田,你想教书啊!"能到学校教书意味着可以领公粮,意味着有按月发放旱涝保收的工资。

秀才穷,家徒四壁,家里却有个漂亮老婆,人称慧嫂。慧嫂一早敲着铜勺喊,秀才啊,皇帝做梦梦见你了,当时结婚你怎么说的?你去看看米缸,我们今天要吃屎了。秀才没法接话,他最讨厌老婆总是拿结婚时的话来恶心他,结婚时哄老婆的话能作数吗?况且当初他也没说假话。父亲死的时候给秀才留了五头牛还有一枚印章。印章曾在最艰难的时候救过一家人的性命,给泰国的华侨亲戚写信,只要盖上印章,就会有侨批,就会有钱。家信的格式父亲都给他拟好了,只需要修改"民不聊生,饥寒交迫"后面那句话,最后盖上印章就行。在泰国的叔父只认印章,印章对了,就会给钱。父亲去世前一直梦见他的弟弟从暹罗回来,就站在门口。一直到了改革开放,国门打开,叔父带着对家乡"民不聊生,饥寒交迫"的想象回来了,却发现碧河地区的人们热火朝天在忙着赚钱,又发现自己节衣缩食、寄钱回家,结果却养了一条懒虫,登时勃然大怒,坐在哥哥的坟头痛哭流涕,离开之后便不再回信。除了印章还有牛,牛可以耕地,如今也只剩下一头了。秀才长叹一声,望向家门口的牛。秀才家的牛,比他还瘦。他打算出去卖牛。慧嫂很快就知道他的心思。

"牛不能卖,"她说,"卖了开春拿什么给人耕田?"

慧嫂说,家里这头牛比你还会赚钱,要卖把你自己给卖了。

但秀才不听,他有自己的盘算。上个月他刚把家里最后几捆老纸卖掉了。那个走街串巷的古董佬知道他家有好纸,每次来到村里必然要往他家里跑,那双老鼠一般的眼睛一遍遍搜刮这间老屋,阁楼也不放过。如此跑了一年多,老辈好不容易留下的东西就都被秀才卖干净了,那一篓子老纸算是最后值钱的家当。他也明白,如今只有这头牛了。但还能如何?人总得吃饭。他盘算着把牛卖了,干脆离开这个破地方,到外面去。他拉着牛一步步向潮墟走去,也许是石头台阶太累人,也许是老牛舍不得主人,这么一小段路磨磨蹭蹭走了半个小时,潮墟已经准备收市了。牛贩子知道秀才急着用钱,嫌这头牛太瘦,硬生生压低了价钱,把秀才气得直发抖。秀才喊着要找陈八两评理。牛贩子又劝他别去了,找中人还得亏两包烟钱。但秀才坚持,牛贩子也没办法,买卖双方牵着牛来找陈八两。

听秀才说完,陈得斌把手里的烟屁股最后吸上一口,丢在地上踩灭了。他瞥了那头老牛一眼,然后说:"都快收市了,我正准备回家吃午饭呢,你看还有两三批牛等着我去看,你们这么小的买卖就不用我掺和了。这个时候卖老牛,大家都不容易,趁早成交得了,秀才的漂亮老婆还在家里等着呢。"提到秀才的漂亮老婆,大家都哈哈笑。陈八两对牛贩子说,让我做中的那两包烟钱,你给加到价格里，别欺负人家秀才。但秀才这个时候已经感到了羞辱，他正要说些什么，从人群后面却跑出一个女人来，正是秀才的老婆慧嫂。她指着陈八两的鼻子骂，说她可是全程都看着呢，这么低的价格还有什么公道！又对众人说，这个陈得斌明明跟牛贩子就是一伙的，还做什么"牛中人"？

"说什么陈八两最公正，我呸！就会欺负老实人，我们的牛肉都当成猪肉便宜卖了！"

陈得斌没有回嘴，他拿出香烟，用火柴点燃，坐下抽烟。他本想女人骂几句也就算了，结果这女人骂了有一刻钟，越骂越气，越骂越起劲，竟然还伸手来揪他的衣服，要他给她家的牛道歉。看热闹的人越来越多，都想看这赫赫有名的陈八两如何收场。

陈得斌把还没有抽完的第二支烟掐灭了，没有理女人，而是对着秀才缓缓地说道："你真要我来做中，那我就把这单活接了。现在你们买卖双方都听清楚了：这是头病牛，压根就不值钱。"

众人都把目光投向那头牛，大家明白，如果是头病牛，那别说猪肉价，可能连三分之一的价钱都要不到。慧嫂更是气得跺脚哭闹，呼天抢地，大叫没天理欺负人。大家也都去看那头牛，牛看起来虽然挺瘦的，但牛眼有神，鼻镜汁珠均匀，牛毛整洁有弹性，怎么看都不像是病牛。慧嫂咬牙切齿地说："赌牛！如果这头牛有病，我们白送给你，不要钱！"

已经有很多年没有人敢找陈得斌赌牛了，看热闹的人这时候更多了。陈得斌明白，已经到了这个份上，如果输了，"八两"的名声也就废了。他围着老牛转了两圈，还少见地伸手在牛肚子上摸了又摸，又打开牛嘴看了看牙口，然后说："我跟你赌，如果我输了，我赔你十头牛。"

陈得斌的声音不大，但是在场所有人都发出惊呼声来。这应该是潮墟有史以来最高的赔率，以一赌十。这不是赌牛，是赌气。

赌约定下，接下来的事情也很简单，只需当场把牛杀了，便可见分晓。潮墟专门帮人家杀牛的人这时候已经收市回家，那会儿没有电话或手机，一时也找不到人，但杀牛的刀具、水桶一应物品倒是还在。陈得斌说，我亲自来杀。

正是午后时分，树上的知了不要命地叫着，连喘气的空隙都没有。大树下的空地上铺好了帆布，摆好了水桶、尖刀、斧头、锤子一应俱全。看到这阵仗，大家都很兴奋，年轻的慧嫂却跑过去抱着她家的牛号啕痛哭。那时候在场的很多人认同一个说法：很多女人一哭就变丑，只有慧嫂一哭却分外好看，有点文化的人还念了一句诗："梨花一枝春带雨。"

陈得斌耐心等她哭完，便开始杀牛。当时碧河镇上有一个钱少爷用从香港买来的录像机完整地记录了这次杀牛的经过，正是这一次录像记录，让陈得斌被众人誉为潮墟的"牛神"。这盒录像带后来成为碧河牛屠新手学习必看的教材，杀牛之前先在牛耳边低语几句祈求原谅，也成为教科书一样的规定动作。陈得斌耳语之后，老牛跪地，叫了三声，那声音仿佛从很深的地底涌上来，生命最后时刻的告别总是让人动容。

陈得斌已经有十来年没有杀牛了，以前在生产队的时候，养牛、医牛、杀牛都是他的日常工作。让一头有生命灵性的牛变成温热的牛肉，他有一套独特仪式，每个方法和步骤都恰到好处，特别是去骨取肉，每一种工具的使用和轮换都行云流水，以最节制的用力方法完成每一个动作。所有人都看呆了，而牛肉贩子早已等候多时，手持杆秤准备买走最好的肉，手里的秤砣与铁盆因微风吹动而轻轻碰撞，发出清脆的响声。

陈得斌让人取来一只大瓷盆，他从牛腹中将一坨黑乎乎的东西掏出来，放在瓷盆里头，再稳稳把那只白色的瓷盆捧到秀才夫妇面前，放在地上，什么话都没说，就到水井边去洗手。答案已经不言而喻，让牛变得越来越瘦的东西就在眼前，看一眼都让人觉得恶心。秀才在陈得斌杀牛的时候就知道自己输了，面前这个人后来都变成一个模糊的人影，秀才的眼睛没法聚焦，直到确认那只瓷盆放在自己的面前，才吞了一下口水，知道自己家的牛彻底没了。秀才一脚将瓷盆踢翻，转身扬长而去，把慧嫂留在那里承受所有的鄙视。

因为有陈得斌这番扬眉吐气的表演，这头病牛最后也没有浪费，卖出的钱比秀才最初谈下的价位低很多，但也比预想中好。陈得斌让牛贩子把牛肉的钱给秀才送去。他说，都是穷苦人，赌气归赌气，饭还是要吃的。他让牛贩子转告秀才，希望好心不要再遭雷劈，以后见了面还可以一起喝茶。

面对失而复得的牛肉钱，秀才当然乐呵呵收下了，但慧嫂要他登门向陈得斌致歉和道谢，他却打死不去，认为这样很没面子。慧嫂只好自己买了两斤白糖，用红袋子装了，去找陈得斌。她在潮墟的大树下站着，一直等到陈得斌忙完了，才走过去跟他说话。此刻她跟上次那个气冲冲的女人，简直判若两人，她细声细语，眼里只有崇拜。

那年秋风吹起的时候,潮墟就开始有了流言蜚语,说秀才的婆娘跟陈八两搞上了。

三

卖老牛的钱花完之后,秀才背上行囊离开东州,说要出去干一番事业。慧嫂并没有跟着他一起走,据说两个人已经离了婚。春天来了,慧嫂的脸色也灿若春花,所有人都说她身上的漂亮衣服是陈得斌买给她的。这样的传言说得多了,简直让陈八两的人设崩塌,他渐渐明白,这个"牛中人"的活是再也干不下去了。所谓"牛中人"就必须不偏不倚,就必须心无杂念,但他现在不行了。"我是慧嫂表弟的邻居,您帮个忙。"总会时不时飘来类似的话,让他脸色变得难看。他长叹一声,对自己说,私德有亏,难持公器,转行吧。

所以话说回来,后来风靡整个碧河的牛肉火锅行业,应该感谢风情万种的慧嫂。潮墟牛屠就是在这个时候正式开张。陈得斌的手艺大家都看到了,口袋里有钱的人也看上了他,技术和钱一合伙,牛屠正式营业。牛屠的老板也是明白人,把慧嫂安排到牛屠里记数,桌子上还摆着一块牌子写着:会计。陈得斌每天都在牛屠里干活,不用像以前那样去接触南来北往的人们,他喜欢这样的生活。会计慧嫂只记数,也很少到杀牛的地方去。但生活就是这样,一张看不见的网让一个人活得更为有意义。

陈得斌的故事就这样结束了,我们也无意从道德层面对他进行过多的批判，能骂他的只有他的老母亲，据说因为慧嫂的事，陈得斌跪在地上挨了老母亲三下赶牛鞭。这根赶牛鞭也不知道是用什么材料制成，总之是藤条加上某种织物，人皮可比不得牛皮，一鞭子下去，皮肉开花。那时候的碧河从来没有人谈过关于爱情之类的肉麻话，但慧嫂抚摸着陈得斌背上的伤痕说，斌哥，对不住。陈得斌说，对不住就不要摸，疼。几年之后，陈得斌那个卧床多年的妻子去世，第二年慧嫂总算合法地跟陈得斌住到了一起。他们没有举办酒席，就这么住着。据说慧嫂开始不愿意，但陈得斌告诉她，今晚想在家里的大天井杀一头牛，问她要不要来看。"就杀给你一个人看。"这样带着泥土芬芳的情话，慧嫂终究无力抗拒。

　　时间的流动是看不见的，看得见的只有草长莺飞。在潮墟牛屠里，陈得斌埋头杀牛，他两个儿子早已经长大成人，一个叫陈有文，一个叫陈有武。陈有文手巧，学到了他老爹切牛肉的本领，在路边开了一间粿条店；小儿子陈有武力气大，在牛屠里帮忙杀牛，每天会给哥哥的粿条店送一些牛肉过去。碧河的潮墟牛屠逐渐成为东州最大的牛屠，原来的菜市场潮墟则在城镇化的进程中逐渐成为老屋区的回忆，人们陆续在碧河对岸建了新房子，纷纷搬出老屋区，这个村庄的中心悄然往北移动，时代滚滚前行的车轮也在半步村这个不起眼的南方村落留下了印迹。

　　一开始还好，杀牛不能在闹市，牛屠的规模逐步扩大，直至老屋区交通不便利的缺陷日渐凸显。这一片住的人少，下水道堵住了，每次下雨道路便被水淹没，老牌子的潮墟牛肉屠宰场有限公司才整体搬迁到国道边上。牛屠白天悄无声息，到了晚上则灯火通明，杀牛会持续到第二天凌晨。牛肉贩子、肉铺老板会在凌晨摸黑来到这里拿货，把最新鲜的牛肉运到早市上销售。陈有武近水楼台，每次都会将当日最好的牛肉以最快的速度送到大哥陈有文的粿条店里，大家也都逐渐明白，陈有文粿条店里的牛肉才是当地最新鲜的。整头牛最好的部位，比如牛脖子处有一条肌肉因为经常活动而肉质鲜嫩，称为脖仁，每头牛也就一盘，非常稀有，陈有文的粿条店里却经常可以有脖仁供应。以前耕牛不让杀，是因为肚子都没填饱；如今不但要吃饱，也要吃好，口袋有钱的人更希望能吃到最好的。因此只要有最好的牛肉供应，食客便蜂拥而至。开始，他们只放一点点的粿条，后来便干脆换一种吃法，以牛骨汤或清水来涮最新鲜最优质的牛肉，蘸一点当地最具特色的沙茶酱，牛肉原有的鲜味在口中绽放，把每一个味蕾都激活，这样的口感令人叫绝。陈有文也非常聪明，很快便明白这是一种注定会广受欢迎的吃法，于是拆除了粿条店的招牌，专门做牛肉火锅。食客和粿条店老板共同开发的牛肉火锅，很快从碧河镇传开，风靡了整个东州。潮墟作为整个东州最大的牛屠，让碧河镇的牛肉火锅具有天然优势，到碧河吃牛肉火锅成为食客的必然首选。

陈有文的火锅店很快忙不过来，兄弟俩一商量，陈有武也就离开了牛屠，转而负责从牛屠取肉以及到火锅店里切肉。牛屠里的前同事都是老朋友，所以他的牛肉总是比其他地方新鲜。对于牛肉火锅来说，食材的新鲜度是最大的竞争优势。要知道，一头牛杀完之后总重量的三到五成是牛肉，行话叫出肉率；而因为牛肉火锅食不厌精的吃法，其中只有三成的肉可以用来做牛肉火锅。在牛屠里，总是牛肉火锅店的老板挑选完了之后，剩下的肉才流入菜市场，再剩下的则被打碎做成牛肉丸。牛肉火锅店的老板选择，一个是先来后到，另一个则是亲疏远近。综合所有的情况，陈有文牛肉火锅店的优势迅速突显，也成为碧河地区最火的牛肉火锅店之一。兄弟俩也经常探讨如何将牛肉火锅的各种细节程序化，这个过程是伴随着悠悠岁月慢慢完成的。做餐饮的人一年到头都没得休息，除夕年夜饭之后，过春节才得休息一天。一般也就在除夕夜，陈有文会给弟弟分一笔钱，多年来都是如此。

陈有文很有商业头脑，他很快把那块破旧的招牌拆掉了，制作了新的，上面有六个红色的大字：潮墟牛肉火锅。这样一块牌子让牛肉火锅店和牛屠联系了起来，在此之前，两者之间的联系是由陈有武实际承担的。陈有武内心有了一些变化，之前到大哥的火锅店里来做事，并没有太多的想法，反正都是兄弟，但招牌这么一打，还做了一个公仔的图标，具有强烈的视觉冲击力，陈有武这才意识到自己是来大哥这里上班，跟之前他在潮墟牛屠上班是一个意思。潮墟牛屠那边也挂着招牌，但里头都是干活的人，老板经常不在。现在，陈有文坐在门口抽烟，他的老婆跷着脚在门口嗑瓜子，他陈有武却在清洗晚市要用的牛百叶，这凭什么？他能拿到最新鲜的牛肉，他可以切出刀花最好的牛肉，只需要把自己家房子临街的那面墙拆开，装上店铺的门面就可以了。

潮墟牛肉火锅换了招牌不久，陈得斌的老母亲就去世了。夜里守灵，陈有武和父亲两人蹲在祠堂天井抽烟，蛐蛐藏在角落里鸣叫，月亮很高。祠堂门廊的电灯有点昏暗，但这一束光刚好够四个小孩围在那边下象棋。四个小孩分别是陈有文的两个儿子陈泽欢、陈泽喜，还有陈有武的两个儿子陈泽平和陈泽安。按村里的说法，陈八两家很牛气，旺丁又旺财。陈得斌看着四个孙子，对陈有武说，老太太这算是喜丧，他们围着下棋也就没有人说什么，若是敢在祠堂里打牌，准挨骂。陈有武没有接父亲的话，憋了很久，他终于终于还是把内心的想法说出来，他希望获得父亲的支持。两个儿子中，小儿子因为在牛屠里跟着父亲一起杀牛，跟父亲还是走得近一点。有一点显而易见的，陈有武见到慧嫂是会打招呼的，但陈有文一般连看都不看她一眼。

"兄弟俩好好商量，也不是太大的事，能做得好也算陈家的好事，一代总得胜过一代，你这也是在为泽平和泽安考虑未来。"陈得斌说。

过了父亲那一关，陈有武便想找机会跟大哥好好谈一下这个问题。两个月前，陈有武其实已经做好了门面，也暗中购置了锅碗瓢盆，陈有文不会不知道，不过他什么都没说，他在等弟弟先开口。陈有武也不急，他明白说话是需要契机的。做餐饮的都会在顾客上门吃饭之前自己先吃饱，客人走了打烊时再吃点。陈有文店里的习惯是，每天下午五点店里的人会围在一起吃个饭，其他时候吃饭就各自完成，反正食材店里都是现成的，只要没客人，饿了就吃，管饱。那一日吃饭的时候，陈有文的老婆说，听说秀才回来了。陈有文说，嗯。他对这个新闻不感兴趣，跟慧嫂有关的一切他都不感兴趣。陈有文老婆又说，回来的不是活人，是骨灰盒，听说慧嫂接过骨灰盒直接当面丢进垃圾桶。陈有武终于接话，他叹息一声说："所以人一生也就这样，一辈子辛苦也好，放浪也好，都是一辈子。"

陈有文说："提他做什么？粪坑里的蛆都比他勤快。"陈有文最瞧不起懒汉，而秀才恰好是那种人，每天懒得牙都不刷。

陈有武顺着说："赚钱才是正经事。"

铺垫完了，吃完饭，其他人散去，兄弟俩还坐着抽烟，陈有武就说："陈泽平马上也要读高中了，男人还是得好好赚钱，我想自己出来做。"

陈有文说："好。"

四

陈有武的武林牛肉店开张那天，陈有文也到店里来，帮忙招呼顾客，给顾客递烟，说几句客套话，算是一种场面上的支持。但过几天就有人跟陈有武说，你新店开张那天，你嫂子在背地里骂你是养不熟的狗。陈有武听了生气，但生气也得咽下去，和气生财的道理他明白。

陈有武还是有些想法，他给牛肉火锅店加上武林主题，具体的做法其实也很简单，只是在墙上挂了两顶破斗笠和几把塑料的刀剑、斧头，另外让给幼儿园的美术老师在墙上画了几幅剑客决斗的场景，渲染了一下气氛。这样的宣传方式陈有武是无意间从都市报上看来的，别说碧河镇没有，整个东州都没有人这么干，一下子吸引了很多人的眼球，竟然火了起来。陈有武赶忙增加道具，学着武侠电影里面的摆设，增加了酒坛子和斗笠碗。斗笠碗在武侠电影里都是用来喝酒，喝完就摔地上，这个场景太深入人心。陈有武怕有人摔碗成本太高，所以这些碗都是用来倒茶的。所幸南方以南酒风不盛，真喝酒的人也大多好好喝酒，没多少人真的会摔碗。

但生意做大了就不一样了。武林牛肉店爆红以后，把旁边两家铺面也买了下来，二楼也摆了桌椅，招了人手，只用了半年的工夫，吃饭高峰期用餐人数已经跟潮墟牛肉火锅店那边差不多，有时候看起来还更热闹些。所以摔碗的人真的就来了，他们喝酒闹事，各种耍赖。大儿子陈泽平便对陈有武说，怕是大伯那边弄来的人。陈有武当场脸一黑，骂儿子瞎说。自古同行是冤家，陈有武表面上客客气气，对此加以否认，但心里已经记了账。另一边，陈有文把一个废弃的停车场给盘下来，将潮墟牛肉火锅店扩建成牛肉火锅城。明眼人都看出来了，陈有文这一招是想把客流全部截下来，因为潮墟牛肉火锅店占据交通要道，位于从国道转入碧河镇的路口，闻名而来的食客必然会经过这里。原来潮墟牛肉火锅店门面不大，如果人太多、等待上菜的时间太长，食客就会选择往里走不到一公里的武林牛肉店，那里偶尔还会有醉拳的表演，很有特色。但如今陈有文把停车场盘下来，他的门面就横跨国道和镇道，真正占据了一个路口，相当于一道堤坝将八九成的客流拦下来。对于食客来说，别处可以吃到的这里也可以吃到，多走一公里就显得没有必要。况且有传言武林牛肉店经常有小混混去骚扰，吃饭本来是开心的事，犯不着碰到扫兴的场面。

几个月下来，陈有武这边的生意已经有点难以为继，原来第一次扩张的店面和桌椅，如今很多空着，店员们都无所事事在角落里打牌、抽烟，再这样下去这里真成武林江湖了。他儿子建议减少一些人手，以控制每个月的成本。陈有武算了一下，他之所以还能勉强维持，不是因为前面潮墟牛肉对客流的拦截不够彻底，而是碧河镇牛肉火锅声名鹊起所带来的客流增长勉强挽救了他的店。再这么下去，倒闭是迟早的事，这么盘算清楚之后，他不免有些难过。这个时候，儿子陈泽安跟他说，完全查清楚了，有两帮小混混都是大伯那边的人叫过来砸场子的，主导这件事的是陈泽喜。这个消息火上浇油，怒从心头起，恶向胆边生，陈有武一拍桌子，对两个儿子说："去跟店员们商量一下，要不就丢工作，要不就干一场。我不方便出面，你们看着办。"

轰动东州的潮墟火锅城兄弟血拼事件就这样发生了。牛肉店最多的家伙就是切牛肉的尖刀，这种刀从来都是用最好的铁锻造而成，谈不上削铁如泥，但切肉跟切豆腐也差不多，锋利至极。陈泽平、陈泽安两兄弟血气方刚，带着十几二十个店员，手持牛肉刀，直接冲进了潮墟牛肉店。当时正是饭点客流高峰，一群人冲进去之后，整个火锅城便鸡飞狗跳。最后对垒的格局形成，陈泽欢、陈泽喜见两个堂弟持刀前来，也不怂，拿刀便干，昔日棋盘对垒，今天血溅当场。这样的干架完全没有电视上武林高手对决的美感，而是充满野蛮无比的气息。最后这四个堂兄弟都直接送到医院急救，所幸车开得快，断掉的手指和耳朵都接得上。但陈泽平脸上也留下了一道无法修复的刀疤。

陈得斌老爷子听到这样的消息，气得把手里的蓝花瓷碗摔碎了。他让慧嫂把碧河桥头的医生请过来，又让慧嫂去买了两个骨灰盒。

慧嫂问，为什么是两个？老爷子说，让你去你就去。然后他对医生说，我是卧床了，但病应该是没病，身体好着呢，你帮我挂瓶输液，就弄点氨基酸葡萄糖之类的，补补身体，然后去告诉我那两个儿子，我已经不行了，快被他们活活气死了。医生跟老爷子有多年交情，微微一笑，心领神会，就按老爷子的吩咐办。很快，陈有文、陈有武就先后进了老爷子的房间，搬了椅子坐下，两个人都没有说话。老爷子躺着，阴着脸，过了很久，才让他们都靠近点，到床边说话。等他们坐近了，老爷子从身后抡起一根赶牛鞭，问他们知道这是什么吗？这他们哪里会不知道，当年他们奶奶把陈得斌揍得险些昏死过去的，就是这根黑乎乎的赶牛鞭。老爷子照着他们的背上每人就是三下，兄弟俩不敢闪躲，咬牙挨着。老爷子啪啪打完，把鞭子一丢，破口大骂："我老爹，你们爷爷，为什么死得早？淹死的，整艘战舰被日本人击沉！我爷爷，你们曾祖父，死的时候指甲缝里都是日本人的肉，掐下来的。你们兄弟倒还真有本事，带着我的孙子，自己人打自己人？你们去跟祖宗说，丢人不丢人？怎么有脸去见祖宗？"

这时候慧嫂抱着两个骨灰盒进来，放在老爷子床头。老爷子说："这里有两个骨灰盒，我死之后，你们分开取走，分头拜祭，头盖骨记得每人取一点。"说完，他继续躺下睡觉。

"阿爸，我错了。"陈有文说。

"我也错了。"陈有武说。

五

陈得斌老爷子打儿子的事很快在碧河传开，大家都知道他们家有一根专门打儿子的赶牛鞭，堪称家教之典范。老爷子这回因为装病，假戏真做，还捡回了一条命。

两个儿子走后，医生来给他拔针收走吊瓶。医生说，来都来了，我看你脸色不好，顺便帮你也看一看，开点中药调理一下。一番检查之后，医生脸色阴沉。陈得斌问，怎么了，我要死了吗？医生说，最好不要耽搁，直接到省城去，东州和省城的医疗水平还是有很大差距的。

一个多月以后，老爷子从省城回来，胃被切掉了三分之二，每天只能少食多餐，烟也戒了，平时吃饭他爱整两口，医生也不让，用他自己的话说，活着已经意思不大。以往他也不太爱出门，但现在不同，经常到两个儿子的火锅店坐着，有时候到潮墟牛肉火锅城，有时候又出现在武林牛肉店。老爷子看着陈泽平脸上的刀疤，问他，后悔不？陈泽平低头傻笑，跟爷爷说，反正媳妇已到手里，有个刀疤也不碍事。四个孙子的名字都是老爷子取的，他希望他们欢喜平安。

牛肉火锅店已经开遍了大江南北，而碧河镇，也就是现实生活中的官塘镇，已然成为食客朝圣致敬的地方。很难说这里的牛肉火锅跟外面的有多大区别，其实这里牛肉火锅的做法和味道也在不断改良变化，然而关于正宗的饮食文化是味蕾上一种流动着的精确。

不流动、不创新的饮食没有灵魂，但创新也意味着有失魂落魄的风险。四个孙子中年龄最小、最不安分的是陈泽安，他最大的业余爱好是电竞游戏，电脑玩得贼溜。本来一直玩游戏也挺好的，有一天他突然跟朋友们琢磨，说应该以互联网的思维来带动牛肉火锅的发展和普及。陈有武经不住他的一顿说，心一横，给了一大笔钱，让他去折腾。结果两年后，陈泽安吹了一个关于潮汕牛肉火锅的大泡泡，很多人跟风投资，牛肉火锅店像蒲公英一样到处落地生根。陈有武在电话里反复告诫不能这么弄，但陈泽安哪里听得进去？他那时候正志得意满，开口闭口都是"赶上风口猪也会飞"，非常得意，说父亲因陈守旧，一辈子走不出这个小镇子。但他的泡沫很快就破了，把陈有武给的钱以及各种风投的钱都亏光了，灰溜溜回到碧河镇。他一进家门，脸上都是远行人的风尘。刚放下行李，陈有武便对他说，你现在去火锅城找你爷爷，问他，你曾祖奶奶那条赶牛鞭还在不在。

陈泽安来找陈得斌，老爷子正在牛肉火锅城的大厅里看电视，大厅里人声鼎沸，老爷子坐在一把塑料靠背椅上，像一尊雕塑。电视里有时候播着球赛，有时候是《新闻联播》，但今天突然循环播放了一段年代久远的黑白影像，老爷子眼睛不好，看了很久，忍不住把椅子挪近了，才看到是一个人在杀牛。他问陈泽安，这人是谁？陈泽安笑着说，那就是你啊爷爷，电视上写着你的大名呢。大厅里太嘈杂，老爷子压根听不清，陈泽安喊了一遍，是你啊。老爷子张大着嘴巴看着，说："哦，现在可杀不动了。"陈泽安就坐在爷爷身边，说自己如何出去创业，如何失败，说到动情处还抹了把眼泪。

老爷子听得很认真，但其实他一句都听不明白，唯一听懂的词是"出去"。他点了点头，郑重其事地说，应该出去，能出去就是很好的事。他说，他现在记得最牢固的事情不是杀牛，而是有一回出门去到很远的地方，到深山里放牛，就在水库边上，他骑在牛背上顺流而下，有一群好看的白鹤追着他和他的牛盘旋飞了整整一里路。

原刊《天涯》2021 年第 6 期

骑马去澳门

1

那杯"蓝色夏威夷"被端上来放在桌子上,他并没有去动它,而是把靠在椅子上的拐杖移动了一下位置,以防自己伸手时将之碰倒。"前天夜里我梦见骑马去澳门,但我不能去,所以昨天我到东澳岛来了。"他仿佛是在跟自己说话,完全无视坐在对面的顾小涛。

顾小涛微微一笑,没有马上接话,转头望向酒店的落地窗。隔着巨大的玻璃,可以很好地看到暗黑的海面,以及近处在风中疯狂摇摆的树木。台风确实来了,东澳码头和南沙湾码头都发布了停航通告,他们无法离开,养老院的同事也过不来,看来只有自己在东澳岛上看住这个老头了。

面对大风天气,老头倒是好兴致,他穿着西装,打着领带,还煞有介事地戴着一顶牛仔帽,虽然空调还算给力,但他这身装束还是引来周围奇怪的目光。大家都穿着短袖,如果不是因为台风,恐怕所有人都愿意泡在海水里消暑。

"休想骗我，您可不是昨天来的东澳岛。您都失踪一个多月了，要不是回珠海市区的银行取现金，珠海这边的派出所通知了我们养老院，我们至今都不知道到哪里去找人。"顾小涛表面客气，但口气更多像在数落一个孩子。而这个叫谭家亮的老头，也十分配合地露出了孩童般调皮的表情。谭家亮如何突破层层防锁逃离养老院，院里已经开过几次大会，通过监控录像反复研究发现，这几乎是教科书级别的逃离。所有看过这些监控录像的人都为之惊叹，惊叹谭家亮的智力和体力，但当保安队长解释说这个老人有严重的老年痴呆症时，所有人又不禁发出惊讶的嘘声。

此刻，谭家亮端起酒杯轻轻吸了一口，问顾小涛要不要也喝一杯。顾小涛瞪了他一眼，说："休想贿赂我，你要知道多少人为了你的失踪连夜加班。还有你在英国伦敦的儿子，年龄应该也不小了吧，听说在东澳岛发现你的行踪，也不知道通过谁要了我的手机号码，一个晚上给我打了好几次电话，那是 London 啊，那边是傍晚，我们是深夜，你说还让不让人睡觉？你们父子俩都一样，一点不会为别人考虑。"

谭家亮一听她提到儿子，连连摆手："你不要告诉他，不要告诉他。"

"不要告诉他什么？"

"没什么，没什么。"谭家亮摆弄了一下他的帽子，然后又向顾小涛做了一个鬼脸。

顾小涛叹了一口气，不知道说什么好。她不禁想，老人这样的神态举止，年轻时候应该很帅气。他们所处的音乐酒吧就在酒店一楼，占据了酒店最好的观景平台。因为台风，通向观景平台的门自然是关闭的，但这整面的落地玻璃也相当壮观了。她望向外面，风确实很大，隔着玻璃都能听到呼呼的风声，以及海浪猛拍海滩巨石的轰响。大海就是如此无聊，无休无止地闹腾着。

2

惊涛拍岸，声音好像是有节奏的，又好像没有节奏。而在老人谭家亮的心里，有着另外一个计时器，在那里，光阴正一寸一寸地在移动，滴答滴答，有条不紊，不慌不忙，天朗气清，天地的肌理与想象的纹路完全吻合。是的，至少在他的意念中是这样的。他像一只桃子，表皮磨损了，甚至果肉烂掉了，记忆模糊了，但桃核还是坚硬的，纹理还是清楚的。

他在等立秋。他清楚地记得，三十年前的某一天，他收到她的信，那个叫琦儿的女人对他说，三十年后的立秋，到我们一起看日出的地方去，我们到海滩上骑马，骑马去澳门。后面还用笔画了一个笑脸。白纸黑字写得那么清楚。那封信呢？信丢了。也许是被妻子收起来了，销毁了。他反反复复找了很多次，都找不到，直到妻子临终时，在那最后的一刻，他才忍不住开口问信的事。

"什么信？没有的事。"妻子别过脸去。他的问题无异于一把飞刀，直接将此刻变成妻子生命的最后一刻。妻子是流着泪走的，跟许多人那样，对这个世界充满了不舍。"我死了你就自由了，没有人再管你。"她说。他答应她会管好自己。但在果核之中,另一个声音说,除了那封信,除了那个立秋。

"骑马去澳门",这不是一句玩笑的话吗?那封信也没有寄件人地址,琦儿,依然是那个爱开玩笑不修边幅的女人。

"你有没有考虑过,可能压根就没有这么一个人,"他的主治医师很认真地看着他的眼睛说,他从医生的眼神中看到了某种经过修饰的真诚,"并没有琦儿,也没有什么信件。"

那不可能。他对医生摇了摇头。不可能没有琦儿,也不可能没有信件,因为那天早上,他正准备出门去百货大楼的钟表行上班,便看到邮差骑着绿油漆的自行车从巷子口进来,听到邮差喊他的名字,没错,是他亲手拆开的信封,小心翼翼地剪下一个角,然后轻轻撕开,生怕伤害到里面薄薄的信纸。信是从澳门寄来的。

只要有澳门这座城市,琦儿就是真实存在的,这个不会动摇。

他又轻轻摇头。摇头的时候他听到果核坚硬撞击的声音。果核又没有掉落到地上,为什么会有声音?不知道,但硬度是经过确认的。他从此学会了闭嘴,不再胡说八道,也不能对其他人提及琦儿。

3

"台风天,我们这样傻坐着也没什么事做,我跟你讲讲琦儿吧。"

顾小涛瞪着他看了几秒,才说:"南极洲的冰雪都快融化了,你还想用企鹅的故事来哄我?老头子坏得很啊!说说,想要什么小把戏?你现在就是上厕所,我也会跟着!"

谭家亮只能傻笑。

四十年前，或者是三十多年前，他跟随师傅来到澳门荔枝碗，厂长亲自接待了他们，并对他们师徒二人说，这家造船厂是荔枝碗最好的。厂长历数了从前的辉煌，成千的船只在澳门港口往来穿梭，其中不少就出自他们之手。说到激动处，厂长用手拍打着立在身边的龙骨。只是连他自己也料不到，再过三年半，造船厂就倒闭了。这家造船厂不算大，每年大概能造六艘渔船，主要是香港客户，但这几年生意并不好，多数时候处于停工状态。他们的主要优势是手工活好，且木料来源清晰，不含糊，龙骨必须采用马来西亚的山打根进口的坤甸铁樟木，其他则采用耐泡的山樟或柚木，整船木质坚硬结实，在业内小有名气。但厂长对于造船业的前景充满了信心，他说有一年澳门有两百多艘渔船下水，下水礼的鞭炮声有时候一天响了几次。靠海吃海，厂长相信造船的需求还是存在的，随随便便给几个订单都够食了。

但路环太偏远了，谭家亮一个星期之后才知道师傅口中的大三巴和福隆新街都不在这边，离船厂很远，还得经过澳氹大桥。慢慢观察也很容易发现，平日里，船厂里的人大概能分为两拨，一拨喜欢喝酒打牌，另外一拨则喜欢去美人巷洗澡。或者换个说法，发工资的时候大家都喜欢洗澡，也喜欢打牌，等到钱花得差不多了，就只能喝酒吹牛。

美人巷是个引人遐想的名字，年轻的谭家亮并不知道这是一个地名，抑或只是一个暗号。半年之后，船厂里最多话的老尖有一天突然说，我盘了一下，厂里就小谭没去洗过澡，不会是身体有什么问题吧？他的语气当然不是关心，而是带着刁钻的质疑，阴阳怪气。这样的话很快就传开了，就连谭家亮最敬重的师傅也给他投来悲悯的目光，欲言又止。

其实谭家亮不单是唯一没有去美人巷洗过澡的人，他也从来不摸牌。人家叫他，他就说他不会打牌，说教他，他便摇头。酒倒是喝过几回，但他就是个闷葫芦，不说话，只是喝，而且也不醉。用老尖的话说，白酒在小谭那里就是白喝的酒，没意思。确实没意思，谭家亮承认自己是个无趣的人。干活，发呆，闲时就去海边看海鸥。他也不确定这些海鸟是不是叫海鸥，总之，他将一切海鸟都当作海鸥，因为他只认识一种叫海鸥的海鸟。"海鸥，海鸥，我们的朋友。"他是在这首歌里重新认识了海鸥，在他的大海里，海鸥是他唯一知道名字且可以成为朋友的鸟。

4

当然成为朋友的不仅仅是海鸟。老魏喜欢在太阳快落山的时候出现在海边。他带着画架，画大海，画落日，也画海鸥。谭家亮站在老魏身后看他画画，觉得真是厉害。老魏看了他一眼，继续弯腰画画。两个人都不说话。老魏并不是每天都到海边来，但谭家亮基本每天都在，所以很快就摸清楚了规律，每星期的一、三、五老魏都会来。一个月后，老魏完成了他的画，终于忍不住转头看着这个青年。这样的眼神让谭家亮感到惶恐，他蹲在岩石上，手臂把膝盖抱住，小心地呼吸。

老魏笑了："还是输给你了，我先开口。"

谭家亮愣了一下，终于也露出一个笑脸。

"喜欢画画？"

谭家亮摇摇头："不懂画画，但喜欢看画画，比看他们打牌有趣。"他们打牌的时候，谈得最多的是女人和赌场里出老千的事，其中比较有信息含量的话题，无非是如何设计好路线坐赌场免费大巴环游澳门。他们对大三巴牌坊并没有兴趣，身上的钱又不够进赌场，所以总结下来，还不如就在船厂里打牌喝酒舒服。

老魏望向谭家亮身后的船厂，大概明白了。老魏问谭家亮具体在船厂做什么工作，谭家亮说，跟着师傅做，从木工到漆工，都干过。老魏上下打量了他一番，又问他每个月工资多少，谭家亮如实说了。老魏点了点头。

两个人就这样成为朋友。朋友是老魏说的，谭家亮从来不觉得自己可以跟一个教授做朋友。他叫老魏魏教授，但老魏说，就叫老魏，你叫我别的，我不高兴。老魏给谭家亮讲几百年前葡萄牙的海船如何来到澳门，讲明朝时候澳门如何收税，这些都是谭家亮完全不知道的事。老魏问谭家亮结婚了吗，谭家亮如实回答："在老家有个老婆，儿子还小，老婆让我出来闯荡，说一定要赚钱让孩子以后念书。"老魏又打量了一番，说你有个好老婆，又说，你小子很会藏年龄嘛。谭家亮低头笑，说已经三十出头了，只是笨，没见过世面。他们又探讨了年龄。老魏说自己看起来就比同龄人更老气一些，他摸着头顶为数不多的头发，然后看着谭家亮头上新刷子一样整齐乌黑的短发，发出一声叹息。

有一天，谭家亮正蹲在船舱里用麻丝和桐油拌油灰给渔船填缝，突然听到有人大声喊他的名字，伸头一看竟然是老魏。老魏来到船厂，把谭家亮叫到跟前，低声问他能否请个假出去一趟，跟老魏去画院，帮个忙，大概半天时间。

"给我工作半天，相当于你半个月的工钱。"

谭家亮一听有这等好事，追问是什么工作。老魏没有回答，直接带谭家亮上了汽车。老魏的车很破，谭家亮也不懂什么汽车牌子，在老家他只开过手扶拖拉机。他开了后座的车门准备坐进去，却看到里头堆满了画板、画笔和乱七八糟的颜料，于是只能坐在副驾驶座。老魏的破车充塞着一股浓烈的烟味、油漆味，还有其他说不清楚的味道。汽车发动，车窗有风吹进来，让谭家亮紧紧握着门把手的手掌松弛下来。老魏调低了车里收音机的音量，开始给他讲解人体写生模特是一个什么样的工作。

听说需要脱光光，谭家亮有点后悔，但车窗外是疾驰的风景。最后老魏答应他，可以给他留一条内裤。他又开始担忧起来，因为他的内裤上有两个破洞，太显眼了，怕遭人笑话。他犹犹豫豫把关于内裤的担忧说出来，不料老魏突然发出一阵猛烈的笑声，哈哈哈，笑得谭家亮不知所措。笑毕，老魏最后给出一个解决方案，用一条浴巾挡住谭家亮的内裤，就看不见破洞了。谭家亮这才开始露出笑容。

"人体写生是我们画院的强项，院里平日里总有两三个模特，今天下午突然都没有空，但下午的课非常重要，有重要嘉宾要来观摩我们的人体写生。你如果不肯帮忙，我怕得自己脱光上去给学生们画了。"老魏说完又笑。

谭家亮在心里算了算老魏说到的模特工资，按小时计费，半天下来相当可观；又想，脱光衣服其实没什么，平日里干活，不仅是他，船厂里干活的伙计们，天气这么热，谁不是光着膀子？在老家更是如此，下田干活，溪水里游泳，都是光着身子。衣服只有冬天最冷的几天显得比较重要，其他时候都可有可无，好像有条裤衩就可以过日子。没错，村子里，一年到头只穿一条裤衩的男人，也有不少，没什么大不了。

老魏看谭家亮神色稍宽，还是怕他临时反悔，于是猛夸他，说第一次见他就留意到他的身材健硕，肌肉线条很好，全身上下充满了美感。老魏说之前总有学生抱怨，画院给他们提供的写生模特都是老爷爷老奶奶，总说要画出肌肉线条，都不知道肌肉在哪里。现在好了，这一身肌肉往那儿一坐，必定会激发学生的创造力。

5

新桥画院并不是一个院子，而是临街一栋葡萄牙风格的三层小楼。画院在二楼和三楼，一楼临街店铺是一家开了很多年的面包店，猪扒包远近闻名。常常有人专程坐三轮车到这里买面包，但很少有人留意面包店旁边那块写着"新桥画院"的木头牌子。

从老魏的车上下来，走上画院的楼梯，谭家亮突然觉得自己的脚仿佛被人施了法，完全迈不开。老魏走了几步台阶，回头看谭家亮慢吞吞不肯上楼，怕他反悔，回来架着他的手臂就往上面走。二楼走廊有几个学生在抽烟,谭家亮突然明白从他下车,他们就盯着他看了,登时觉得从脚后跟到脖子都是僵硬的。他跟老魏说他想尿尿,老魏带他到洗手间,看他脸色发白,就问他是不是哪里不舒服。谭家亮随口便说有点晕车,然后才为自己这个机灵的回答感到意外。

站在洁白的陶瓷便盆前,谭家亮半天都尿不出来。他脑袋空空,尿意全无。不过凝视着用来尿尿的家伙,他想起村里的老话"人死鸟朝天,有啥大不了",咬了咬牙,提起裤子往外走。走廊上没有老魏的身影,原来靠在栏杆上抽烟的学生也不见了,低头看时,一楼来了两辆车,一些衣着光鲜的人正往楼上走,老魏在前面引路,笑容可掬。

谭家亮一时不知道该怎么做才好,但觉得站在楼梯口似乎不好,于是往另一头走去,这时他才看到教室里学生围成一个大圈坐着,面前摆着画板,而在圆心的位置摆着一只方凳子。谭家亮心中一凛,那只凳子在他眼里好像发烫起来。这时老魏带着那一行人从他面前经过,他低下头不敢与别人对视,等他们从面前走过去,抬头时却发现走在最后面的是一个女人,紫色的裙子,一条黄色的丝巾披在她肩膀上。她也正好回头看着他,四目相对,谭家亮像撞到渔网上的鱼,慌慌张张把眼睛挪开了。

嘉宾们在教室一头的靠背椅子上坐定,老魏又鞠了一躬才说感谢领导将这么多著名画家带到画院来蓬荜生辉云云。然后他说:

"为了这一次特别的写生课,我专程跑了一趟路环,在荔枝碗的船厂里找到一位渔船造船工人给我们当模特。他常年与大海为伴,带着大海的气息,相信能够给我们的学生带来新的创作灵感。小谭,过来过来!"

老魏朝他招手。他愣了几秒才往教室里走去,他不敢抬眼,但知道所有的目光万箭齐发正射在自己身上。老魏搭着他的肩膀,又口若悬河地说了一些他不太明白的话,接着给他发了一个简短的号令:"脱啊。"

他脑袋嗡的一声,好像有炸弹爆炸了,一片空白。他退到墙边,哆哆嗦嗦开始脱去上衣,突然他想到内裤的事,拿眼睛看老魏,没脱裤子。老魏走过来低声说:"脱啊,学生们还等着呢。"突然明白了过来,赶紧让一个学生取来一条浴巾,并低声承诺下次一定给谭家亮买几条内裤。那条浴巾脏兮兮,但这时成为谭家亮的救命盾牌,他将浴巾围在腰上,这才脱下外面的裤子。有学生发出笑声,但很快又安静下来。嘉宾们似乎在谈论其他话题,他们的注意力并不完全在这间教室里,有太多的交流需要在这心不在焉的缝隙里达成。但谭家亮自然不知道这些,他认为所有人都望向了他。

老魏将谭家亮带到凳子旁边,然后突然伸手将他的浴巾取下来,示意他坐下。谭家亮内心一惊,从旁边窃窃私语的声音里,他猜到有人看到他内裤上的破洞。老魏也意识到这个问题,赶紧将浴巾盖住他的内裤,让浴巾自然下垂。谭家亮也很快明白老魏的用意,按照他的要求,摆了一个姿势。

谭家亮的呼吸慢慢平稳下来,他听到笔在纸上划过的声音,还有学生夸他肌肉线条的低声交谈。原来他视为理所当然的肌肉,在他们眼里竟然被无限放大。

6

大概过了十分钟，那个黄丝巾的女人突然从椅子上站起来，走到老魏旁边，声音不大，但大家其实都听清楚了：

"魏教授，我有个小小的建议，把那条脏兮兮的浴巾拿掉。刚才我跟大家一样也看到了他裤子上的破洞，我觉得，那个破洞才是艺术的全部，不应该遮盖。"

谭家亮听她这么说，稍稍平均下来的呼吸又变得急促起来，他有点后悔上了老魏的汽车。但老魏还是仗义的，他解释说这个人第一次当模特，还请大家理解。但这时一个浑厚的男中音说："还是美女画家有敏锐的洞察力啊。小魏，你把浴巾拿下来吧。"

老魏在男中音那里变成小魏，谭家亮登时明白他将失去最后的阻挡，内心惶恐起来。老魏果然走了过来，俯身低声说："你就想着那片大海，想着海鸟和落日，其他什么都不要想。"

果然，老魏轻轻将浴巾取走了，裤子上的两个破洞，像两只眼睛露了出来。学生们确实小声议论，谭家亮开始很担心有人嘲笑他，但慢慢他明白过来，大家没有嘲笑他，相反，他在这些隐约的语气中感到暖意。

那个男中音继续说："小魏啊，你要感谢琦儿。她的提议至少让你的学生艺术感提高五分。"这是琦儿这个名字第一次进入谭家亮的耳朵。这个名字和这张脸庞，在此后四十年的岁月里，成为他记忆之海中永不熄灭的灯塔。

7

琦儿后来常到新桥画院找老魏玩，但谭家亮并不知道她是为他而来。直到琦儿后来直接跟老魏说："老魏，你把小谭借给我当模特好不好？我最近计划创作一个新的系列，刚好少了一个模特。"老魏笑着说："脚长在他身上，你给钱，他就跟你走，不用问我。"至此，故事才算真正开始。

琦儿带谭家亮到海边写生，让他坐在石头上。谭家亮问，需要脱衣服吗？琦儿说，你随意，只要海风吹着你的脸，就足够。于是谭家亮就在岩石上坐着，他看海，看海鸟翻飞，心情不错。琦儿在画架后面忙碌着。她跟老魏不同，老魏画画时聚精会神，嘴巴紧紧闭起来，只有停下来抽烟时才会跟谭家亮说话。但琦儿边画画，边哼曲子，或者边跟谭家亮聊天。她甚至谈起她短暂的婚姻，只有短短一周就离婚了。"那男的不行。"至于如何不行，她没有具体展开。

谭家亮以为她是在画他的肖像，但绕到画架前面看时，才发现整幅画里并没有他，而是一片海滩，在海滩上站着一匹马，鬃毛迎风飘飞。

琦儿说："我想骑马去非洲，我想骑马去埃及，撒哈拉沙漠，奥卡万戈大草原……你干啥，我又不是神经病！"

琦儿见谭家亮一直在往后缩，发了一通脾气。但突然发现自己叉着腰对着人高马大的谭家亮，仿佛对着一只猩猩，又觉得有点滑稽，不禁兀自笑起来。这样一惊一乍，又骂人又发笑，更让谭家亮感觉惶恐不安。

"走吧，去沙滩上走走。"琦儿命令道。

这时候太阳已经落山，一轮巨大的明月从天边升起。琦儿脱掉鞋子，把鞋子拎在手里，走在前面，谭家亮走在她的后面，就是这么一个瞬间，他眼前的女人变得圣洁起来。

这种美好的感觉其实很坏，它直接让谭家亮魂不守舍，一脚踩空从船舷上摔下来，幸好没有摔伤。但这情形把厂长吓了一跳，让谭家亮离船远一点，去敲钉子，没承想锤子又打伤了手指。一个早上连续发生了两起意外，师傅也很不高兴，船厂向来迷信，不希望有任何意外。受伤事小，但造船最忌讳出现不好的事，若让船主知道有什么不吉利，便会惹来大麻烦。之前就有本地工人家里办红白喜事期间还到船厂上班，结果被船主发现直接退掉渔船订单。

谭家亮的异常行为很快让船厂多事的伙计们有了新的话题，消息灵通人士结合当日老魏的来访，声称已经搞清楚来龙去脉。"小谭去当裸体模特。"这个爆炸性的新闻迅速传开，对于为什么谭家亮能够裸体站在一群娘们中间，他们有更为深刻的解读：因为谭家亮那方面不行，所以无论多少个女人出现在面前，他都能安安静静当模特，不会出现任何尴尬的事情。人们很快想起船厂里只有谭家亮没有去美人巷洗过澡。

对此谭家亮的师傅提出不同意见："不可能吧，家亮前年家里刚有了一个男宝宝……"

老尖突然一拍大腿，喊了一声我知道了，又顿了顿，吊足众人胃口才说道："孩子不是他的种！所以他才跑这么远出来打工！"

证据链就这样凑齐了，人们对于这样一个故事似乎感到满意，对谭家亮竟然也多了一份同情之理解。

8

谭家亮自然明显感受到来自群体怪怪的目光，但他已经习惯了独来独往，也不在意。他现在的问题在于，琦儿开始把他从海边往房间里带，还给他买各种衣服，要求他扮演不同的角色。他心里清楚的是，每次与琦儿共处一室，他身上有某个部分一直处于充血状态，这件事身不由己，常常令他感到羞耻。

琦儿却依旧沉浸在自己的世界里，她带他看电影，看她最喜欢的西部牛仔片，然后把他带到自己的画室里，给他穿西装，穿牛仔服，戴牛仔帽，然后自己画画，画高头大马，画牛仔服和牛仔帽，唯独中间那个应该出现的男人是空气，是不可名状，被空空的留白所替代。

"为什么画里一直没有我？"

"不需要有你，但你无处不在。"

谭家亮在想，自己是什么时候改变自己的衣着的呢？在更为漫长的时间里，他出入百货大楼，从卖手表到修手表，西装搭配牛仔风格的帽子一直是他的标配，他也曾因为这样一个奇怪的造型上过电视，在没有人留意的时段里露了一下脸。

一切就这样被固定了下来，在某一幅画里头，就连光线的漫射都是自然的设定。

9

谭家亮到画院当模特的事，厂长最后还是知道了，他们给厂长的原话是："小谭去脱衣服卖肉。"厂长低声嘟囔骂了一句，然后皱起眉头问："他是家里遇到什么困难了吗？"

今年以来最隆重的渔船下水礼，厂长明确不让谭家亮参加。

渔船完工之后，下水礼是最为隆重的。船主会请先生或神婆选个良辰吉日，备好烧猪、白酒、水果、香烛，先拜鲁班，再拜船头和土地爷，新船会在披红挂彩之后，在鞭炮声中，由最有威望的船工挥动锤子将楔子敲开，新船便款款滑入大海。如果船主舍得花钱，还有锣鼓队和舞狮子，如万马奔腾，热闹非凡，此时会有一串鞭炮从船头垂落，在海面上燃放。随后渔船调转船头，面向船厂，拜祭妈祖和鲁班，仪式才算结束。新船会雇拖船拖到内港码头继续后期的修缮工作，船主接下来便会大宴宾客，船厂师傅会穿上平时最得体的衣服赴宴，每个人脸上洋溢着笑容，比过年还高兴。

只是今年这一切跟谭家亮都没有关系，他一个人在船厂宿舍，听着外面的鞭炮声，仿佛这串鞭炮是在他的心脏里燃放的，每一响都被喉咙堵住。

外面安静了，他们都去吃饭了，没有人关心他吃饭了没有，他就这样呆呆坐着，月光从宿舍的小窗照了进来。

也不知道过了多久，在寂静中，楼下厂门口的那条黑狗开始吠，他听到守厂门的老头把门打开的声音，然后是摩托车的轰鸣渐近，有人在喊他的名字，是琦儿！

　　守门的老头和厨房的清洁工见证了这个时刻，谭家亮坐上琦儿的摩托车，搂着她的腰，在海风的吹拂下扬长而去。他闻到了她头发上洗发水的香味，一种天高地阔的爽朗之感将此前的阴霾一扫而光。

　　摩托车在码头停下，琦儿到旁边找人说了几句话，就有人将他们引向一艘蓝色的快艇，在谭家亮惊奇的目光中，琦儿解释说是她的香港朋友的，也不多说什么。开船的大哥戴着墨镜，两只座椅看起来像是专门临时加装的，椅子后面绑着救生圈。琦儿说，不要为了你的破渔船难过，那是终将被淘汰的事物。墨镜哥对琦儿说，看看我们的水上猛禽，机头是雅马哈改装，日本货，性子火爆得很。琦儿礼貌性一笑，海风让她长发飘飞。

　　谭家亮问："我们这是要去哪儿？"

　　琦儿答："带你去东澳岛看日出。"

10

　　让我们把摄像枪的摇臂从遥远的岁月之河中转回来，回到台风中的东澳岛。

　　东澳岛距离澳门仅有二十多公里，天气好的时候，借助酒店顶层的望远镜可以看见澳门旅游塔。但谭家亮对这座建筑完全没有印象，他离开澳门时，旅游塔还没有建成，他们身边的落地玻璃乃至身处的整座酒店也不存在。

但东澳岛的日出和日落一直存在。

"那时候整座海岛没有这么热闹,"谭家亮说话很慢,最近假牙松动,他担心假牙会掉下来,"很安静,只有卖海货的小摊贩,太阳还没有出来就开始忙碌。那时候大家都穷,但好像都比现在幸福。"

"但过去没有手机和网络,连台风啥时候来都不知道。"

"有些事就算提前知道了结果,又能怎样?"

"哟,你这老头有点意思了。"顾小涛笑了。

老人看着她,眯着眼说:"我遇见琦儿时,琦儿也差不多是你这个年龄。"

顾小涛顽皮一笑:"来,您倒是说说,我是什么年龄?"

"嘿,有小孩了吧?"

顾小涛一愣,然后笑容慢慢凝固。在来东澳岛之前一个月,她刚悄悄做了人流手术,此事她并不想让丈夫知道,也不想再对谁提起。

谭家亮老人端起面前的鸡尾酒,深深喝了一口。他似乎读懂了顾小涛笑容里的故事,人世间的难言之隐就如这暗黑的海面,是不可窥探的。等台风过去,立秋也就过去,事实即将向他证明,确实是记忆出了问题。大概并没有一个叫琦儿的女人,大概只是谭家亮自己偷了船厂的一艘舢板,连夜划水来到东澳岛,傻坐了一夜又回去了。第二天船厂的人因为喝酒醒得很晚,午后才开始打牌,并没有人发现谭家亮借用了小船,也没有人知道他离开过。倒是在夜幕降临的时候,所有人都清晰地听到谭家亮跟他师傅借钱:"借点钱,我想去美人巷洗澡。"

记忆像从竹筐之中流过的水，养老院的药物只是不停地晃动竹筐，并不能阻止水的流走。琦儿后来去哪里了？巴黎还是洛杉矶？抑或是她心心念念的非洲？他们是在什么情景下告别的？都忘记了，只记得紫色的裙子和黄色的丝巾，还有回眸的笑意。这么俗套的情节，会不会是某部香港电影在他脑海中的记忆留存？手表的时分秒针在走，这些由刻度构成的时间到底存在吗？如果不存在，那么由碎片构成的记忆又算是什么意思？不知道，台风总会停歇，就如人生终究会过去。过去，如同没有存在过那样过去。

　　第二天雨过天晴，十点钟准点离开南沙湾码头的轮船鸣笛示意，广播里连续播放着登船提醒。谭家亮站在船头望着这座小岛，感觉十分陌生，这与他三十多年前看到的东澳岛已经无法重合。老人朝着岸上挥手，顾小涛开始以为他是在跟谁告别，但看到他眼中模糊的泪滴，突然想到他在国内已经没有别的亲人了。他在跟这座海岛挥手诀别。红尘中就此别过，此生便不再相逢。

　　台风过境之后，岸边十分凌乱，有清洁工正在用竹竿清理一条被台风刮下来挂在树梢上的红色横幅，只是谭家亮永远不会知道，横幅上用黑体大字写着：热烈庆祝著名画家王奇"海边骑马"系列纪念画展开幕。下方是小字写着时间和地点：立秋日，酒店四楼大厅。

2022 年 11 月 8 日

Part2

评论

云山雾罩半步村： 陈崇正小说论

徐　刚

一

在仔细阅读陈崇正的小说之前，笔者对这位"80后"青年作家并不熟悉。我无法清晰地将这个名字与那两个令人疑惑的笔名"傻正""且东"联系在一起，更别说去确切地了解笔名背后，这个名叫"陈崇正"的潮州少年是何方神圣。这也难怪，尽管也曾头顶"新概念作文"获奖者的光环，但相较于那些大红大紫的青春写手来说，生于1983年的陈崇正只能算是籍籍无名之辈。然而多年来，他与纯文学相伴，在市场的诱惑之外艰难跋涉，浪迹民间（陈崇正目前主持民间刊物《领悟》）勤勉地写作，坚守自己的文学理想，并逐渐形成鲜明的写作风格。尽管如今，这种向死而生的写作姿态并不为人所知，但假以时日，谁又会永远漠视这位饱含诚意的写作者呢？

陈崇正的作品不多，只有两部小说集《宿命飘摇的裙摆》和《此外无他》，以及零星发表的一些中短篇作品。从文学题材来看，他的写作极为芜杂，各种题材交相辉映，比如《半步村叙事》《香蕉林密室》等讲述的是乡村故事，《视若无睹》《我有青鸟，不翼而飞》则涉及城市题材，《病刀》《梅花黑手镯》等居然包含着武侠小说的元素。各种不同的故事和各式各样的人物都旨在通过不同的人生境遇展现人性的丰饶与复杂，以及作者对此的独特理解和感受。正如评论者所言，"傻正早已像一个真正的小说家那样，从一个时代的精神现象入手，去揭示我们所面临的种种生存意义上的困境了。"

陈崇正不断地探索心灵的边界和小说的极限，如其所言，"活着，唯求一点真诚，此外无他"。在他的文学世界里，我们绝难看到那些以"80后"名义任意挥洒的青春、理想与激情，尽管其间也因叙事的芜杂和主题的涣散而呈现出诸多不足之处，但其自觉的文学意识，以及隐含其中的对个体生存困境的揭示，依然令人印象深刻。纵观陈崇正的小说，当然不乏笔力幼稚的习作，但多数小说显现出的艺术风貌着实令人惊叹，其揭示的问题也具有直逼人心的力量。其中，最能体现作者创作水准，也最具文学意义的无疑当数他以"半步村"为地标的一系列小说。就像莫言笔下声名卓著的"高密东北乡"一样，陈崇正的叙事也试图通过东州、碧河、十二指街等不断重复的地理空间来建构属于自己的独特文学世界，这便是"半步村"的世界，一个包含着历史记忆和现实境遇的亦真亦幻的文学空间。通过分析这个别具一格的文学世界，我们得以照见陈崇正小说的整体风貌和艺术情怀，也由此彰显"80后"乡村叙事的独特意义。

二

关于"半步村叙事"在自己写作中的重要意义，陈崇正曾这样谈道：

> 我依然把人物放在半步村，放在碧河岸边，那是我熟悉的风景，我知道人物只有到那儿，那个我虚构的乐土，他们才会迸发开口歌唱的激情。与此相关的地方还有美人城和十二指街。它们都是我创造出来的宠儿，这样的土地是有灵气的，它们开始说话，并悄悄地滋养着我的人物。

对于陈崇正来说，半步村是"一个漂浮在记忆之中的村庄"，正如《半步村叙事》的开头所昭示的，那些"骆驼般起伏的群山绵延环绕，形成足够的真空让它可以独立于历史之外，又布满历史的斑纹。"这种"时间上滞后，空间上特异"的乡村形象，不由让人想起既往文学中流行的"文明与愚昧的冲突""第三世界民族寓言"等宏大命题，然而陈崇正的写作终究与此无关。他在历史化的极限之外，开辟了一条不拘一格的写作之路。在他笔下，半步村的封闭、蛮荒，它那极具野性的文明史，似乎包含着一种兼具杂糅风格的邪性美学特征，但其终极思考是严肃而认真的。

《半步村叙事》一开头便设置了一个悬疑，"那些说话漫不经心的老人，那些在大山里悄悄发生着的故事：钱书琴是如何由一个美人儿变成一个关在石屋中不穿衣服的疯婆娘？何数学在害怕什么？钱老爷子为什么有那么多钱？"总而言之，"这大山里面，到底还隐藏着怎样的秘密？"沿着这撩人心扉的秘密一路溯源，小说也在剥茧抽丝之后，将村庄的现实与过往、那些影影绰绰的马贼故事、令人惊悚的历史传闻渐次呈现出来。其间也夹杂着野史、轶事和不堪回首的个人记忆，这使小说显示出复杂丰饶的面貌。小说值得称道的是，以多重第一人称叙事的方式呈现了一个复杂立体的半步村的世界，它的历史和现实，它被遮蔽的真相和显影的事实不断地撞击缠绕，进而在这遮蔽与敞开之间形成某种张力。这不是一个层层剥笋、追根溯源的小说，而是一个立体式的交相辉映、互相照见的作品。小说之中，无论是钱小门的检讨、宁夏的叙述，还是麻阿婆的讲述，抑或钱少爷的自白，都并非解构主义式的文本嬉戏，也非"罗生门"式的真相困局，而是对历史的全方位合围，一次别开生面的再现，由此得以廓清历史的空白与褶皱。当然小说的年代跨度也是巨大的，亦可从中看到现实那一星半点的痕迹，但这些都并非小说的重点。

陈崇正的高妙之处在于呈现了文本的"芜杂"，然而这位以想象力见长的作家最后又将这些"芜杂"弃之不顾,换言之,他将各种叙事碎片汇聚一处,却并不侧重彰显其中的耀眼光芒,而是瞩目于一种难以洞见的形而上的命题,譬如恐惧,捕捉笼罩在钱小门一家三代人身上的恐惧;再比如命运,突显小说人物作为命运的囚徒的自白……或许,在奇绝的历史想象和惊悚的情节编织之外,唯有人性深处的恐惧与不安,以及对人类命运的敬畏,才能支撑起作为小说家的陈崇正对这个世界的深沉思考。

小说《香蕉林秘室》同样讲述的是半步村的故事,然而不同之处在于,陈崇正将社会现实融汇到了这个作品之中,从而赋予了半步村这个虚构文学空间某种"现实性"。小说所彰显的现实生活的坚硬质地,很大程度在于直指了"计划生育"这个敏感议题。当然,这个话题在同龄的"80后"作家那里并不少见,比如湖南作家郑小驴便有一系列关于此议题的小说作品。或许相对于莫言在小说《蛙》中所作的历史阐释,"计划生育"在陈崇正、郑小驴等更年轻的乡村亲历者那里有着别样的刻骨记忆。正因为存在着这样的现实元素,这个多少包含一些玩世不恭、荒诞调笑,乃至闹剧风格的小说,骤然有了严肃的意味。

这注定是一篇与生殖有关的小说,开头那段阉猪匠二叔陈大同颇具声势的出场便是明证。然而叙述的延宕,却使小说的核心情节来得慢了一些。确切地说,从阉猪到捕蛇,再到经营香蕉林,直到二叔的香蕉林王国和他的密室成为收纳那些无处藏身之人的避难所,故事的基本地理单元才浮出水面。在此,陈崇正犹如一位调皮的叙事者,在枝枝蔓蔓、虚虚实实,乃至饶有意味地叙述了一些互无关联却富有意义的细节之后,小说进展渐半之时才幡然醒悟,觉察出自己要讲述的重点所在,并坚定不移地走下去。

这样的叙事方式确实值得讨论。在此,借用评论家李德南的说法,"《香蕉林密室》这一文本,在叙事上是花了心思和气力的,有一个宏大的、复杂的、框架式的结构,又特别重视小的、绵密的、细部组织的结构,或者说肌理。如同建造一个香蕉林密室需要付出巨大的心思和精力,创造一个叙事的迷宫,也需要殚精竭虑。"确实,在半步村这个架空的文学世界,因为某些叙事细节的存在,小说具有了难得的质感。这或许正是小说在情节的延宕之外的"意外收获"。小说不仅要讲述一个具有意义的故事,还要在这个故事的地基上建构一个别样的世界,这个世界裹挟着生活本身的洪流。当然,这种"细节的洪流"或许对于一部长篇小说来说意义非凡,长篇的容量决定它需要不断的延宕、摇摆,通过所展开的叙事细节迂回缓慢推进,但对于一个中篇或短篇小说来说,需要的可能正是某种单刀直入的勇气和魄力。

三

《寄魂》和《你所不知道的》也同样属于"半步村"系列小说,这两篇小说都体现出作者对当代乡村现实的深沉思考。《寄魂》从具有传奇色彩的"破爷"重返半步村开始讲起。作为一位赎罪者,破爷归来不仅是要治愈笼罩半步村的树皮人病,更是带着救治人心的目的。小说的惊人之处在于借用了科幻的外壳,以现代(或后现代)科技的名义,在半步村的土地上摆出了一尊幻想之物——魂机——作为小说的核心道具。按照小说的说法,魂机的主要功能在于收集人们的记忆,并将之公布于众,这便使得一切肮脏的思想都无处可逃。作为一位"80后",陈崇正的创作灵感可能来自那道著名的高考作文题,"假如记忆可以移植"。但陈崇正的深刻之处在于,将此命题升华到信仰世界重建的高度,从而具有了超善恶的伦理意义。

你不懂,对于这个由谎言支持的世界,一台具有记忆储存功能及善恶分析功能的机器,就相当于一个上帝,有了它,我们就能够建立半步村的新的信仰,古人说头顶三尺有神明,古人又说人在做天在看，所以古人心存畏惧，很多恶念也因为敬畏而消散；而眼下科学消除了迷信，神明也不信了，恶人无所畏惧，便更加横行霸道。魂机就是利用科学的原理，修复了被科学伤害的旧伦理旧系统，它收集完记忆之后，就成为无所不知的上帝。

如果说不再淳朴的半步村为树皮人疾病所困扰，只是因为这"是报应，是树木对砍树的男人的恶毒报复，是一命抵一命"，那么更为恐怖的则在于，如今的半步村沉浸在暴力、奸情，乃至谎言编织的世界中无法自拔。尽管幻想中的"魂机"不仅能治愈树皮人病，也是治愈人心的利器，但是如此"神器"终究难以抵挡人性之恶，最终也被内心龌龊之人砸碎。小说最后：

在废弃的魂庙中被蛇鼠寄居过的魂机长了一层绿色的苔藓，没有人知道它光辉和愁苦的过去，就如没有人知道魂机中埋藏的记忆险些便转化为集体的恐惧，转化为一种改变谎言世界的动力。

于是，魂机成了一种绝妙的隐喻，照见了当下的世道人心。当今，乡村的淳朴已被侵蚀，呈现出溃败的迹象，诗意的消失、疾病的蔓延、信仰世界的坍塌，实利主义无孔不入，凡此种种，无不令人心痛。好在陈崇正用他深沉的理想主义和改变谎言世界的决心，在乡村诗意的溃败之后，为窘迫的现实提供了难得的人文思考，这样的信念和情怀终究令人感动。

《你所不知道的》也从侧面呈现了当下乡村的严峻现实。故事讲述多年之后离婚的"我"重返半步村，这时候就连当年的矮胖子叔叔也已死去，而古老的乡村也为生存所迫，在苗姑姑的带领下干起了拐卖儿童的勾当。当然，小说的重点不在于一味突出现实的严峻，而在于显示叙事的高妙，比如对出人意料的结尾设计的关注，甚至超过了对作品意义的关心。小说最后，一路设下伏笔的故事终于出现了一个意味深长的回环，小丁的手指保住了，但苗姑姑无力回天，人贩子集团中的基层分子受到了应有的惩罚，高层却逍遥法外。而在此之中，那位"搅局"的神秘女子的真实身份似乎已不再重要了。同样的问题也出现在《若隐若现》中，这个欢喜岭的故事又何尝没有半步村的影子？然而，故事所有的叙事似乎只是为了成全最后情节的戏剧性斗转。小说最后，我的妻子居然就是代号为"AK47"的乞丐帮中人，她只是破爷的一颗棋子，因此所有的故事都变成了围绕"我"所设置的一个圈套。这或多或少有些用力过猛的嫌疑。

在陈崇正的小说世界里，半步村如此重要，以至于当他将目光转向城市之时，仍一次次重返这个古老的乡村。《幸福彼此平行》中"我"的重返，便来源于"生活的网将人死死网住"，让人看不到头的"日复一日的岁月"，陷入生活而无法自拔的主人公偶然来到了半步村，此时的他却开始回忆起大学同学莫小帘，那个没有安全感却终究被城市侵蚀的女孩。在此，无法独处的城市和回不去的乡村摆在"我"和莫小帘的面前，面对千疮百孔的生活，幸福又在何方？就像小说最后所说的，"我认识的那个莫小帘，大概会像一盏白纸糊成的孔明灯，随着海涛声漂浮在天地之间的某个角落。"

四

我们一向指责"80后"作家们的写作缺乏现实感，但陈崇正的小说通过半步村这个"漂浮在记忆中的村庄"极为顽强地表达了一种现实性。当然，可能是由于生活的积淀不够，也可能是基于创作理念，陈崇正无意于"发挥"或"放大"这种"现实"，而更多在一种略显复杂的叙事之外追求一种情绪性的表达。正如他一向所主张的，小说要写人的"生存感觉"，围绕某种感觉，叙事的表达有时候是精准的，比如《我的恐惧是一只黑鸟》中，将农民对火葬的恐惧上升到无以复加的地步，最终以一种闹剧的方式完满地解决；再比如《视若无睹》以底层小说的灰暗调子，冷静而刻骨地描摹出小人物的卑微之感；而《凤凰单车的时间简谱》则以极富传奇性的笔墨勾勒出了主人公凌国庆，在有些荒诞的故事中极严肃地探讨了有关宿命的问题。然而有时候的叙事就未必那么恰切，用陈培浩的话说就是，"把太多所谓的精神命题在同一部作品中表达"，反而显得凌乱而干扰了叙事的达成。

总而言之，陈崇正的小说有时显得情节过于复杂，以至于往往在阅读的中途不得不一次次停下来，重新厘理人物之间的关系，审视他们的过往和现实境遇。他不断地逃离，从既有的美学序列中滑脱出去，不落俗套，甚至不惜掺杂些许玩世不恭、欢腾喧闹的狂欢因子，但他终究在饱含诚意地追求一种有力量的表达。这是一个视写作为生命的作家，亦是对文学寄予更多追求的人，但他同时又是一个"不按套路出牌"的写作者，即便如此，却终究没人怀疑他那"乱拳打死老师傅"的文学勇气。我们有理由对他的写作给予更多的期待！

原刊《创作与评论》2013 年第 9 期

陈崇正小说： 建构 "南方异托邦"

宋 嵩

> 正常的人物占有美德，而怪异的人物垄断活力。
>
> ——特里·伊格尔顿

一、"傻正"和"且东"的"学习时代"

"学习时代"一词，来源于歌德的著名"教育小说"（Bildungsroman）《威廉·迈斯特的学习时代》（*Wilhelm Meisters Lehrjahre*，1796）。因为 Lehrjahre 在德语中指的是"学徒制"，因此严格来说此书名应该译为"威廉·迈斯特的学徒生涯"（此书英文译名为 *Wilhelm Meister's Apprenticeship*，apprenticeship 一词即保留了"学徒制"的含义）；但由于"威廉·迈斯特的学习时代"这一译名在中国已经约定俗成，故在此仍然沿用。"学徒"意味着一个经由模仿、学习和练习而逐步养成某种技艺的过程；如果将小说的写作也视为一种技艺，那么除了真正的"天才"，任何写作者都绕不过这个"学习时代"。

陈崇正早年曾先后用过"傻正""且东"两个笔名，后来换回本名进行创作。他小说创作的起步阶段，作品包括（但并不限于）收入《宿命飘摇的裙摆》(作者署名"傻正",大众文艺出版社2008年版)一书的《若隐若现》《陌生女人穿墙而过》《总有一盏灯会亮起》《凤凰单车的时间简谱》《心灵手术刀》《俗肉》,以及收入《此地无他》(作者署名"傻正",云南大学出版社2010年版)一书的《视若无睹》《我的恐惧是一只黑鸟》《幸福彼此平行》《我有青鸟,不翼而飞》《1983年的子宫和狗》等。这些小说日后大多经过润色或改(续)写,重新在国内重要文学期刊发表(如《陌生女人穿墙而过》改写为《穿墙纪》,《总有一盏灯会亮起》改写为《灯盏照寒夜》,《凤凰单车的时间简谱》改写为《凤凰铁锁咒》,《视若无睹》改写为《替身》,《1983年的子宫和狗》改写为《半步村叙事》等),和《你所不知道的》《爱慕》《空间密码》《海岸线》等"且东"时期的作品,以及《没有翅膀的树》《消失的匕首》等几篇最早署作者本名的作品,共同构成了陈崇正的"学习时代"。

作者这一时期的小说带有鲜明的"练笔"色彩,明显可以看出一个初涉创作的文学爱好者以前辈作家作品为范本,努力在模仿借鉴中练习叙事技法并逐渐探索个人风格的痕迹。它们日后被集中收录在小说集《我的恐惧是一只黑鸟》中(另有几篇散见于《遇见陆小雪》和《折叠术》),并被统一归入"十一种恐惧"的名下:出生并成长于"一家都是胆小鬼""每个人都有胆小的故事"的家庭,"多年以后回望这些场景,我突然发现,恐惧的对面,并不是勇敢或不恐惧,而是站着麻木。……麻木是我们的另一个真相,附着在恐惧的背面",因此,"我要书写恐惧,它才是勇气诞生的源泉,它才是大多数人脚踩之处的质地。活在恐惧中,与恐惧共存,是我们真实的状态"[1]。在一次对谈中,他进一步将这一批小说所要传达的"宿命"和"恐惧"主题归结为"一个人在特定时空中的生存感觉",

---

[1] 陈崇正:《我的恐惧是一只黑鸟》,花城出版社,2015,自序第4—5页。

即"生存"中"内在和深层的焦虑"①。这也为我们理解他此阶段的创作提供了一把钥匙。

"恐惧"被直接反映在《我的恐惧是一只黑鸟》的题目中，并因此成为整部小说集的书名。小说开头援引《旧约·约伯记》中的一句话"我的恐惧不是因为黑暗，也不是因为幽暗蒙蔽我的脸"（伯23：17）作为题记，同时以"我三十岁生日那天，我二叔送了一本《圣经》给我，扉页写着：我的恐惧是一只黑鸟"②来展开故事的叙述。"我"和二叔一个"傻"一个"癫"，被村里人视为"癫狂"的二叔，终其一生都在和"恐惧"作斗争。他恐惧的核心是死后被火葬，小说的主要内容就是二叔为了避免死后被火葬（包括尸体被人从土里扒出来）所做的种种努力。他怕看到烟灰、怕见各种火光，并进而担心有人会换掉自己的头，所以把自己的房间改造成一部用来保护自己的头不被换掉的机器，同时也把自己困在里面。二叔的种种行为都充满了荒诞感，更荒诞的是，他认为"人出生以后，身上还是覆盖着看不见的壳。……就在三十岁，人身上的壳就开始变软变脆，最后破掉，那时灵魂才刚刚出生"③，当灵魂被孵化出来，人的躯壳也便渐渐失去意义，甚至连饭都不必多吃，因为"壳"破了，吃进去的东西会漏掉，因此需要修炼辟谷术。他在"我"三十岁生日那天送给"我"那本扉页写着"我的恐惧是一只黑鸟"的《圣经》，也是以此来提醒"我"，人生中灵肉分离的时刻已经来临。但对于"我"来说，生活中存在着另外一种"灵肉分离"的状态，那就是人的肉身终将随着时间的流逝而被冲得无影无踪，而"日子使人感到厌倦。日复一日的食欲和性欲也使人厌倦。对厌倦的厌倦，

---

① 陈崇正，陈培浩：《时代与历史魔幻与虚无——关于小说如何可能的对话》，《创作与评论》2016年第16期第124页。
② 陈崇正：《我的恐惧是一只黑鸟》，花城出版社，2015年，第2页。
③ 陈崇正：《我的恐惧是一只黑鸟》，花城出版社，2015年，第20页。

更让人厌倦"①。这是一种虚无的状态,因为生活的残酷真相早已让"我"认识到"追求意义"是无意义的,就像自己的父亲,虽然自称是半步村有史以来最有智慧的村主任,但他在村主任任上所做的唯一一件大事,就是给村里造了一座最后被证明是豆腐渣工程的"碧河大桥",尽管是被工程队给坑了,"但大家都认为是村主任收了好处。以前的感激慢慢演化为愤恨,桥所带来的便利已经全然被忘却,而变成一个罪证"②,而自己的弟弟、"我"的二叔居然也是因为桥断了而和自己最心爱的自行车一起掉进江里淹死的。这一切似乎都在说明,人的"命运"早已注定,任何改变命运的努力都是徒劳的。在此意义上,《我的恐惧是一只黑鸟》可以看成是对《旧约·约伯记》的一种理解和阐释。在半步村,日常生活琐碎、空洞、干瘪,人们终日沉湎于"食"(把二叔卖给村口饮食店的黑猫吃掉)与"色"(卢寡妇和不同的男人偷情),因此,"在半步村生活,最大的本事,就是要学会如何发呆"③,听从命运的安排,向死而生,更无须像二叔那样为死后的躯壳能否入土而担忧。对存在主体的深刻认识便通过这样一个看似荒诞的故事传达出来。

类似的主题和表现形式,曾在"先锋文学"和"新生代小说"中反复出现,并成为陈崇正在"学习时代"模仿、借鉴和练习的一个重要方向。他将对命运的思考与现代人日常生活中的焦虑结合在一起,灌注于自己潜心于营构的叙事迷宫之中。在小说《替身》的开头,群众演员老徐说"这两天他已经死了两次,下午准备再死一次"④,"死了两次"既是指他在拍摄现场演了两次"死人",也是指现实生活中自己面临的两重窘境:一是被苗导演拖欠工资,二是自

---

① 陈崇正:《我的恐惧是一只黑鸟》,花城出版社,2015年,第29页。
② 陈崇正:《我的恐惧是一只黑鸟》,花城出版社,2015年,第19页。
③ 陈崇正:《我的恐惧是一只黑鸟》,花城出版社,2015年,第18页。
④ 陈崇正:《折叠术》,安徽文艺出版社,2018年,第211页。

己在离婚后新找的女友小周怀上了苗导演的孩子(他此前离婚的原因,是发现自己的老婆铁莲跟苗导演勾搭成奸);"准备再死一次"则似乎意味着他打算在"我"家酩酊大醉后怀着拼死的决心去维护自己的尊严。但命运又一次捉弄了普通人:铁莲在得到苗太太替苗导演做出的道歉和"一袋水果和茶叶"后,却被歹徒误认成另一个人而捅成重伤;老徐怀着"我不管,谁管?这个城市,她没有别的亲人了"的信念去照顾前妻,并花光了辛苦积蓄起来的工资,最终未能将铁莲抢救过来;但苗导演却因为被迫签了离婚协议书而迁怒于铁莲,在老徐面前斥责"她要死怎么不会把我老婆也杀了"并决定开除老徐。就在此时,背景架被风吹倒,老徐义无反顾地将苗导演推开,自己却被铁架压住。小说是这样结尾的:"如果这次能活下来,苗导应该不会再赶走自己。夜和寒冷一起来了,老徐感到有点口干。他试着动了动左手,居然还能动。他哆哆嗦嗦地把左手伸进口袋里,里面有三颗大枣。他一把摸出来,静静地躺在那里,把三颗大枣全部吃完。"① 这个荒诞的定格镜头意味着,对于普通人来说,善良并不能为自己换来尊严和幸福安稳的生活;这些被侮辱与被损害的人所能支配的只有"三颗大枣",把它们吃完,一生也就走到了尽头。《没有翅膀的树》同样是写普通人面对生活苦难而进行的无望的抗争。韩芳因为不能容忍在图书馆当临时工的段碧君"没出息"而带着儿子与段碧君离婚,嫁给了一个卖保险的;为了能让儿子上市里的学校,她又转而去求段碧君在火葬场工作的父亲,因为段老爷子曾经在买菜时被市里一所小学的校长开车撞倒而没有让车主承担责任,车主出于感激"留了名片说有什么状况尽管找他"②,孰料校长翻脸不认账。于是,曾经参加过对越自卫反击战、把"人死鸟

---

① 陈崇正:《折叠术》,安徽文艺出版社,2018年,第221页。
② 陈崇正:《我的恐惧是一只黑鸟》,花城出版社,2015年,第207页。

朝天"当口头禅的段老爷子决定"碰瓷",找个机会再让校长撞自己一次。詹姆斯·斯科特曾把偷懒、装糊涂、开小差、假装顺从、偷盗、诽谤、纵火、怠工等东南亚农民反抗的日常形式称为"弱者的武器"(weapons of the weak),这种形式通常具有"利用心照不宣的理解""表现为一种个体的自助形式""避免直接地、象征性地对抗权威"等特点①,它符合福柯的一个基本观点:"抵抗是一种'反权力',总是倾向于在对权力的表达的反应中显现出来。抵抗采取许多形式,从在教室里表示轻蔑和孤傲的微观政治姿态到全面的社会和政治革命。"②"碰瓷"这种带有鲜明个人化色彩的迂回的抗争方式,亦可视为一种"弱者的武器"。但因为要用自己生命作为赌注,它显然比斯科特所列举的那些东南亚农民的行为悲壮得多;它所要反抗的,亦不是斯科特所说的"从他们那里索取超量的劳动、食物、税收、租金和利益的那些人",而是以校长为代表的整个权贵阶层。陈崇正致力于荒诞书写的目的在于警醒世人认清生活的真相和悲剧的源头——例如曾经的"地铁里的骑吟诗人"陆小雪为何会变成日后同学们口中"生性放荡,参与游行,嫁入豪门,难产而死"的样子(《遇见陆小雪》);曾经迷恋折纸的莫小帘为什么为了获得保研名额而向一个"德高望重的爱抽烟的教授"献出自己的贞操(《幸福彼此平行》);"小贼"铁小忠为何总是随身带着一把匕首,而他刺向"我"的匕首为什么会变成一个隆起的包,"仿佛我屁股上的肉将那半截匕首一口吃了进去",匕首"好像变成了我身体的一部分"(《匕首》);而"我"、"我"的酒鬼父亲凌天财、姐姐凌彩霞、徐老师、破爷又是如何因一辆凤凰牌单车而沦入冤冤相报的宿命轮回(《凤凰

---

① 郭于华:《"弱者的武器"与"隐藏的文本"——研究农民反抗的底层视角》,《读书》2002年第7期,第12页。
② 〔英〕阿雷恩·鲍尔德温等:《文化研究导论》,陶东风等译,高等教育出版社,2004年,第266页。

铁锁咒》）——并借此重新证明人之所以成为"人"的尊严。在古希腊神话中，看见美杜莎真实面孔的人无法摆脱变成石头的悲剧，但是，这石头有可能成为击碎生活坚冰的一种力量，因为"对悲剧来说紧要的不仅是巨大的痛苦，而且是对待痛苦的方式。没有对灾难的反抗，也就没有悲剧。引起我们快感的不是灾难，而是反抗。"[①]这才是悲剧美学的意义所在。

二、"半步村叙事"与"南方异托邦"

"半步村"及其所归属的"碧河镇"是陈崇正小说叙事的原点。他不仅在众多篇章中直接书写发生在"半步村""碧河镇"的故事，那些在"西宠""东州"等城市打拼的普通人，似乎也是从这个村庄、小镇走出，并往往难逃还乡的结局；或者说，这些城市不过是放大了的"半步村"和"碧河镇"而已。陈崇正将七部以半步村为背景的小说结集为《半步村叙事》，将书写"我的碧河世界"的中短篇结集为《折叠术》，而带有明显科幻色彩的中篇集《黑镜分身术》，五幕内容彼此相关的神秘剧也是以"半步村"和"碧河镇"为背景上演。

发表于《收获》2015年第1期上的《碧河往事》对于陈崇正来说具有特殊的意义。尽管在他的早期作品《1983年的子宫和狗》（后修改为《半步村叙事》）里便已涉及了半步村三代人、从民国到当下近百年的传奇历史，但是作者凭借其不断转换叙述人的"炫技"，想要在这个杂糅着马贼、山寨、打鬼子、"梅花党"等生猛传奇元素的中篇里传达的内容太多，以至于最终端到读者面前的是一罐欠火候的"佛跳墙"。在经历了《夏雨斋》《双线笔记》等作品的沉淀后，作者对于历史的认识有了大幅度的提升，对于如何反映并思考历史

[①] 朱光潜：《悲剧心理学》，人民文学出版社，1983年，第206页。

也有了新的探索。因此,《碧河往事》是承前启后之作,既是对此前"半步村叙事"的总结,又为此后的创作注入了新的活力。

《碧河往事》呈现给我们的仍然是一个云山雾罩的叙事迷宫,这大团的迷雾又因为周初来的母亲这个头脑显得不太正常、甚至被邻居怀疑"梦游"的人而愈显鬼气森森。住户越来越少的柚园西巷,以及半步村"请戏"的戏台,都透出历史隐秘而又衰败的气息;特别是位于半步村晒谷埕南边的戏台,封印着残酷却并不久远的记忆。

在巴什拉看来,"空间是一切,因为时间不再激活记忆。……我们无法重新体验那些已经消失的绵延。我们只能思考它们,在抽象的、被剥夺了一切厚度的单线条时间中思考它们。是凭借空间,是在空间之中,我们才找到了经过很长的时间而凝结下来的绵延所形成的美丽化石。……回忆是静止不动的,并且因为被空间化而变得更加坚固。"[1] 所以,空间可以保存并激活记忆。半步村的戏台所封存的,既有碧河镇、半步村人关于"文革"的整体记忆,当然也包含着血腥的个人记忆,那便是周初来母亲口中那只梅花黑手镯的来历:手镯的主人是当年一个叫陈小沫的潮剧女演员,在"文化大革命"的时候受到迫害;周母因为发现韩芳长得像当年的陈小沫,便认为韩芳是陈小沫的女儿,她突然出现的目的是索回原本属于陈小沫的手镯,甚至"报仇"。

但作者并没有因此陷入二十世纪八九十年代之交"后伤痕文艺"常见的"复仇"或"寻父(母)"的情节模式,而是在小说的结尾设置了一个令人惊讶的"反转":将近一个月后,周母要求周初来带自己去栖霞山看墓地(在以"半步村"为背景的小说中,"栖霞山"往往同"墓地"联系在一起。如《离魂术》中,得了"树皮病"的人

---

[1] 〔法〕加斯东·巴什拉:《空间的诗学》,张逸婧译,上海译文出版社,2009年,第7—8页。

采用独特的送丧方式：直接抬上栖霞山，将"树皮人"头朝下种植下去；此外，在"栖霞山那一边"还有一座"人要被关进去，基本就废了"的精神病院），还留给刻墓碑的石匠两张写着名字的纸条：一个写的是"陈丹柳之墓"，一个写的是"陈小沫之墓"。细心的读者会发现，此前小说中在提及周母时一直没有出现过她的名字而一直用"老太太"来代替，直至结尾才真相大白：原来周母正是"陈小沫"，她因为在"文革"中受到了巨大的刺激而精神失常，以至于认为自己就是当年批斗陈小沫的"陈丹柳"。由此，周母此前的种种反常行为，例如爱训斥人、凌晨四点喊大家起床，以及怀疑韩芳是来为陈小沫"复仇"等表现，也便得到了合理的解释。

巴赫金说："强烈感觉到可能存在完全另一种生活和世界观，绝不同于现今实有的生活和世界观（并清晰而敏锐地意识到）——这是小说塑造现今生活形象的一个前提。"[1] 尽管《碧河往事》的情节因周母的精神失常和作者采用的限知视角与限制叙事而显得云山雾罩，但它无疑还是在反映"现今实有的生活和世界观"，是一个纯粹的传统"现实主义"文本。而在陈崇正笔下更多的"半步村叙事"中，一种近似"魔幻现实主义"的手法将现实与幻想糅合在一起，"把外界的所有事物都容纳到半步村这一乡土容器中，并在里面随意组合，变幻出了各种怪胎般的情节"[2]，亦如李敬泽所指出的那样，"世界正在剧烈的颠簸中失去形式，而陈崇正力图创造一种似乎源于萨满或精灵的幻术，使不可能的看似可能，使不可理解的得到讲述。由此，他开出了一条幽暗的隧道，你行于其中，期待着阳光照亮洞

---

[1] 〔俄〕巴赫金：《关于福楼拜》，载〔俄〕巴赫金《巴赫金全集（第4卷）》，晓河等译，河北教育出版社，1998年，第98页。
[2] 林森：《悲痛而喑哑的狂欢——读陈崇正小说集〈黑镜分身术〉》，《西湖》，2018年第1期，第75页。

口。"①《你所不知道的》中,"我"回乡奔丧,参加矮胖子叔叔的葬礼并为他守灵,却莫名其妙地被卷入了一场绑架案,目睹苗姑姑断手和孤儿小丁断指的惨剧;《秋风斩》里,妻子阿敏亲历车祸而被诱发对当年一桩焚尸案的回忆,从此陷入迷狂,并使全家人的日常生活都被笼罩在恐怖的气氛中;《夏雨斋》中,外曾祖父留下的日记悬念重重,其中关于"分身术"和小和尚预言的记载,与海外华侨的隐秘历史交融在一起,使这篇小说成为整部《半步村叙事》中最难以索解的谜团。小说集《黑镜分身术》里那些支撑叙事的、大胆而又玄妙的设置,诸如破爷引入"魂机"治疗"树皮病"以及随之而来的"买卖记忆"(《离魂术》),胖和尚("且帮主")坐在水晶椅子上被球形闪电击中而分身为悟森、悟林和悟木三人(《分身术》),绝症"鸡鸣病"最终需要从鸡屎中提炼解药(《停顿客栈》)……则俨然使"半步村"变成了一个在烈日、大雨和台风中飘摇的南方"异托邦"。

"异托邦"(les hétérotopies)即福柯在《词与物:人文科学考古学》的"前言"中所提到的"异位移植"(二者是同一法语词的不同译名,以下统一称"异托邦"),它源于"乌托邦"(utopie)但与之相对,指的是一种无序的状态,"这里的无序,我指的是,大量可能的秩序的片段都在不规则事物的毫无规律和不具几何学的维度中闪烁"②。在福柯看来,"异托邦"与"乌托邦"存在着根本的不同,因为"乌托邦"为这些混乱的无序状态提供了一个平静的区域,而"异托邦"则"扰乱人心"③。1967年3月14日,福柯在建筑研究会

---

① 陈崇正:《黑镜分身术》,作家出版社,2017年。
② 〔法〕福柯:《词与物:人文科学考古学》,莫伟民译,上海三联书店,2002年,第4页。
③ 〔法〕福柯:《词与物:人文科学考古学》,莫伟民译,上海三联书店,2002年,第5页。

上发表讲演《另类空间》,进一步对"乌托邦"与"异托邦"问题展开讨论。"乌托邦是没有真实场所的地方。这些是同社会的真实空间保持直接或颠倒类似的总的关系的地方。这是完美的社会本身或是社会的反面,但无论如何,这些乌托邦从根本上说是一些不真实的空间。""在所有的文化,所有的文明中可能也有真实的场所……这些真实的场所像反场所的东西,一种的确实现了的乌托邦,在这些乌托邦中,真正的场所,所有能够在文化内部被找到的其他真正的场所是被表现出来的,有争议的,同时又是被颠倒的。这种场所在所有场所以外,即使实际上有可能指出它们的位置。因为这些场所与它们所反映的,所谈论的所有场所完全不同,所以与乌托邦对比,我称它们为异托邦……"① 通过上述佶屈聱牙的表述,以及福柯在后文为异托邦列出的六个特征,我们大概可以得出这样的结论:所谓"异托邦",即是对日常生活中正常空间(包括建筑空间与活动空间)的颠倒(福柯举的例子包括诊所、监狱、养老院、公墓、电影院、博物馆、图书馆乃至集市),"在呈现、反映极限的意义上反映了某种逻辑所掩饰的'真实'。这样,'异托邦'联系着一种分析思考模式,即反映、呈现、抗议甚至颠倒正常空间的逻辑。"②

在《半步村叙事》的开头,"半步村"被作者描述为"是一个漂浮在记忆之中的村庄。骆驼般起伏的群山绵延环绕,形成足够的真空让它可以独立于历史之外,又布满历史的斑纹。"③ 在《离魂术》中,直到破爷带着电影放映机来到半步村,这里才真正感受到现代文明;而从文中某些细节判断,此时已是二十世纪八十年代。再加上各篇小说中"巫术"色彩浓厚,伊格尔顿所说的"怪异的人物"随处可见(如破爷、矮弟姥、且帮主等),这个闭塞的、落后于时代

---

① 〔法〕福柯:《另类空间》,王喆译,《世界哲学》2006年第6期。
② 张锦:《福柯的"异托邦"思想研究》,北京大学出版社,2016年,第146页。
③ 陈崇正:《半步村叙事》,花城出版社,2015年,第1页。

又脱离现实社会的山村,显然具备了"异托邦"的特征。"当人类处于一种与传统时间完全中断的情况下,异托邦开始完全发挥作用"[①],因为"异托邦同时间的片断相结合",福柯甚至命名了一种"异托时"。半步村村民的时间观念常常处于混乱的状态,这固然有作者在叙事过程中故意打乱线性叙述、混淆时间的缘故,然而,这种现代与前现代交织的时间状况,又何尝不是普通人在充满动荡与变革的二十世纪中的切身体验?"在文学中的艺术时空体里,空间和时间标志融合在一个被认识了的具体的整体中。时间在这里浓缩、凝聚,变成艺术上可见的东西;空间则趋于紧张,被卷入时间、情节、历史的运动之中。时间的标志要展现在空间里,而空间则要通过时间来理解和衡量。这种不同系列的交叉和不同标志的融合,正是艺术时空体的特征所在。"[②] 而在陈崇正笔下,半步村的时间与空间却具有了分离的趋势,呈现为一种近乎超自然、超历史的异质性的存在。

此外,如前文提及的"墓地"("公墓")、精神病院等元素,以及半步村系列小说中屡屡出现的对残缺或异常躯体的描写(最突出的表现就是《分身术》中金满楼、马芳、且帮主共同具有的"十二个脚趾"的身体特征,以及《半步村叙事》《冬雨楼》等篇目中出现的"十二指街"这个怪异的地名;当然,还可以加上《停顿客栈》中由残疾人组成的"表演团",这似乎是对阎连科《受活》中"绝术团"的模仿与致敬),还有《黑镜分身术》中起到关键作用的"镜子"、《停顿客栈》中且帮主往日"船长"的身份,无一不契合福柯在《另类空间》中列举的"异托邦"表现,在此就不再一一赘述了。

---

① 〔法〕福柯:《另类空间》,王喆译,《世界哲学》2006 年第 6 期,第 56 页。
② 〔俄〕巴赫金:《小说的时间形式和时空体形式——历史诗学概述》,载〔俄〕巴赫金《小说理论》,白春仁等译,河北教育出版社,1998 年,第 274—275 页。

三、"乡土赛博格":"后人类时代"的自我救赎

《美人城》是陈崇正在 2020 年发表的一部长篇小说,煌煌近三十万言,分为《香蕉林密室》和《美人城手记》两部分。小说内容庞杂,融合了悬疑、科幻、历史、青春乃至网络游戏等诸多元素,读来令人眼花缭乱。作者似乎在动笔之初就有一个信念,要尽量让此前自己笔下出现过的人物在这部新作中重新登场,《美人城》也因此获得了空前的叙事密度。

在《香蕉林密室》中,"我"的二叔陈大同与半步村的计划生育大队(因队长名叫肖虎而被称为"小虎队")不断斗智斗勇,终于将村外香蕉林地下如迷宫一样的洞穴改造为令人惊奇的"密室",进而成了接纳和保护孕妇们的地下妇产医院。到了《美人城手记》的时代,人工智能(AI)已发展到失控的程度,借助强大的学习能力,以及香蕉林(此时已被改造为烂尾工程"美人城")地下所独有的一种黑色的特殊物质"姜",一个名叫"石敢当"的机器脑对人类发动了机器人战争,并将人类逼到了崩溃的边缘。危急关头,陈星光和关立夏做出自我牺牲,依靠被称为"割头"的"头颅冷冻记忆萃取术"和"造梦"技术,在美人城世界的密室挑战游戏中破解了密码,拿到了最后的钥匙,彻底关掉了"石敢当",从而拯救了人类。

《美人城手记》的字里行间弥漫着浓郁的"赛博朋克"气息,即所谓"低端生活与高等科技的结合"(combination of low life and high tech);小说中与"橄榄心"似的微型机器人相对抗的"人类帝国军团"则是典型的"赛博格"(cyborg)。"cyborg"一词由"cybernetics"(控制论的)与"organism"(有机体)合成而来,"最初用来指一种设想,即在星际旅行中为了克服人类肌体的局限而在人体中移植辅助的神经控制装置。后来这个概念被扩大了,指为了让生物体(尤其是人)超越自身的自然限制,而将其与非有机体(如机器

等）之间拼合而成的新的生物形态。"①"人类帝国军团"原本是美人城保安俱乐部的戏称，它诞生于半步村的乡间；后来这个名称被移用，成为人类对抗"橄榄心"机器人的先锋，他们以"抬起你高贵的头颅，为人类而战！"为口号，最终被赋予了在"后人类时代"拯救人类的使命。因此，我们或可将其视为一种不无荒诞意味的"乡土赛博格"。

险些毁灭人类的"石敢当"源自陈星河为祖少爷设计的赌博网站"姜太公"。这个网站具有存活的自主性，可以自己找到喜欢它的赌徒，因此等同于一个高级病毒。设计"姜太公"的初衷是"以黑打黑，抢占破爷和刀爷经营多年的赌博行业"，但祖先生将其升级为新产品"石敢当"并将它与美人城的主程序绑定在一起，由此便打开了潘多拉魔盒。人类自己创造出来的东西，发展到最后却险些连它的创造者都无法制衡——自"科幻小说"诞生之日起，一代又一代作家便在不停地重复着这一主题，诉说着人类内心深处"弗兰肯斯坦"［Frankenstein，"科幻小说之母"玛丽·雪莱（Mary Shelley）同名小说中的主人公］式的恐惧。

本雅明曾借解读保罗·克利的画作《新天使》来阐明自己对"现代性"和"进步"的看法："……一个天使看上去正要从他入神地注视的事物旁离去。他凝视着前方，他的嘴微张，它的翅膀张开了。人们就是这样描绘历史天使的。他的脸朝着过去。在我们认为是一连串事件的地方，他看到的是一场单一的灾难。这场灾难堆积着尸骸，将他们抛弃在他的面前。天使想停下来唤醒死者，把破碎的世界修补完整。可是从天堂吹来了一阵风暴，它猛烈地吹击着天使的翅膀，以至他再也无法把它们收拢了。这风暴无可抗拒地把天

---

① 赵柔柔：《斯芬克斯的觉醒：何谓"后人类主义"》，《读书》2015 年第 10 期，第 84 页。

使刮向他背对着的未来,而他面前的残垣断壁却越堆越高直逼天际。这场风暴就是我们称之为的进步。"① 在此,"进步的风暴"意味着现代性误入了歧途,缺乏对"现代性"和"进步"的反思,由技术进步达到社会进步的乌托邦理想最终却走向了它的反面;它给本雅明的时代带来了大屠杀和战争,而在陈星河、陈星光、关立夏的时代,它带来的是一场空前惨烈、几乎毁灭人类的"机器人战争"。

万幸的是,陈星光和关立夏终于在人类最混乱的时候意识到,"人类最宝贵的已经不是基因,而是看不见的情感和价值观,这个东西千万不能被机器人毁掉。"

> 听了这句话,一个词汇在我的心里蹦出来:牧师。没错,他们就像是牧师,在誓死捍卫一些东西,而且有许多人逐渐加入了他们,成为危难之中人类文明的布道者。"即使被关在果壳之中,我仍自以为是无限宇宙之王。"从荷马史诗到莎士比亚,在技术失控之后,这些看不见的"道"重新在捍卫人类的尊严。②

而这,就是陈崇正为危机重重的人类指出的一条自我救赎之路。

原刊《韩山师范学院学报》第41卷第4期

---

① 〔德〕瓦尔特·本雅明:《历史哲学论纲》,张旭东译,《文艺理论研究》,1997年第8期,第94页。
② 陈崇正:《美人城手记》,《江南》,2020年第2期,第192页。

新南方写作的可能性：陈崇正的小说之旅

陈培浩

毫无疑问，这不再是一个属于小说的时代。如同昆德拉所说，小说"处于一个不再属于它的世界之中"。小说仍在给很多人名利和荣耀，可是由于阅读语境和媒介条件的变化，小说越来越背离它的精神——恢复生活的复杂性。在昆德拉看来，每部小说都试图告诉读者："事情要比你想象的复杂。"小说就是在人们简化的认知中勘探一种更丰富的存在，昆德拉甚至将认识世界视为小说的唯一使命。不同于"传奇"，小说这个概念传入中国，就与民族国家的自我革新等宏大文化使命紧密相连。所以，二十世纪以来的中国小说，一直存在着通俗化/精英化两种倾向之间的张力。即使是今天，在以小说探索生活复杂性的写作路径如此不受大众待见的背景下，依然不乏孜孜不倦的探索者。显然，青年作家陈崇正就是其中之一。

十几年的写作时间中，陈崇正出版了《宿命飘摇的裙摆》《半步村叙事》《我的孤独是一只黑鸟》《黑镜分身术》《折叠术》等小说集，并完成了长篇小说《美人城》（即将出版）。从数量看，这份成绩单固然可观；更重要的是，在这些小说中，陈崇正探索了文学地理、时代寓言、魔幻书写等等写作技法，并将对文学议题的思考上升到对世相、历史、生死以至时空的哲学思辨。这使他的小说背后一直葆有巨大的雄心。

一、"半步村"：从叙事嬉戏到时代焦虑

半步村在陈崇正经历了从驰骋想象力的叙事嬉戏到寄托精神忧思的文学地理的过程。中篇小说《半步村叙事》是陈崇正较早苦心经营的作品。有别于既往的乡土现实主义作品，这部乡土背景的小说充满一种灵动的想象力。小说前面"检讨书"部分就是一次想象力的自我检验。钱小门向李校长检讨自己的错误，每一次又都以新的借口为自己辩解。比如，把粪便扔向隔壁医院，他的检讨理由出人意表："我应该让他们用厚一点的纸包好，不能用香烟纸，太小，这样粪便是会溅出来的。""因为粪便应该用来当肥料，不应该扔给医院的，这样太亏了。"有时也狡辩："这是他们习惯不好。但他们说，如果不扔，他们就拉不出，会影响健康。"这个花样百出的检讨书部分居然写了十二封，检讨书到了后面，已经变成了钱小门写给李校长的关爱便条，人物的命运产生悄然的变化，小说也从一味的幽默而带上了深沉的意味。用检讨书这种特殊的形式来推进情节，来塑造人物，来展示人心，把写作的空间进行有意识的自我窄化，并在这个相对小的空间中腾挪跳跃，像一个走钢丝的杂技演员。我认为傻正在这个部分出色地完成了自己设定的任务。这使我们想起卡尔维诺的《树上的男爵》，一个宣称要终生生活在树上的小男孩，我们一开始以为这仅仅是一个玩笑，一种会被时间打败的威胁。但作者用想象力不断地延续着树上生活的真实性和多样性。所以，阅读被转换为读者和作者之间想象力的对峙：读者一心觉得在作品的限定性空间中可能性已被耗尽，可是作者又总是从貌似被穷尽的可能性中变幻出新的可能性来。

"半步村"是陈崇正小说出发的地方，日后也成为他深耕细作的

文学地理符号。陈崇正"将所有人物都栽种在一个叫半步村的虚构之地。在这样相对集中的时空之中,一些人物不断被反复唤醒,他们所面临的问题也反过来唤醒我。"在半步村中,碧河、木宜寺、栖霞山、麻婆婆、傻正、向四叔、破爷、孙保尔、陈柳素、薛神医等地点或人物反复出现,对半步村的反复书写已经使这个文学地理符号投射了深切的当代焦虑,获得立体的精神景深。2015年陈崇正将七篇中短篇小说结集而成的《半步村叙事》呈现了这种转变。七篇作品分别是《半步村叙事》《你所不知道的》《春风斩》《秋风斩》《夏雨斋》《冬雨楼》《双线笔记》。这些作品中汹涌着近三十年来剧变的中国乡村现实和精神转折途中喧哗与骚动的细节。随着写作的推进和自我更新,陈崇正的传奇书写开始捅破现实之皮,他的魔幻笔触开始聚焦出血肉模糊、多重纠结的内在精神结构。譬如《秋风斩》就通过一个疯狂者的故事组织起复杂的个人疯狂和现实疯狂的同构叙述。在阿敏的故事之外,小说以驳杂的现实碎片为疯狂的故事提供广阔的生活背景。小说中,许辉的母亲是"守旧"而精神笃定的一代,在闻悉媳妇的病状之后,她挑着一担祭品把乡里的神庙转了一圈,用一种古老而繁复的严谨程序祛除了内心的焦虑和不安。可是,许辉一代是无法回归父母辈的信仰程序了,如何消化内心汹涌的不安和不能说出的秘密,成了时代性的精神难题。

二、 小说之旅的三个高光时刻

在我看来,《碧河往事》和《黑镜分身术》构成了陈崇正写作的两个转折性的高光时刻。《美人城》完成之后,他的高光时刻又增加了重要的一个节点。《碧河往事》对陈崇正的意义在于,他的"半步村"文学地理在现实时代指涉之外,又打开了一个历史维度;《黑镜分身术》的幻术传奇书写跟时间性哲学冥思结合;《美人城》作为陈崇正完成的第一部长篇本身就有个人里程碑意义,更重要的是他在其中融入的空间思辨、生死追问以及个体、家族以至人类的起源与未来等精神命题，使他小说的格局和思境又有了新的延展。

《碧河往事》通过一个当代乡村戏班的故事，希望处理的是"当代"与"历史""创伤记忆"与当下现实之间的纠缠扭结问题。小说情节并不复杂：周初来领导着一个叫马甲的乡村潮剧团居无定所地四处演出，剧团的境况越发不济，常辗转于各地乡间的祭神节庆勉力维持。加之人才寥落，设备落后，周初来剧团的"做戏"真的只是做戏，并没有能力真唱。因此，周初来偶识有唱戏功底的韩芳便喜出望外，将其招入团中。除了为剧团发展计，他的私愿是请戏迷母亲来看一场剧团的真声演出。小说中，神神道道的周母显然有某种程度的老年痴呆及幻听症状，她向周初来索要冰淇淋，用红线将玉手镯缝在手上，夜里总是梦见白色或红色的蛇盘踞在手镯上。周母时刻担心当年的潮戏女旦陈小沫的鬼魂或其家属来索要这只手镯，据她自己说，当年是她夺走了这只手镯。只是，她依然坚信自己行为的合法性。在这种半幻觉状态中，她极为认真地观看了韩芳演出的《金花女》，周母入戏落泪，邀请韩芳吃消夜并为韩芳说戏；但继而她又惊恐地怀疑韩芳便是陈小沫的女儿，是前来向她索要手镯的，因而强硬要求韩芳退出剧团。周母扬言可以替代韩芳演出，并亲自演唱了一段《金花女》，人们惊觉周母原来真的如此懂戏。此后不久周母谢世，小说的最后，周初来为母亲的墓碑忙碌，读者于是惊讶地发现：周母墓碑上刻的名字竟是陈小沫。

小说那种图穷匕见、卒章显志的叙事匠心当然可圈可点，然而更重要的是它对精神创伤进行历史思索的小说抱负。《碧河往事》将历史创伤记忆投射在一个无限纠结、具有深刻精神分析内涵的形象上已经令人击节；更重要的是，陈小沫的分裂和纠结，事实上正是多种不同伦理话语的撕裂和对峙。黑格尔通过对《安提戈涅》的分析指出，悲剧表现两种不同历史伦理的对抗与和解。在我看来，《碧河往事》存在着某种不动声色的"悲剧感",这种悲剧感内蕴的话语分裂并没有获得黑格尔式的和解。相反,它始终在分裂和搏斗中。这两种话语是唱戏者陈小沫的"柔情抗恶"伦理和被迫害妄想者陈小沫"批斗有理、革命有理"的暴力伦理。这是周母无法在有情者陈小沫的位置上安然自处,而时常将自己想象为施暴者陈丹柳的内在原因。这种无法和解的伦理对抗,显然比黑格尔式的古典悲剧更具现代的悲剧性。

这无疑是一篇通过当代写历史,又通过历史思索当代的佳作。作者所忧心的是,由历史延伸而来的当代正被历史所雕刻着。这篇并不长的短篇通过二线叙事、命名隐喻等方式获得广阔的当代纵深感和现实批判立场。在周初来的剧团故事之外,我们看到了半步村村主任违规卖地、公共财产分配不均、村民暴力反抗等现实元素。这些只鳞片爪的叙述既为小说提供了密实的现实背景,更通过无所不在的"暴力"与历史关联起来。当年的潮剧演员陈小沫因为演戏挨批斗,如今陈小沫儿子周初来剧团的演员韩芳同样因为演戏挨打。

《黑镜分身术》是陈崇正用幻术凝视时间的作品,后与《葵花分身术》《离魂术》《分身术》《停顿客栈》结集为小说集《黑镜分身术》出版。"分身术"这种幻术并非陈崇正首创,它广泛存在于各种通俗奇幻文学中。在一般奇幻文学中,"分身术"仅作为一种幻术存在,但在陈崇正这里,"幻术"既是推动叙事的工具,也是凝视时间的手段。"分身术"之所以奇幻,就在于人身始终处于时间连绵不可切分的霸权中。陈崇正通过分身术激活了对时间的冥思:时间是否可逆、时间如何循环、时间如何获得空间性的并置?假如时间的霸权被取消,又将引动怎样的生命伦理纠结?这固然仍是驰骋想象、冥思存在的作品,但它的意义还在于,跟以往那些线性叙事(双线、倒叙或隐藏等技巧仍然属于线性叙事)相较,它是陈崇正常识的装置型叙事。装置型叙事的动力来自作者为小说设计的某个叙事或象征装置,在这系列小说中,"分身术"便是这个装置。换言之,不是小说的起承转合成就了"分身术",而是分身术决定了小说起承转合的方式。因此,分身术系列小说便以分身术为媒介,勾连了表层的叙事和深层的精神叙事。就此而言,《黑镜分身术》代表了陈崇正叙事上的顿悟和拓展时刻。

长篇小说《美人城》显然是陈崇正酝酿构思多年、殚精竭虑之作。小说在原有半步村的魔幻叙事空间中加入了很多大的想法,概括说就是每一代人都共同面对的生死问题,这可以说是生命的元命题,小说以陈大康、大同的父一代和陈星光、陈星河的子一代的生命遭际,串起了新中国成立以后以至未来的漫长时代变迁中几代人的精神困境。值得注意的是小说的空间叙事,香蕉林密室和美人城是小说两个最主要的空间,这两个空间被作者精心地安排为生死空间。上部中,香蕉林密室是陈大同用以对抗肖虎计生小虎队的避难所,是延续生命的地方,这跟他本来的阉猪匠身份形成了翻转,在打造香蕉林密室的过程中,他从生命的限流者成为生命的守卫人。香蕉林密室中的香蕉可视为男根的物化,密室则是子宫的象征,由此而完美地隐喻了生殖之地。在这个意义上,小说虽然写到逃港、计生等时代现实,但作者显然无意用写作去反映现实,而是从中重构出自己的精神指涉——对于生死问题的思虑。某种意义上,美人城是香蕉林密室的孪生空间,特别是在下部中未来世界的美人城密室,同样是关于生与死的空间。小界是研究死人大脑之永生的,陈临对小界说"他在研究生,我们是在研究死,他在研究婴儿,我们在研究死人头",在这个意义上,美人城密室跟香蕉林密室形成了精神暗线上的呼应。值得一提的是,作者的家族叙事中包含了很强的悲剧感,这种悲剧感是通过人种异变来呈现的,比如同性恋,比如疯狂,比如死亡。在作者那里,人类首先很难摆脱基因的控制,比如怯弱的关多宝具有这个哭泣的家族的那种"烂基因";比如永恒存在的恶，每一个时代总有人会成为恶的化身。如果从唯物的历史辩证法来看，这样的塑造当然是不无抽象化的，小说也存在这样那样的薄弱环节。但整体来说，作为长篇，这部小说已然论证了自身，它的精神命题是确立的，这对小说而言十分重要。

三、新南方写作的可能性

现实、历史、宿命、孤独、未来、乌托邦，这些都是陈崇正小说的主要命题。必须说，现实、历史、未来，存在与时空，孤独与死亡，世相与宿命，这些议题陈崇正都曾大展身手。正如李敬泽所说，"陈崇正力图创造一种似乎源于萨满或精灵的幻术，使不可能的看似可能，使不可理解的得到讲述，由此，他开出一条幽暗的隧道，你行于其中，期待着阳光照亮洞口"。更有意思的是，陈崇正的写作代表了一种新南方写作的可能性。

"南方写作"作为一个文学概念，最早由斯达尔夫人在《论文学》中提出来。斯达尔夫人认为"存在着两种不同的文学，一种来自南方，一种源出北方"，希腊、意大利、西班牙和路易十四时代的法兰西人属于她所谓的南方文学；英国、德国、丹麦和瑞典的某些作品则属于北方文学。斯达尔夫人强调自然环境对文学的影响，南方清新的空气、稠密的树林、清澈的溪流和北方荒凉的山脉、高寒的气候决定了生于斯、长于斯者的文学观念和审美趣味。必须看到，文学地理对写作的影响并非完全绝对，作家与地理之间既可能是正相关关系，也可能是负相关关系。但是，"南方文学""北方文学"这个由地理转变成审美风格的文学概念依然具有某种超越性的解释力。以中国文学为例，苏童、叶兆言等人就经常被作为典型的南方文学代表。不过，此处的南方指的是江南。之所以说陈崇正是一种新南方写作，是因为他代表了一种南方以南的写作。那些不断在他作品中重现的巫人幻术并非传统江南文学所有。更重要的是，南方作为一种审美元素进入了作品，却没有形成一种地理暴政隔断陈崇正作品跟时代性现实焦虑和普遍性精神议题之间的关联。在此意义上，文学地理在陈崇正同代人这里变成了一种精神地理。在关于李晃的评论中，我说过这样的话："在这个全球化的时代，区域地理往往是被去根性的"，"全球化背景下时代经验的同质化反过来召唤着作家对'精神地理学'的确认。一个作家，如果他的写作不能跟某种区域文化资源接通，并由此获得自身的写作根据地，他的写作终究是很难获得辨识度的"。但是，"现代某种程度是同质的，所以地理对于作家而言便只能是'精神地理'。有意识地激活某种地理文化内部的审美性、伦理性和风格性，并使其精神化，这是当代青年作家写作的某条可行路径。"

所以，探索新南方写作指的是陈崇正自觉地确认自身的精神地理。他将河流穿过、幻术交织的半步村和香蕉林密室铺陈成一种溽热、湿润的南方风格，并由此出发去冥思我们时代的精神困境和超时代的时空难题。他隐约已经建立自己的写作根据地，我愿更多人由之检视到他走向宏大的精神格局。

人工智能时代的新南方文学想象

张燕玲

《美人城手记》是陈崇正继《悬浮术》之后,又一部植根潮汕平原与科技岭南,具有丰富时代气质和美学形态、文学性和科幻融合、想象力和创造力并举,令人耳目一新的寓言性科幻小说。陈崇正在他创造的文学世界——美人城里,让陈星光一众人物天马行空,上天入地,感性而富有才情;同时作者还有可贵的理性自觉和哲学思考,以人物的命运追问关于生命、关于命运、关于人类的未来。这个南方故事深潜着一种对科学技术与人类未来命运的思考,充满活力和思想重量。以主要人物陈星光兄弟、关立夏姐妹的自述以及他们的梦境结构全书,犹如花园无数的小径(每个人物便是一条叙述路径)通向迷宫美人城,在这个无情的科技王国里,谈论全人类共同关注的人类未来的宏大命题,犹如诺兰影片《奥本海默》所呈现的景象,当奥本海默按下原子弹按钮,没有人是一座孤岛。

深植于潮汕生活经验和情感结构

陈崇正以宏大的艺术野心,独自在潮汕平原忧心忡忡地推演湾区的最新信息生物技术等对人类与社会未来的改变。把前沿科技如智能躯体、AI生命、硅基生命、人造子宫、梦境买卖，尤其南方湾区特有的程序员、高仿工艺（破爷和肖虎的黑工厂），以及自由贸易精神等等，与开放性和本土的潮汕文化高度融合，以科幻小说中不常见的细腻抒情笔致书写虚拟现实美人城（以潮汕老家一个原本为香蕉林的科技废墟为原型）里的故事，告诉读者新技术的出现不仅改变了人们的日常生活，也动摇了人的概念：什么是生命？什么是命运？如此的哲学追问贯穿整个故事。然而，在争斗和地震后，最终美人城科技王国的主人祖少爷也失去了所有的方向，在陈星光二叔陈大同的拍手大笑中，美人城变回了香蕉林。历史轮回，小说的寓言性凸显，散发出迷人的时代气质和美学形态。

在这个意义上，《美人城手记》是一部为时代立传的作品。当下中国的飞速发展为科幻文学和科幻产业提供了支撑。比如用AI复活亲人的数字生命，"AI数字人永生"，陈大康临终时被其从小过继给他人的科学家女儿钟小界施以"割头术"并复活，可以与家人对话。数字生命从语音、人脸（人体）、行为与思维四个角度仿真，但是生者与死者的心意肯定不同，科技始终是一把双刃剑，数字生命既要尊重用户心灵宽慰的需求，更要尊重逝者，有违生命法则必然带来大量的伦理、心理和法律问题。比如陈星光的妈妈就不能接受，在与"复活"丈夫的对话时突然难受到掉头便走，让丈夫陈大康安息是她和宗族的心愿，同时也是潮汕平原逝者安息为大的乡村伦理和风俗。可见，小说主线深植于南方潮汕的生活经验和情感结构、人物日常丰富的饮食和民俗及巫文化的先知先觉，如关立冬的巫性等等，作者细腻地表现立于时代潮头的南方科技大变革，及其给人物日常生活带来的裂变。陈崇正用克制而精确的笔法渐次推进地方的演变和人物心理的变化，直抵时代神经和人性深处，又充满浪漫的理想主义。

在复杂现实里洞悉人间烟火与灿烂星空

在作者笔下,宇宙星空浩瀚壮美,人类何其渺小,又如此伟大和灿烂。作者寄情于下一代,以陈星空、陈达瓦象征未来。这个未来以达瓦情义江湖隐喻人间烟火,又以灿烂星空为象征。所有的天才眼中都是灿烂的星空,这也是科技的双刃剑,科学天才的创造力及其人间忧患,始终是困扰人类的二律背反,福与祸往往一体两面。美人城人头复活技术、买梦的"有所得"梦境网吧等,同样也带来生存与安全等隐患,元宇宙的科技双刃剑也始终是作者的忧思。

《美人城手记》表现了很多的时代现实问题,诸如国家全面放开二孩政策、"元宇宙元年"和"脑机接口"等。小说里,人死后头颅被割下来装进安乐桶,然后如陈大康般配上智能躯体,以实现某种程度的"永生",充满反讽意味。小说塑造系列非常人物以及人物选择背后的现代科技与人伦交战,惊心动魄,不同凡响又亲切可感,令人共情。作者以大量生活化的细节,辅以自己一针见血的哲学追问,细腻地披露了陈星光的哥哥陈星河、姐姐钟小界等人诸多行为背后的心理动机和人性冲突。可以说,《美人城手记》寄托了作者对现实问题的批判,也寄寓了作者的人生态度,比如承载着作者理想的陈星空与陈达瓦兄弟,就分别隐喻着未来的科幻星空与侠义的人世间,作者塑造最用心的当数似乎疯疯癫癫、扬言要炸掉美人城的"二叔"陈大同。

中国文化素有大智若愚之说,文学经典也有不少傻子形象,他们形态各异、鲜活灵动,甚至令人过目不忘。这里的"傻子"形象是指非正常性、逻辑混乱或躯体有缺陷、语言能力缺失,外表很愚笨但其实世事洞明、不计小节、天真与执着的聪明人。诸如塞万提斯的堂吉诃德、《红岩》中的疯子华子良、《尘埃落定》的傻子等等,最为经典的当数鲁迅先生的《聪明人和傻子和奴才》《狂人日记》中的人物。《美人城手记》的二叔陈大同也像"傻子",虽因痛失独子以及与现实的格格不入而付出了代价,但在作者笔下,陈大同是一个富有深刻内涵的文学符号,具有独特的美学意义。他常常喊炸掉背离人性和本真的美人城,以爱惜儿子的自行车来哀子、以玩失踪来逃避俗世困扰、以遵从潮汕生活习俗为荣,甚至从壁垒森严的美人城救出哥哥陈大康的人头等等,都是出其不意的神来之笔。这个戏引子般的典型人物,颇有孤勇者的意味,谁说污泥满身就不能是侠义之士?谁说站在光里的才算英雄?陈大同知道潮汕的香蕉林深处满是祖先的灵魂,岂容灵地刀光剑影?他呐喊恢复密林,要为祖先招魂。在这个意义上,陈大同又可称为潮汕文化的守护者。更意味深长的是,作者同时还以"二叔"称谓与陈星光形成融合或互文关系,两人相似的散淡性格,以及对世俗功利的放弃(大学教师陈星光与陈大同殊途同归,为逃避高校内卷而停职回老家),叔侄俩相生相应,二叔陈大同教侄儿陈星光游泳,被第三代也称为"二叔"的陈星光又教儿辈星空、达瓦游泳,这组互文的人物关系为小说拓开一个更为广阔而深刻的空间。

陈崇正特别擅长写父子情、兄弟谊,以及男性间的情义,连他赞赏的女性人物也多是女汉子形象,如关立夏的妹妹关立秋。在叙述上形成互文并连贯着《悬浮术》的人物陈星河,他的慢与机器人的快形成一种相辅相成、浑然一体的叙事节奏,颇具艺术张力。

"回到现代文学中的启蒙传统、回到当代中国的现场"

推动小说叙述的情节设定是:若要改变《美人城手记》里的元宇宙世界,必须通过"密室挑战游戏"的三关,胜者方可拿到解密钥匙,以密码解锁,完成大业。三关的设置颇有隐喻意味,第一关灵感来自《水浒传》《金瓶梅》里潘金莲和武大郎的故事,第二关来自《西游记》里"白骨精"的故事,第三关则是柳如是和钱谦益的故事。如此创意,既是作者对中国古典文学经典人物的现实融通,更是对现代科技双刃剑的深刻理解,以及对"人何以为人"的终极思考。三关都剑指人性的幽明，关关的隐喻和寓言性在读者的脑海中挥之不去。尤其结局很是犀利：星光立夏胜利的满怀喜悦，瞬间化为满怀悲愤——通关了却拿不到密码。机器人没有人类的诚信，因此永远无法取代人类，美人城也不配谈什么人性底线、生命和命运，它的载体只能是"手记"，这也寓意着《美人城手记》的科幻性，技术留痕特别虚幻，因为陈星光和关立夏面对的是机器人。可见，无论社会形态如何变化，人类文明和经典永远都在那里，世界与人类的核心是不会改变的。这样哲学意义上的人类文明之光，小说是通过陈星光、陈星空乃至陈大同（包括陈星河）三代人物的命运表现的，在某种意义上，仰望星空的他们，也算得上是人类文明的布道者。

早在百年前，梁启超、鲁迅等大家就翻译或者写过科幻小说，他们更是人类文明的布道者。《美人城手记》努力让人类文明照进了南方的岁月，其对科学技术与人类未来命运的哲学思考与文学想象，充满艺术活力和思想重量。可以说这个南方寓言为新南方写作注入了新的时代命题和文学可能性，令我们感受到科幻小说的艺术魅力，及其创作的难度。当下科技飞速发展，有巨量的新知识需要我们学习，这对科幻文学是一种挑战，文学想象不仅要对科技现实有足够的观察，"还需要回到现代文学中的启蒙传统、回到当代中国的现场"，可见，陈崇正以饱满的人文情怀和探索精神，以及扎实的叙述功力进行有难度的文学创作，这弥足珍贵。我们知道地方性叙事，相关作家体察世界的不同出发点（你只能以你所有的世界视野去想象和表现你的南方或北方），使蓬勃陌生的新南方故事，既充满时代气质与美学品相，也洋溢着世界视野。可见，新南方写作是一种扎根生活、厚植中华文化根脉和世界视野的美学多样化写作，它既是地方性的文学想象，也是世界性的宏大叙事。这也算是《美人城手记》给我的启示。

陈崇正的人工智能叙事与小说 "写什么" "怎么写" 问题

杨丹丹

近几年，陈崇正出版小说的频率和密度给人一种极强的压迫感和窒息感，他接连推出了《黑镜分身术》《折叠术》《遇见陆小雪》《眨眼睛》《悬浮术》《香蕉林密室》《美人城手记》等作品。这种写作态势很容易导致分歧：有人会认为这是一位有着独立小说观念、完整小说理论体系和出色叙事技巧的小说家，借此可以快速搭建属于自己的小说版图；反之，也有人认为这是一位无法冷静审视自己的创作欲望和能力，任由其四处奔突、粗暴啃食各种对象，致使写作失控的专业小说杀手。分歧最大的特征是不确性，但共识往往是在对分歧的仔细辨识中达成的，关键还是陈崇正的小说如何在分歧中消弭分歧、在共识中正名。这就需要退回到陈崇正小说的底层逻辑，回答两个最基本的问题：陈崇正的小说在写什么？怎么写？

一

关于陈崇正的小说在写什么的问题似乎很容易回答，发生在半步村、碧河镇、东州市、美人城、广州等时空中的人和事就是他的写作对象，但似乎又难以具体把握，因为这些时空、人和事缺乏传统意义上的切身性、完整性和饱和度。这是写小说的大忌,也是容易被人诟病、不断挤压脓水的溃烂伤口。如果真的如此,陈崇正的小说就属于不堪卒读之列,显然陈崇正早已意识到这个问题。他的真实用意并非拒绝小说的切身性、完整性和饱和度,而是对其重新理解和定义。他以自身对时代巨变的真实体验,以及由此而生的独特感觉,串联起这些具有不确定性的时空、人和物,并赋予其思想和灵魂,让它们活起来,脱离小说家的叙事控制,与时代、社会和人自主对话,进而完成自我建构。这有悖于传统意义上小说的切身性、完整性和饱和度,但不能就此否认它的价值和意义。这在作家自述中得到确证:"半步村、碧河镇、东州市、美人城……我的地图在不断延展它的边界,半步村就是这张蜘蛛网的原点。"

"在过去二十年中,我一步步远离我的故乡,从农村到城市,从安静的潮汕平原来到繁华的珠三角,从世界工厂东莞到大湾区中心城市广州。这一路,世界在加速,而我的时间也在加速,越来越快。现实中我遇到的人越来越多,这些在我身边的人像影子,像快速移动的肖像,而碧河世界中的人物也越来越密集,他们互相牵扯、挤压、交织,以至于开始分身和折叠。"[①] 或者说,时代总是在快速行进中不断变化脸谱和毫无征兆地转向,身处其中的人们无法准确捕捉时代的样貌和行踪,只能看到时代的尾灯拖拽出的长长光影,以及被其映照出的模糊肖像。这是一个缺乏总体性特征的时代,但缺乏总体性特征正是这个时代的总体特征。陈崇正需要做的就是为这些光影和模糊的肖像加持思想和灵魂,让它们不再是时代的佐证物,而是幻化为时代本身。这无疑更贴合时代的切身性、完整性和饱和度,并明显体现在人工智能叙事上。

陈崇正最近出版的两部小说《悬浮术》和《美人城记》都在叙

[①] 陈崇正:《过去十年我在写什么》,《中篇小说选刊》2020 年第 6 期。

述人工智能。这并无新奇之处，因为人工智能技术已渗透到日常生活的各个层面，成为一种不再会唤醒新鲜感的生活常识，同时小说也早已将其作为叙事对象，与此相关的小说层出不穷，甚至泛滥成灾。更为关键的是，有些小说家似乎没有意识到他们面对的是一种常识，仍然持有为读者呈现异度世界的心态，喋喋不休地讲述关于机器人、赛博格、机器合体、平行宇宙、元宇宙的故事，但读者对此已经审美疲劳、厌烦至极，无法再被引诱起阅读欲望。这不是说小说家不可以讲述常识，但从常识到常识的无效循环是徒劳无意义的，把常识放在真正具有想象力的空间中去重现和审视，从常识中挖掘被常识藏起来的思想性和精神力才是小说家的本分。中国新文学经典小说大部分遵循这一基本逻辑。鲁迅的《狂人日记》提出中国历史的"吃人"问题，并指向封建文化的愚民本质。实际上，对封建文化"吃人"问题的反思并非始于晚清大规模的社会改革运动和思想革命，或者是人们公认的五四新文化运动，而是在明末已经展现出强劲力量。随着释、道和心学的兴起，以及资本主义因素的出现与西学的引进，加上市民社会和市民阶层的形成，封建文化成为集中反思和批判对象，尤其是李贽对个性解放和个体独立思想的推崇，直指封建文化的反人本特征。晚清时期康有为、梁启超、严复、黄遵宪等思想家及其提出的一系列启蒙思想，可以看作是明末反封建文化思潮的延伸。除此之外，王阳明提出了"致良知"，主张人人都具有内在良知，可以通过发掘自己的内心直觉来实现道德境界。陆九渊强调人应当对自己的行为、思想进行持续反省，追求内心宁静与自然，超越世俗欲望，追求精神升华和自我完善，摒弃浮躁与功利，从而发现内心真实本性，达到真正的自在境界。虽然朱熹思想主要是儒家学说，但他提出"性即理"的观点，认为人的本性即是理的体现，实现这种本性需要修身养性、学习和思考。朱熹对于心性的探讨以及对于道的理解与李贽有明显的相似之处。甚至可以在战国时期的百家争鸣、西汉后期的王莽新政、宋朝的王安石变法等事件中发现反封建文化的重要因素。也就是说，反封建文化早已在封建文化内部发生且形成一种思想传统，经过漫长的建构，已经成为一种文化常识。在此意义上，鲁迅的《狂人日记》需要解决的问题就不仅仅是讲述封建文化"吃人"常识，而是从中发现一种思想性和精神力，以及如何把一种文化常识转化为文学命题，并在文学想象中精准呈现出来。为此，鲁迅塑造了"狂人"形象，以非常人、非常态的叙事视角、思维逻辑和个体心性来对抗封建文化的"吃人"常态，进而呼应中国文化思想史中的反封建文化思潮，接续了此条脉络。"狂人"内心的恐惧、癫疯的行为方式、跳跃的意识和逻辑断裂的语言召唤出阿波罗神剑，直插封建文化之踵。可以说，《狂人日记》被确认为中国现代白话小说的开篇之作，正是因为它的思想性、精神力和审美创新度都站在了五四时代的巅峰。鲁迅小说能够横行中国百年新文学界，展现难以撼动的统摄力，凭借的正是"表现的深切"和"格式的特别"这两把重斧。

那么，陈崇正讲述人工智能故事，凭借的是何种利器？或者说，陈崇正的人工智能叙事是否也具备思想性和精神力？回答这个问题仍需回到具体文本中。小说《悬浮术》讲述了第一次机器人大战之后，美人城集团无意中发现一种现阶段科学难以破解的神秘力量，它可以随意剪辑时空、编排历史。随着人工智能技术的不断迭代，在量子计算机的加持下，出现了能够与人类之外的世界进行交流的算法语言。美人城集团为了实现与外宇宙世界的交易，将具有采集生命能力的戴有彬作为交换条件。戴有彬对此毫无话语权，只能在双方博弈的旋涡中沉浮，而他的女友钟秋婷在第二次机器人大战中被时空剪辑技术重新编写。整部小说围绕机器人战争展开，生活在这张恐惧之网中的人们脱离了现实生活，相互隔绝，成为悬浮在空中的物种。从小说故事来看，这是典型的人工智能叙事，"姜太公"赌博系统、"真跃进"无人驾驶汽车公司、复活人体的"鹦鹉计划"、可以保存记忆的"头颅冷冻记忆萃取术"、直播女郎"悬浮女王"、安乐桶、元宇宙等等与人工智能相关的因素密集铺排在小说叙事中。这是极度危险的叙事方式，也由此产生一个难题：如何保证小说叙事的完整性不被这些高频率出现的人工智能概念切割成相互离散的碎片？或者说，这些散落在小说叙事中的概念如何被整合起来？陈崇正的叙事策略是寻找一条精神主线和接续一条思想脉络将其串联起来。这条精神主线是现实精神困境，这条思想脉络是现代进化论。具体来说，小说人物在进入人工智能世界之前都遇到过一些现实精神困境：《悬浮术》中的范冰由专家变成赌徒，戴友彬的父母失和、家庭破裂，曲灵与丈夫貌合神离，戴大维总是感到生活枯燥无味；《美人城手记》中的关立夏婚姻失败，肖淼、关立春、陈风来相继死亡，陈大同变疯后死亡。读者在陈崇正小说中明显能体会到一种四处弥漫的压抑感和焦虑情绪，如《悬浮术》中的曲灵所感受到的，"曲灵望着窗外的万家灯火，城市虚幻的夜景，公路上因为拥堵缓慢移动的车流，窗玻璃上倒映出她疲惫的脸。有那么一瞬间，她感觉自己像一株沙漠中缺水的植物，生命正在流逝枯萎，而她无能为力。"[1] 书写现实精神困境是文学的普遍情态，关键是如何为其寻找解决方案，具体到陈崇正的创作中，即人工智能叙事如何为其指出解决路径。在《悬浮术》和《美人城手记》中，叙事者反复提及"虚体鹦鹉螺计划"，即在人脑颅腔特定位置植入独立的记忆体，重建人的认知、记忆和情绪，让人有讲故事的冲动和能力。这种对人工智能技术的期待和想象并不奇特，关键是"虚体鹦鹉螺"可以让人有讲述何种故事的冲动和能力。小说很明确地指向福楼拜、鲁

---

[1] 陈崇正：《悬浮术》，作家出版社，2023年，第6页。

迅和王小波三位作家，他们小说叙述的故事都与人的精神困境及其启蒙救赎相关。或者说，陈崇正是想在世界现代文学史中挑拣出文学启蒙这条精神主线，并与人工智能叙事勾连起来，进而为其注入人文精神力量。那么，小说是否实现了这种叙事诉求？也许小说并没有给出明确答案，但小说故事展现出来的寓言是显而易见的，利用人工智能技术改变人的记忆结构，让人文精神强行支配人的思维和行为，以此祛除人的精神困境。然而小说并没有沿着这条叙述线索深挖人工智能与人文精神的复杂关系，稍显遗憾。

二

除了寻找一条精神主线，陈崇正的小说叙事还试图接续一条思想脉络，即现代历史观。1842 年，达尔文在《物种起源》中阐述了自然选择机制。他认为自然界中个体之间存在遗传变异，而这些变异可能使一些个体在特定环境中更有利于生存和繁殖，因此适应环境的个体有更高的生存率，能够传递其有利的特征给后代，逐渐导致物种的改变，从而提出"适者生存"的观点，即那些适应环境的个体更有可能在竞争中生存下来并繁殖。这些个体能够将其适应性特征传递给下一代，从而导致物种整体的特征发生变化。达尔文的进化论虽有争议，但也深刻影响了生态学、遗传学和其他相关领域的发展。达尔文的进化论在中国的传播始于 1873 年，《申报》发表文章《西博士新著〈人本〉一书》，首次提及达尔文和他的著作《人类起源和性的选择》。同年，中国学者华蘅芳和美国传教士马高温翻译《地学浅释》一书，提及达尔文的生物进化论，但并未详细阐释。1891 年，《格致汇编》对达尔文的物种起源及其进化机制进行了简介。1895 年，严复翻译《天演论》，达尔文的进化论思想开始得到系统阐释，"物竞天择，适者生存"的观念被广泛传播。1920 年，马君武正式出版《物种起源》中译本，达尔文的物种起源思想成为与哥白尼的行星绕日说和牛顿的吸引力并立的影响世界发展的三大学说。[①] 但中国对达尔文进化论思想的接受主要锚定在社会改革上，终极目标是建立现代中国，因此进化论为"文化启蒙"和"救亡图存"提供了理论依据。尤为关键的是，进化论为历史唯物主义在中国的传播和接受作了坚实的前期理论准备和预演。历史唯物主义与达尔文的进化论虽有差异但也有着明显相似之处。[②] 历史唯物主义认为，社会历史发展是由于生产力的不断发展和生产关系的不断适应。当生产力发展到一定程度，旧的生产关系可能不再适用，从而引发社会变革和新的生产关系的建立。按此逻辑，历史被划分为原始共产主义、奴隶社会、封建社会、资本主义社会等不同阶段，每个阶段都具有特定的生产方式和社会结构，因此社会变革往往伴随着社会内部冲突。这些冲突是不同阶级之间的利益冲突引发的，社会变革通常是新兴阶级推翻旧阶级统治。同时物质条件和社会结构的变化会引起社会、经济和政治变革，意识形态和文化观念则在一定程度上反映了社会经济基础。历史唯物主义在哲学和社会科学领域产生了广泛影响，一个明显后果是形成现代历史观，即历史发展通常与现代化相关联，是向着更加先进、发达的状态前进且不可逆转，工业化、科技革命是其重要推动力。中国在20世纪80年代提出"科技是第一生产力"的重要论断，遵循的正是现代历史观，人工智能技术的发展和广泛应用是其典型象征。但现代历史观也产生了一些负面影响，例如唯科技论、唯历史目的论、文化等级论、社会制度等级论等。长此以往，这些未加仔细辨识的观念演化为一种固化的思维方式和行为范式，主导了人们对历史的认知。

　　陈崇正的人工智能叙事的重要功能之一就是对此进行反思和修

[①] 参见李华芳：《达尔文的中国路径》，《北京晚报》2009年2月23日。
[②] 参见谢江平：《达尔文历史观的近唯物主义解释——进化论与唯物史观关系再思考》，《学术界》2020年第7期。

正。在小说《美人城手记》中，叙事者设置了"美人城密室挑战"游戏，整个游戏完全由梦境构成，这些梦境源于参加者的记忆和梦境，而且随着参加者人数的增加，记忆和梦境会相互交融。可以说，这是关于记忆和梦境的游戏，它将参加者带离现实世界，在梦境中游荡，从而脱离了现实世界各种既定的常识、规则和秩序，显然也包括背后的现代历史观。例如游戏第一关的任务是在潘金莲毒死武大郎之前杀死她。这一游戏明显是对《水浒传》的戏拟。原著中潘金莲因身世卑微而委身武大郎，后受到王婆蛊惑和西门庆引诱而出轨西门庆，进而毒死武大郎，终因奸情暴露被武松杀死。人们对潘金莲的认知和评价基本集中在传统道德伦理范畴，虽有女权主义者试图以女性解放和个体独立的名义为潘金莲正名，但其淫妇定位从未发生实质变化，传统道德伦理一直占有压倒性优势。如果第2346号游戏的任务真的是杀死潘金莲，那么其遵循的仍然是传统道德伦理设定的价值观，也就无法超越现实世界既定的常识和规则，人工智能叙事的表象下隐藏的仍然是陈旧的价值观念。显然，这不是陈崇正的诉求，他的真实目的是颠覆潘金莲杀死武大郎事件及其评价的逻辑秩序，但也不是为潘金莲翻案，而是证明人工智能技术可以操控人的记忆和梦境、重塑人的认知，进而改变一切固有的社会准则和价值观念，也包括现代历史观。因此，游戏闯关成功不是因为杀死潘金莲，而是救走武大郎，杀人和救人原本就是一体两面，杀人就是救人，救人就是杀人。在陈崇正的认知中，现实世界的任何规则和秩序都处于动态转变过程之中，没有任何规则和秩序可以统摄历史发展，包括人工智能也会随着技术的更新迭代而超越以往自我设定的规则和秩序。这种认知思维无疑对现代历史观构成反思，现代历史观提倡的直线不可逆的发展态势，不断前进的趋势、模式和规律，以及由此形成的各种常识、规则和秩序都随时可以改变，人工智能叙事提供了恰切的反思视角和路径。

又如游戏第二关的任务是在《西游记》中"选美人",帮助唐三藏把封印在几千个美人中的孙悟空给选出来,类似于唐伯虎点秋香,找出孙悟空就能解救唐三藏。按照正常逻辑,确认孙悟空是为了解救唐三藏,如果可以保护唐三藏,就不需要找出孙悟空,很多游戏玩家为了护送唐三藏而丧命。因此,游戏闯关的秘诀仍然是反逻辑,"上一关是杀人,其实是救人;这一关选美人,应该是要杀人,我们要去杀唐三藏,这样孙悟空才能被激怒,自然就被选出来了。"① 显然,这是反中心化的逻辑,更明确地说是反人类中心主义的逻辑。"人类中心主义"一词来源于希腊文和拉丁文,是一种以人类为事物中心的思想和学说。强调人类在宇宙中的特殊地位和重要性,认为其他事物和现象都应该以人类需求、价值和利益为核心来解释和评价。人类中心主义在不同领域和文化中有不同的表现形式,包括宗教、哲学、科学和文化。在哲学领域,人类中心主义强调人类的幸福、权利和尊严,认为其他生物和自然界的价值都是以人类的价值为参照。在科学领域,人类中心主义可能表现为将人类视为科学研究的中心对象,其他动植物和自然现象则被视为研究对象。虽然人类中心主义存在争议,人们批评其忽视其他生物和自然界的价值,导致了环境破坏和生物多样性丧失,但人类中心主义从产生之日起,其主导地位就从未被真正撼动。小说叙事者设计"选美人"游戏的逻辑就是去除唐三藏的中心地位,而人工智能的急速发展对人类中心主义构成了足够威胁,人们对人工智能的焦虑和恐惧的根源正在于此。陈崇正通过对既定常识和逻辑的深刻反思来修正现代历史观存在的局限和弊端。陈崇正一方面在现代历史观的视域下肯定人工智能技术存在的合法性,另一方面又质疑现代历史观的合理性,认为任何一种历史观及其形成的常识、认知和逻辑一旦成为人们必须

---

① 陈崇正:《美人城手记》,花城出版社 2023 年,第 175—176 页。

信奉的绝对中心，那么它将时刻面临被解构的危险。也就是说，人工智能在祛除人类中心主义的同时，存在成为另一种中心主义的可能。人们要对此保持警惕，但不是否定人工智能，而是预防人工智能走向极端。

《美人城手记》还设置了游戏的第三关任务：从湖中救起柳如是。但在水中无法施展救人技能，抱住急速下坠的柳如是如同抱住一块重石，因此救柳如是的代价是所有生命一同消失。通过惯常的水中救人方法很难完成任务，因而要另辟蹊径，在柳如是投湖之初就下水救人，但这种方法仍无法阻止柳如是死亡。实际上，小说中的游戏谜底都是反常规逻辑的。这是无法完成的任务，也许是不需要完成的任务。或者说，救柳如是的前提是自己活着，而且救人者不应该是"我"而是柳如是的丈夫钱谦益，因为"那是老钱的美人，我们应该去拉一把，又不应当抢去他救人的机会；救美人的方法是先救自己。"[①] 叙事者在小说中不断讲述这种反逻辑的故事，时刻提醒读者警惕那些习以为常的观念和思想已悄然构筑起的无形的精神牢笼，其禁锢着现实世界以及生活在其中的人类。可见，陈崇正的人工智能叙事既是对未来世界的想象，也是对现实和历史的反思。

三

陈崇正寻找到了文化启蒙这条精神主线并接续了现代进化观这条思想脉络，但这仍不足以保证陈崇正小说的价值和意义，还需要在小说审美上实现一些新的突破。陈崇正对此有着清醒认识："我认为小说会有三个维度上的标高：开合度、完成度、识别度，分别对应故事、人物和风格三个方向。如果一部小说能够在这三个方向上有所建构，甚至只要在某一个方向上做得漂亮，有所突破，取得高

[①] 陈崇正：《美人城手记》，花城出版社 2023 年，第 280 页。

分，都会是好小说。"① 那么陈崇正是如何设置小说故事、塑造人物和构筑风格的？

首先，我们需要回答一个问题：什么是好的小说故事？这一问题很难有确切的、共识性的答案，但可以提供一些关键性评判因素。例如，故事情节应当有足够的张力和悬念，起承转合的结构能够激发读者的阅读欲望；故事角色的动机、情感和成长过程必须是鲜活立体的，并具有极强的共情能力；故事场景应赋有沉浸感，由此读者可以更好地理解故事发生环境和情境；故事主题呈现出强烈的时代感和历史感，能够引发读者的思考和讨论；故事结尾应当是一个令人满意的高潮，能够为前面的情节和人物发展提供合理的解决方案，同时也可以留下一些余韵；故事往往能够反映社会、人性、道德等方面的真实问题，具备深刻的洞察力，等等。陈崇正作为成熟的小说家对此早已熟稔于心，但他有着更大的野心，因此需要另寻他路、再起炉灶。简单来说，陈崇正讲述人工智能的故事依靠的是丰沛想象力。在小说《悬浮术》和《美人城手记》中，叙事者虚构了由梦境和记忆搭建的"美人城"。这是一个全新的世界，拥有自己的地理、规则和文化，但又不是全然独立的世界，而是与现实世界保持联系，在虚幻与现实之间不断位移。机器人战争、记忆提取术、人造子宫、割头手术、脑机接口等科学设想，在小说中变成想象之物，并塑造了一座玄幻之城。这不得不让人感到惊讶，也不禁发出疑问：陈崇正缘何有如此奇幻的想象力？陈崇正在接受访谈时，曾谈及潮汕生活经验对文学创作的影响：

潮汕地区的神、鬼、祖、巫，支撑起陈崇正想象的穹顶，让他认识到这个世界并不只有一种理解，"这个世界不是一块石头，它是

---

① 陈崇正、李昌鹏：《"移动的肖像"及"被省略的人"》，《都市》2022 年 7 月 23 日。

通透的,里面有空气进出,或者说,这个世界不是全由实数组成,里面有乱码和虚数,存在我们没法解释的一部分。"

没法解释的部分恰恰是许多潮汕人的人生坐标。潮汕是侨乡,陈崇正以前参观潮商纪念馆时对里面的一副对联记忆深刻——"三江出海;一纸还乡。"他在刹那间明白对联的含义,"潮汕地区有三条奔流向海的江河,人们顺着江河下南洋打拼,死后尸骨无法回归故乡,也一定要有某种东西引领魂灵回去。人的命运最后都落在纸上,仿佛是一个隐喻。"[1]

可见,陈崇正的想象力很大程度上与故乡生活文化习俗、民间信仰和历史记忆休戚相关。对大多数作家而言,故乡记忆与文学创作之间有一种不言自明的关系,关键是如何把故乡记忆转化为文学故事,是直接呈现故乡的人和事,还是把故乡记忆化为小说故事的文化和思想资源、虽没有直接讲述故乡的故事却处处飘荡着故乡的幽灵?显然,陈崇正属于后者,故乡记忆和生活经验滋养了陈崇正的文学想象力,文学想象力又重构了其故乡记忆和生活经验,因此陈崇正的小说始终存在历史和未来两副面孔,它们相向而立却又同向而行。正如陈崇正所言:

如果要用一个画面来概括我过去十年的写作,在我想象中,大概是夕阳西下,一个立在田野里的智能机器人帮村民修建宗祠。这样的体验其实并不魔幻,这是我身边的现实。就比如此刻,岁末年初,有很多在深圳高科技企业研究无人机的专家,以及开发元宇宙程序的程序员,将会登上开往故乡的高铁,去参加宗族祠堂里的祭祖活动。那里烛光映着祭品,人们无差别地跪拜,并祈求庇佑。我们并不觉得这中间有什么违和之感。所以不要将科幻未来想象为崭

---

[1] 陈崇正:《在新南方开启不确定的创作美学》,《南方人物周刊》2023年第21期。

新靓丽的世界，机器人的铁臂上也允许锈迹斑斑。作为作家，我关注的就是铁臂上的锈迹斑斑，而不是高科技带来的美靥如花和玻璃光泽。①

其次，我们还需回答另外一个问题：什么是好的小说人物？关于如何塑造小说人物，中外文学理论家提出过多种理论，例如"圆形人物""扁平人物""典型环境中的典型人物""多余人"等。这些理论虽有差异，但也形成共识：人物的外在性格只是表象，而内在性格则是更深层次的心理状态、信仰和欲望，一个人物的内外在性格冲突和交互可以产生戏剧性的情节发展；小说人物不仅仅是个体角色，还具有象征性意义，他们代表着某种思想、价值观或主题，这种象征性可以是社会的、文化的，甚至是象征某种抽象概念；人物在小说中往往会经历成长和变化过程，从一个状态转变到另一个状态，从一个信仰、情感或行为模式发展到另一个模式，这种变化丰富了小说的情感和故事性；人物的动机和目标是驱动情节的重要因素，人物为了满足欲望或克服困难而行动，这些行动会引发故事发展，并揭示某种性格和价值观；人物之间的互动和关系是小说中的关键元素，这些关系可以包括友情、爱情、家庭关系、敌对关系等，它们不仅影响人物发展，还为情节增添了戏剧性。面对这些小说人物理论和既定标准，作家既要借鉴又要避免陷入理论圈套，很显然陈崇正已经意识到这一问题，"我对于现实题材，并未背离现实主义的原则。或者说，我并不在乎我遵循的是什么主义，而这就是我看到的全部现实，只不过我在自己所能触及的现实里增加了一些类型文学的技术和装置。"② 从中可以得知，陈崇正对文学理论始终保持一种距离，因为抽象的理论可以为作家提供理论范本，同时也

---

① 陈崇正：《我所理解的新南方写作》，《青年作家》2022 年第 3 期。
② 陈崇正：《过去十年我在写什么》，《中篇小说选刊》2020 年第 6 期。

可以扼杀作家的创作个性，使作家创作走向同质化。《悬浮术》和《美人城手记》中的陈星河、戴有彬、曲灵、关立夏等人物并无特殊之处，甚至可以说是被小说人物理论规训的人物，在人工智能叙事故事中可以经常发现他们的身影，但"锁匠"形象是独一无二的。"所谓锁匠，就是不用钥匙就能打开门的人。他像一个幽灵，在计算机的世界里游荡，也可以理解成他就是电子信息组成的囚徒，但所有的门和锁对他来说都是透明的，他能够在量子层面将所有的密码都拆解掉。"[①] 在中外小说中存在很多"锁匠"形象，例如《红楼梦》中薛宝钗的哥哥薛蟠善于打造玩具和锁具，《巴黎圣母院》中的克洛德·福罗洛对钟楼的各种机制了如指掌，《双城记》中的麦克斯·德菲杰是一个技艺高超的锁匠，被招募去帮助主角打开一扇门。但《悬浮术》和《美人城手记》中"锁匠"不是一个实指人物，而是一种隐喻和象征。在小说中，锁匠是指具有精湛技能和深刻洞察力的人，这与文学作品中的人物所具备的技能和智慧相对应。这些人物可能是破解谜题、解决难题和攻克困境的能手，他们的能力决定了他们在故事中扮演关键角色。更为重要的是，他们可以理解并帮助其他人解开心灵的"锁"。这在小说中常常意味着一个人物能够理解别人的情感和内心，帮助他们面对自己的困惑和挣扎。同时锁匠通常与打开锁、解锁密语等有关，这意味着人物试图寻求自由、逃离束缚，象征着人物内在的潜能和可能性，这些潜能需要被发现和释放。也就是说，在陈崇正的人工智能叙事中"锁匠"是打开现实世界和未来世界真相的人，这无疑是有突破意义的。

再次，我们还需要回答一个问题：什么是好的小说风格？一般意义上，好的小说风格需要清晰而富有表现力的语言、多样的句式和节奏、独特的叙事声音、精练的描写、强烈的共情力、善于使用

[①] 陈崇正：《悬浮术》，作家出版社，2023年，第146页。

隐喻和象征、适合的题材、叙事的节制和平衡等等。陈崇正的小说都具备这些要素，但小说风格并非固定的而是动态调整的，在此意义上，此时对陈崇正的小说风格进行总结是不恰当的，也非他的本意，但我坚信陈崇正在未来一定会为文学史提供经典性的文学风格。这是我的意愿，也是文学的愿景。

原刊《粤港澳大湾区文学评论》2024 年第 3 期

文明叙事、后人文思想与新南方写作的未来向度

唐诗人

一、一个新的文明转型期

探讨岭南地区的文学，多数时候人们会把目光投向这块土地的历史。近代时期，广东开始了"开眼看世界"的历史；现代的广东，作为大革命运动的策源地，这里发生的一切都关联着民族国家的前途命运。进入改革开放后的当代，珠三角城市因为邻近港澳，成为改革开放的前沿地带。可以说，在近代以来中国历史的重要节点，广东都充当着重要的历史角色。人们对岭南地区文学的想象，普遍也会围绕着这些重要历史节点而来。以文学来表现这些历史节点的社会生活，往小处说是家族、个体的历史际遇，往大处说可以视作一类文明叙事，是对历史转型期多种文明碰撞交融过程的文学表现。近现代时期岭南地区的社会生活，最直接最典型地彰显着中西方文明的碰撞与交融。当代广东的改革开放史，不仅仅是珠三角城市的现代化，更有无数的来自省内外农村的人的现代化，这里发生的是当代意义上的城市化、现代化对传统乡土生活的改造，是现代城市文明与传统乡村文明的融合发展。

近现代阶段和改革开放初期的岭南，有着丰富的历史素材和文学拓展空间，可以帮助我们确认岭南、广东文学的重要性及其可能的文学潜力。但如果把目光移至当下和未来，以文明叙事作为大视野来看，粤港澳大湾区的作家其实正处于一个新的历史转型期，他们的创作很可能就是一类全新意义上的文明叙事。粤港澳大湾区的科技化程度走在全国城市前列，甚至是世界前列。高度科技化之后的粤港澳大湾区，它引发的不仅仅是地区经济的发展和社会生活的变化，也意味着文化变革和文明转型。当科技开始主导人的生活，当技术不断引致人性的变化，也就说明新旧文明的冲突开始突显，同时也表示当下的我们正生活在一个全新的历史过渡期和文明转型期。

如果相信当前世界正处于一个新的文明转型期，看到当前时代的人类正处于一种快速的"后人类化"阶段，那粤港澳大湾区的诸多作家瞄向当下和未来的科技/科幻现实主义写作，就不仅仅是中国文学意义上的文明叙事，更是一种人类文明转型层面的文学表达。近些年，粤港澳大湾区出现一批写科幻小说的作家，比如陈楸帆、王威廉、陈崇正、庞贝、王十月、陈继明、黄金明、梁宝星等等，他们的科幻小说与传统意义上的科幻小说大不相同，都有着清晰的现实感，其中很多作品的"科幻"色彩更准确而言是"科技"元素。其中，潮汕出生、此前创作了大量南方乡土文学的作家陈崇正，最近推出长篇小说《悬浮术》《美人城手记》，这两部小说都综合着潮汕地方古老的风俗和湾区城市发达的科技元素，用魔幻的乡土故事演绎着"科幻化"的城市现实，这也是对当前科技化现实的忧思。陈崇正融合科幻的文学实验，有一种清晰的现实观照。"一个作家身处当下的中国，不可能对科技发展所带来的现实转变视而不见。""我的关注点并不在于技术如何发生，而在于技术发生之后我们的生活会如何。"① 陈崇正这种具有科幻感的科技现实叙事,指向当前时代的科技化现实,强调当下性和未来感。这里面的"当下和未来",是可以与近代岭南、新时期广东相提并论的第三个历史转型期,也即人类文明与科技化的后人类文明的碰撞交融期。作家对当前科技化现实的文学审视,也就是一种新的历史转型期的文明叙事。

二、陈崇正的"元宇宙"故事

以文明叙事为视野来理解陈崇正等大湾区作家的科幻写作,可以更清晰地把握"新南方写作"的世界性和未来性。"新南方写作"的"新"是对创新创造的呼唤,是一种文学精神和创作取向,要求处于"南方之南"的作家用全新的目光去审视和书写自己所身处其中的地域文化和时代现实。这个"新目光"投向的,可以是历史、当下、未来。大湾区作家的科幻文学创作,就是把目光投向科技化现实和科幻化未来的全新表达。这些科幻作品立足于"南方之南"的岭南、大湾区城市,因此,"新南方科幻文学"是一类以中国最南端地域文化为基础的面向未来的文学。因为岭南独特的历史和风俗,以及粤港澳大湾区高度科技化的城市现实,新南方科幻文学融合了南中国独特的地域文化,同时又表现和审视着当前世界最典型的科技化生存现实,可以对人类文明与后人类文明的碰撞冲突做最前沿的探索实验和文学想象。"新南方科幻文学"是综合了地方性、世界性以及现实感和未来感的文学。就当前湾区作家的科幻文学成果来看,集中呈现南方地域文化和城市科技化生活、书写后人类文明与人类文明冲突,同时融合表现地方性、世界性和现实感、未来感四方面内涵的代表性文本当数陈崇正最新出版的长篇小说《悬浮术》

---

① 陈崇正:《ChatGPT来了,作家还有护城河吗?》,《文艺报》2023年6月2日3版。

和《美人城手记》。以这两部小说为典型，或许能够透彻理解新南方科幻文学的文化内涵及其文明叙事特征。

《悬浮术》《美人城手记》的故事根据地依旧是陈崇正最熟悉的潮汕乡村和广州、深圳等大湾区城市。这两部小说中的"美人城"是一款网络游戏，其总部位于陈崇正很多乡土题材小说的"根据地"——潮汕地区的碧河镇半步村。"美人城，它矗立在冒着烟的工厂和不冒烟的农民房中间"，"无论北上广深，还是生活在穷乡僻壤"，都知道/会玩"美人城游戏"，但没几个人知道碧河镇、半步村，这就是科技化、互联网时代的城市与乡村。"美人城游戏"总部为何会建立在潮汕的小村落，小说人物揣测了很多原因，但这些原因都不重要，关键是作家做这个叙事安排的同时，也让游戏等科技产品沾染了潮汕地区的风俗色彩。比如美人城游戏的密室挑战，就是建立在半步村之前的香蕉林密室基础之上的。"美人城"的科幻故事有一个乡土故事前传，也就是长篇小说《香蕉林密室》[①] 讲述的陈大同在半步村设计创造的"香蕉林密室"。在《美人城手记》里，作为陈大同侄子的陈星光最后能够破解美人城的密室挑战游戏、帮助人类打退黑化之后的后人类力量的进攻，与他儿时对叔叔陈大同、对香蕉密室林的了解有直接关系。《悬浮术》作为《美人城手记》的姐妹篇，人物和内容都由《美人城手记》延伸而来，其中的美人城也是由半步村美人城总部延伸到大湾区城市的分部。这两部小说虽有主体故事发生在乡村与城市的区别，但总体而言，陈崇正已不刻意区分它们是乡土故事还是城市文学，而是综合乡村风俗与城市科技形成全新的"新南方科幻文学"（而非只有城市经验的"大湾区科幻文学"）。在发达的互联网等科技力量的渗透下，人们的生活都被技术主导，无论是城市还是乡村，都被科技转变成了"元宇宙"。

[①] 陈崇正：《香蕉林密室》，《江南》2020年第2期。

《悬浮术》与《美人城手记》是"元宇宙"故事，在这里网络世界与现实世界已连通无阻，潮汕的巫鬼形象已获得人工智能等网络科技的加持，成为统治网络世界和现实世界的幽灵/神灵；乡村或城市的普通人也都成了这个由科技主导的元宇宙世界的奴仆，他们的生活被科技支配，生命被美人城这样的互联网、人工智能大厂操控。借助科技化的生活与科幻文学的笔法，陈崇正将地方故事转型为元宇宙故事，《悬浮术》《美人城手记》也就实现了地方性到世界性的过渡。这两部小说携带了潮汕、大湾区的地域色彩，但真正要表现的是当前世界的科技现实和文明危机。

对于《悬浮术》的科技现实主义特征，可以从小说的"科幻内容日常化"以及"日常生活科幻化"两个维度来理解。《悬浮术》大部分内容讲述的是当下的都市生活，作家只是将一些带有科幻色彩的文学想象填充到日常生活叙述当中。这种叙事处理，既是艺术技巧，更意味着一个基本的现实背景：人工智能技术、机器人已无处不在，它们已经内化进入了我们的日常生活。对于一种已经日常生活化的科技现实的叙述，当然也就感觉不到多少科幻感。尤其作家还将一些近年发生的诡异新闻事件融入情节，像 MH666 航班的神秘消失，以及网络上一些特别惊人的社会新闻，这些都强化着《悬浮术》的现实感。即便有一些科幻色彩突出的情节，也容易被理解成一类自古以来就存在的、随时可能发生在我们身边的诡异事件。

科幻叙事日常生活化的同时，《悬浮术》也将"日常生活科幻化"。《悬浮术》的根基是科幻，是作家对当前或未来科技可能带来的一种生存状况的想象。小说中所有看似很平常的现象，像戴有彬的写作能力、钟秋婷的直播等等今天看起来很平常的职业或者说生活，都已经是被科技力量支配着的存在。被作家的想象力"科幻化"之后的日常生活成了当代人的生存基础，也就有了一种小说标题"悬浮术"的感觉。今天我们的生活已被科技支撑、被技术主导，我们生活在"科幻世界",我们就像悬浮在空中。《悬浮术》之所以能被唤作科幻小说,正是源于作家抓到了这个让人类悬浮的"科幻基点"。世界被技术主导,生活悬浮在科技之上,人类的命运在不知觉间已被技术架空,成了一种悬浮性存在。那谁掌握着这些技术呢?《悬浮术》《美人城手记》要揭示和审视的即是那些架空人类生活的力量主体。这些主体包括人类和"后人类",比如《悬浮术》里的科技公司、技术大神,也包括后人类意义上的人工智能化的巫师、机器人,以及《美人城手记》里掌握游戏公司、有了机械化身躯可以永生不死的祖先生、破爷等等。对这些掌握技术的人类、后人类力量主导人类命运的批判性审视,既不同于多数小说针对个别技术可能带来的人性异变和伦理危机的反思,也不同于传统科幻小说抽空现实的未来狂想,陈崇正是把科技伦理提升到了文明危机维度,《悬浮术》《美人城手记》是以当下现实为基础的、整体性的文明忧思,是直接表现人类文明与后人类文明冲突碰撞的新一轮历史转型期的文明叙事。

三、游戏叙事与文明战争

"科幻内容日常化"和"日常生活科幻化"都是科技现实在进行反思和批判,从文明叙事维度来考察的话,《悬浮术》《美人城手记》还有着更宏大的思想启示。目前而言,传统纯文学写作者借鉴科幻文学,主要就是在日常生活叙事中融入一些科技产品,通过科技展开想象和获得科幻感,一般不会上升到人类文明和后人类文明的冲突战争层面。但陈崇正借用了当前流行的游戏叙事,融入了传统科幻小说最刺激、类型化特征最突出的"文明战争"结构。融入"战争"之后,《悬浮术》《美人城手记》就超出了日常生活叙事维度的科技现实书写,而是以游戏攻关的笔法实践着文明叙事意义上的科幻写作。

在游戏叙事和文明战争书写方面,《美人城手记》最为典型,这是直接写人类与后人类文明博弈战争的作品。小说中美人城游戏公司一直在开发人工智能,不断升级人工智能产品,提升人脑与智能躯体的匹配度。"直到美人城解决了人脑与智能躯体完美匹配连接的难题,同时也将人类世界划分成三个群体:纯人类、机器人和后人类。后人类的身体一般是由封装在安乐桶中的人类大脑以及与之匹配的智能躯体构成,在机器人战争结束以后,后人类的智能躯体外观也产生了巨大的变化,出现了很多拟物的身体。只要安装在肚子里的安乐桶没有损坏,他们就可以随时更换智能躯体。"① 小说所处理的文明博弈,也就是纯人类、机器人和后人类三类文明的斗争。其中有很直接的来自纯人类配合后人类与机器人的"明火"战争,也就是陈星光、关立夏、陈大同等人类,联合成为后人类的祖先生及其美人城力量,与已经黑化的人工智能系统石敢当及其控制的"穿心子弹"之间的战争。"石敢当"的前身是"姜太公",一个网络赌博系统。美人城集团的祖先生从陈星河手上获得这个程序的源代码后,将程序内部隐藏的代码激活,于是程序获得了自主学习能力。被激活的"姜太公"升级成为不受约束的"石敢当"。"石敢当"通过算法学习了人类的阴暗心理。有了自主意识的"石敢当"将半步村的"黑姜"改造成反重力的"穿心子弹"攻击人类和后人类。人类、后人类面对网络机器人的子弹攻击,吃尽苦头,最终作为人类的陈星光和关立夏合作打开密钥,赢得了美人城密室的挑战,同时也就是关闭、击溃了"石敢当"程序,机器人的威胁就此解除。

陈星光、关立夏为何能够破解密室、赢得战争?小说用陈星空的话做了解释:"美人城世界的密室挑战的所有设计,其实都是违反逻辑而又符合人性的。每一个关卡都遵循人类最基本的情感和价值,

---

① 陈崇正:《美人城手记》,花城出版社,2023年,第124页。

所以这应该是一道抵御机器人用逻辑算法暴力破解的防火墙,需要各种贴近人心和人性的考验和测试,才能进入最后的密码端口。"①不按现代社会流行的理性逻辑,以人之为人的最内在最真实的情感来思考和选择,就像第三关"救美人",答案不在于推理计算出如何才能在救下急速下沉的柳如是的同时保证救人者(玩家)的生命数据,而是要遵从自己的内心情感,去救下自己的搭档、同时也是情人的关立夏的"生命"。这是作家的浪漫笔法,它清楚说明,人类要赢得与机器人的战争,必须遵从自己的内心,要珍视人之为人的情感和精神。

除开人类联合后人类与黑化的机器人之间直接的战争冲突,《美人城手记》也写人类与后人类之间的博弈。《美人城手记》里的陈大同是一个拒绝现代科技、反对美人城的"疯子"形象。在《香蕉密室林》里,陈大同因为"杀"了自己的疯儿子而发疯,发疯后的陈大同开始排斥村外的现代事物,比如曾扬言炸掉碧河大桥,阻断外界事物进入半步村。到《美人城手记》时,陈大同扬言炸掉的是已经成为游戏总部的美人城:"没错,就是应该把美人城炸掉,你看看你老爹、他爷爷、我大哥,头被割下来放在美人城里面。你想想,这人头泡在水里,我们就假设人头还活着,插着各种管,连着各种线,眼睛看不见,耳朵听不见,鼻子闻不到,如果脑袋睡得着那还好,等于是个植物人;万一脑袋是清醒的,那简直就是受刑变成'人彘'嘛!'人彘'你知道吗?"② 陈大同当然不是一个简单的疯子,而是作家设置的一个不现代、非理性的形象,只有以这个非理性的人物的目光,才能表达出美人城等后人类科技的"非人性"一面。

陈大同之外,陈星光是一个逐渐"陈大同"化的形象。在《香

---

① 陈崇正:《美人城手记》,花城出版社,2023 年,第 288—289 页。
② 陈崇正:《美人城手记》,花城出版社,2023 年,第 103—104 页。

蕉林密室》里,陈星光作为叙述人,是一个有文学天赋的诗人,他对半步村、对生活中很多事情抱有一种不信任感,是一个有情的、忧郁的青年形象。在《美人城手记》里,陈星光作为主要的叙述人,是一个怀旧的智者形象,他带着恋爱对象关立夏成功破解了美人城的密室挑战游戏,帮助人类、后人类战胜了"石敢当"的机器人军团。陈星光能够通过美人城的密室挑战,正是源于他诗人以及有情的人这两重身份。陈星光破解的三大关,第一关"杀美人"其实是"救人",第二关是"选美人",答案却是"杀人",这两个问题需要的是非理性的、不按逻辑出牌的逆向思维;第三关是"救美人",破题方式是救下自己的恋人,这是考验游戏玩家是否还相信爱情、还保有人之为人的真情;最后的"八卦室",终极密码来自诗歌《春江花月夜》,这首诗对于陈星光而言,既说明他作为诗人的文学思维,也说明他对父亲陈太康留下来的旧物尚有记忆。美人城老板祖先生曾经在半步村当知青,离开时留给陈太康一笔记本,眷录了《春江花月夜》。陈星光能破解最后的八卦室密码,关闭"石敢当"程序,就是靠他的文学素养和亲情记忆。用诗歌和真情可以破解后人类、击退机器人,这自然也是作家的一种浪漫笔法。

《悬浮术》讲述的"机器人战争",也有人类与后人类合作击败机器人的战争情节,比如植入了"虚体鹦鹉螺"的"后人类"戴友彬对人类钟秋婷的爱和保护,成为智能汽车系统之后的钟秋婷的母亲、戴友彬的父亲在机器人战争中帮助钟秋婷逃离并获得"悬浮石",还有美人城集团总设计师陈星河对戴友彬的"爱",这些人类、后人类能"合作"是因为他们都还有"人"的情感,是最古老的爱情和亲情将这些人物联结起来的。但真正帮助人类、后人类赢得机器人战争的力量,来自作家想象的固体人以及造物主/预言家形象曲黛灵。在《悬浮术》里,陈崇正设想人类生活被科技力量支配,这个科技力量,既有人类、后人类文明意义上的人与科技的博弈,同时还想象了一个异文明,也就是固体人文明,这是借陈星河的想象呈现出来的:"另一个维度的世界,在完全的固体之中……我们姑且称之为固体维度,他们在固体维度之中建立了辉煌的文明。"[①] 人类的人工智能技术/机器人获得了自主意识之后,实现了与"石头"/固体人文明的直接对话。但按作家的想象,固体人文明、人类文明之外,还有一个混沌世界,固体人文明是连接人类世界与混沌世界的"中间物"。有序世界之人类文明,混沌世界之地狱,连接二者的固体人文明,显然,这一文明结构借鉴了刘慈欣的《三体》架构。在小说中,固体人替造物主采集生命故事,搜集人类的生命体验。人类创造的人工智能过于发达,影响了人类生产故事,甚至出现机器人与人类的战争时,固体人出来制止,用他们的"时空剪辑技术"帮助人类化解了这些危机。

《悬浮术》的固体人文明帮助人类赢得与机器人的战争,源于小说想象的造物主对人类文明的预设,人类文明就是讲故事的文明,人类存在的意义就是为造物主提供"生命体验"和"人生故事"。这似乎很荒诞,但由此也表达出了作家想要表达的一些观念:人类文明的根本价值就是不断地生成故事;作家是人类文明中核心的一群人,没有他们,人类的价值就没法表达。这当然也是一种文学家的浪漫想象。综合《美人城手记》游戏叙事中的浪漫笔法,可以发现陈崇正科幻写作的思想基点,是肯定人类文明中最古老最纯粹的情感与生活,包括肯定表现和承载人类情感与生命体验的文学。他要在这个一切都被数字化、数据化的时代,确认那些不能被计算的、无法数据化的人生体验的文明价值,同时也要在这个已经被技术逻辑统治的世界为文学这种讲述生命故事、表现非理性情感的事业确认价值。

[①] 陈崇正:《悬浮术》,作家出版社,2023年,第62页。

四、后人文思想与新南方写作的未来向度

如果只看到《悬浮术》《美人城手记》作为科幻故事层面的战争情节，像玩游戏一样只注重是否冲关、结果如何，可能就低估了这两部"纯文学科幻"小说的创造性意义。《悬浮术》《美人城手记》的结局不是简单的战争胜败问题，而是一个关于未来可能性的预想，这里面可以看到作家对当前时代科技现实以及人类文明未来趋向的思考。

在《美人城手记》里，陈星光、关立夏最后破解了八卦室的终极密码，关停了"石敢当"。从文明战争维度来看，是人类/后人类战胜了获得自主意识的机器人。但这里面拯救人类文明的英雄人物，包括一直拒绝现代科技、作为"木马营"头领的陈达瓦，最后都选择了成为"后人类"。面对是否选择成为后人类时，陈达瓦有犹豫："在我身体里，已经有两个我在生成。一个我说，你已经尽力了，保留这具肉体，留在轮椅上，保留作为一个人类的尊严，拒绝机器。另一个我说，你应该成为后人类，拥抱机器，用机器打败机器，让机器帮助人类。"[1] 最后还是那个希望活着、成为后人类的"我"占了上风，并继续以后人类身份率领木马营战斗，但他关于人类/后人类的观念也逐渐发生大变化。"我慢慢理解了机器人的内在逻辑，甚至有时候我会想，也许由机器人来统治这个世界，会比人类更为优秀。从某个角度来考量，人类不过是地球之癌而已。"[2] 从憎恶美人城、后人类的人类英雄转变成为"憎恨"人类的"后人类"，这个大转变，除开表达人类的狡猾与人性的复杂，也说明人类走向后人类并不会有什么大的人性变革，人之为人的那些非理性的情感与非逻

---

[1] 陈崇正：《美人城手记》，花城出版社，2023年，第337页。
[2] 陈崇正：《美人城手记》，花城出版社，2023年，第338—339页。

辑的想法，并不会因过渡为后人类就完成洗练、获得纯化。而且，作为后人类的陈达瓦与后来也成了后人类的关立秋相爱了，"代际的伦理已经完全消失"。转型为"后人类"的"人类"，是更纯良更美好还是更邪恶更龌龊呢？人类文明过渡为后人类文明，是倒退还是进步？似乎都是些无法保证的事情。这类有"反人类"嫌疑的后人类思绪，引导我们反思人类文明中暗黑一面的同时，也表现小说的"人类"观已向后人类、机器人等新的生命主体敞开。人类、后人类、机器人，这三类形象，并不能简单地作善恶对应。如果能想象一种理想的未来，当然是希望这三类主体能和谐共存，不过陈崇正没有给出这类廉价的大团圆鸡汤，而是把结果抛给了神秘的"可能性"："伤痕累累的人类世界获得了拯救。然而，不记得谁说过，世界的真相可能不止一个，并没有人知道我们是如何胜利的。"[1] 包括在《悬浮术》里，人类所谓的最终胜利，也是一种"自我欺骗"，是把一切不可理解的事情都纳入神秘事件，归入巫术和神话，然后迅速忘却。

《悬浮术》《美人城手记》对于人类、后人类、机器人等诸多类型生命主体或文明形态的处理方式，可以为当下的"新南方写作"提供一些思想启示。这两部小说是站在未来审视当前的科技现实，这个"未来"也是敞开的，并不会像传统的人类中心主义的写作那样刻意把后人类、机器人邪恶化，反而是通过想象新的生命和文明来折射、反思人类文明的问题积弊。当前关于"新南方写作"的讨论，多数时候也是一种可能性召唤，这里面的可能性很多时候是"南方之南"文学面目的多样性，以及新南方地区作家创作的未来可能性。陈崇正的科幻小说，在文学面目和未来可能性之外，也提供了思想维度的"可能性"拓展，也就是以岭南、以大湾区的历史传

---

[1] 陈崇正：《美人城手记》，花城出版社，2023年，第348页。

统和科技现实作为经验基础，可以为未来的世界想象一种人类文明与后人类文明、机器人文明等等异质性文明竞争博弈或共处共生的景象。更准确而言，"新南方写作"立足于有着多元文化共存历史基础和文化环境的粤港澳大湾区等南方之南地域，在叙述当前这个新的历史转型期的文明故事时，对于新的生命形态和异质性文明，更容易呈开放和接纳姿态。对于后人类、机器人文明的开放与接纳意味着"新南方写作"拥有一种"后人文主义"意义上的思想潜质。

与"后人类"（posthuman）一样，"后人文主义"（posthumanism）也是近些年伴随着人工智能技术、科幻文学的发展而逐渐兴盛的概念。"后人类"专指"赛博克"意义上的、被技术化的"人类"，而"后人文主义"是后现代大家族的一类思想，是尝试对"人"的概念以及对"人类文明"进行重新理解、重新定位的思想。"后人文主义"与传统"人文主义"最大的不同，就是向现代以来将"人"论述为绝对中心的相关观念发起挑战，让"人"走出文明中心的幻觉，这必然是一种后现代的、去中心的思想话语。陈崇正以科幻文学拓展"新南方写作"的主题类型，其意义不仅仅是立足于新南方地域来写科幻小说，而是以大湾区、潮汕等"南方之南"地域文化为经验基础的科幻写作可以拓展我们关于"人"自身以及人类文明未来可能性的新理解、新想象。

"后人文主义"内涵丰富，它不仅仅是科幻文学对后人类的接纳，还有对动物、对他者、对自然、对物质等不同于传统人文主义理念意义上的生命主体和文明形态的包容与尊重。目前而言，除开陈崇正、王威廉、梁宝星等人的科幻小说呈现这种思想特质，还有黄锦树、邓观杰等东南亚作家的汉语写作，他们面对的是汉语的危机和汉语文化的失落，黄锦树小说中的后现代笔法、黎紫书《流俗地》讲述"暗处"人群的生活，正是以边缘位置探求一个能尊重多元文化、包容他者生活传统的世界。还有林棹《潮汐图》、程皎旸

《危险动物》等,以动物视角看东西方文明,以动物意象表现城市生活的魔幻,都不同程度地表达了一种"去人类中心"思想。"新南方写作"有很多题材类型,如果从风格特征层面无法作出清晰的界定,或许在思想特质上可以对接为"后人文主义"。"新南方写作"不是"在南方写作",而是有意识地将南方作为一种思想语境,通过文学的方式寻求一系列文化、审美和思想的例外性。"新南方写作"强调"新"是要与以往的写作不同,强调"南方"是要与北方的、与江南的南方文学不同,强调"写作"是要突出一种面向未来的、行动中的创造。这些"不同"可以表现为题材内容和审美风格,但根本而言必须转化为"思想的不同"。"后人文主义"是世界性的理论热潮,是指向未来的思想探讨,这应该成为"新南方写作"的题中之意,新南方作家要"站在"未来与当下对话。

"站在"未来进行写作并不容易,这要求作家具备足够宽广的历史视野和世界视域,要能够对人类文明发展方向作出预判和想象。陈崇正等大湾区作家的科幻写作转向,不能简单地归为跟在刘慈欣《三体》后面的"科幻热"产物,更关键的基源还是大湾区的生活现实,是大湾区青年作家对于当下科技化生活的敏锐思考引发的写作转型。粤港澳大湾区的历史和当下现实,是湾区作家科幻想象的经验基础。陈崇正等人的科幻作品所提供的精神立场和未来想象,及其所表现出来的"后人文主义"思想,都在说明人类文明已经进入了一个新的转型期。在这个新的文明入口,人类该何去何从?科技会如何影响人类的选择?以未来为想象基点,重述历史,直面现实,讲述新的历史转型期生命可能性的新南方科幻写作,正在自觉地参与并塑造着人类文明的现在和未来。

原刊《当代作家评论》2023 年第 6 期

梦境、时间与绝望：陈崇正诗集《时光积木》中的三重要素

卢桢

翻开陈崇正新出版的诗集《时光积木》，里面收录了他二十年来的百余首作品。与很多诗人不同，陈崇正没有刻意为文本标注写作时间或是地点，作品也并未完全按照时间顺序排列。或许，此般安排正是《时光积木》这一书名的旨中之义。

诗集的开篇，便是这首《时光积木》。记忆如同一块块垒上去的积木，按照"方形的命运一节压着另一节"的方式叠合，指涉着关于成长和痛感的种种话题。日常生活的速度感裹挟着人类的记忆，使之被压缩成规整的形状，最为原初的、鲜活的生命原力体验则居于积木的底层，正所谓"柔情来自谷底，来自渺无人烟的空旷"。在诗人看来，整饬的时光积木隐喻了人类不断被削减、被规范化的生命历程和成长轨迹，它牢不可摧，难以撼动。除了死亡，如果要找一种方法去颠覆积木、重组记忆，让留存灵魂温度的时光信息不再蒙尘，便只有依靠写作本身。

对陈崇正来说，诗歌就是重新唤醒记忆的一剂良方，他秉持强势回归内心的写作向度，多调动自然景物或是生活即景作为兴发对象，以"内敛"化的情思敲击着内心的隐秘经验。凭借简净的字词

与平和的笔调，诗人将诸多澄澈的意象云集诗行，静态意象和事态化意象杂糅共生，有效推动了精神主体的内在建构，使得抒情者的温情与痛感缓缓流出。例如，每到清明时节，他都会如仪式般地写下诗篇。像"用骨头掩埋苦难的人/终于被泥土掩埋/他的尸骨坐落在大山深处/清明，我已认不得进山的路"（《清明：那个掩埋苦难的人》），这是诗人对祖父的怀念，其间也浸润着中年人的厚重悲伤。作家意识到记忆的轮廓早就难以勾勒，生命整体感的缺失将写作者引入了难以疏解的苦境。

身处消费时代，诗人意识到城市文明本身也是一个城堡，"在城堡的影子覆盖之处/那些无可名状的悲苦都在低翔"（《足够》）。商业文化日益膨胀，将人们的幸福感固化为确定的物质指标，诗人却敏锐地窥见其中的悖论："除了人世间竞争的规则/我们没有明白更多的道理/更未弄清幸福的根由/一直到死"（《你我活在卑微的人世》）。城市的"物质感"不断侵袭着人们的思想，为了摆脱它的操控，叩问存在的意义，诗人梳理并重建了内心的经验逻辑和感觉系统。他偏好拟现超现实的梦幻空间，与单向度的人类生活形成对峙。正如"新南方写作"的实践者对地方经验的依恋，陈崇正使乡情与梦境遇合，期待"在梦里重铸一个故乡"（《异乡梦》）。梦境因乡情而生，也由乡情而破，抒情者经常会被故乡河流里的浪花声惊醒，也"习惯深夜醒来/和这片灵性的土地对话"（《八月，在松山湖》）。他渴望着做一个归家的孩子，即使难以返回精神原乡，也期待"另一个我在故乡被唤醒/他坐直了身子，揉揉眼睛/凝视着不变的河水"（《那些年的优雅》）。可以说，梦境中的故土存在于"时光积木"中最为底层且隐秘的部位，它的悄然降临，为城市怀乡者保留了找回完整魂魄的机会。

对比小说创作，和地理风土相关的南方要素并未成为陈崇正诗歌写作的主要素材。更多情况下，微小的事件、场景以及感觉化的细节，与梦幻化的诗维运思方式化生，构成了诗人延长思维的触须。如《明日隔山岳》中，诗人反复想起一个"无休止降落的梦"，抒情者坠入深井，在幽暗中飞驰，这一简单的事态场景精准定格了灵魂运行的状态，缓慢揭开了一幅繁复的精神图景。梦幻的思维方式，将现实与超现实的想象置于同一空间，并通过"也许""如果""假如"等构建假设关系的发语词使自我与记忆重新相逢。如"假如我在迷谷遭遇不测"（《假如我在迷谷遭遇不测》）、"假如我一直都在路上"（《忘记》）、"时地人事都可以假设"（《七月行走》）等等。通过对虚拟的"梦境"或"幻景"的拟现，诗人以梦幻的智性思维和诗性结构主动进入反时间理性的世界，从而拓展了文本内在的精神纵深感。

值得注意的是，陈崇正的诗歌里充满了关于"时间"的隐喻，甚至在他的梦境时空中，"时间"都充当了决定性的要素。作为带有明显象征意味的喻体，"时间"缝合连缀了诗人的记忆碎片，另一方面，它又赋予这些碎片非常规拼合、组接的机会，于变形化的时空中为意义的再生预留了可能。透过时间的缝隙，诗人寻觅到此在肉身与记忆中的"自我"之间那种妙不可言的联系。他习惯于设立一个超现实的未来语境，利用抽象的哲思揣测思维延展的方向。与艾略特在《四个四重奏》中对时间要素的认知一致，在陈崇正的视域里，"时间的机器坏了，走走停停，世人浑然不觉"（《清宫怨》）。它导致的后果便是"那些死去的人，活在未来"（《异乡梦》），而诗人自身的时间观是希冀透过时间的魔术，谋求精神的回溯之道。如果时光停住，他"就可以沿着来时的路／一个人静静走回去"，甚至"回到温暖的子宫"（《时光停住》）。如果时间可以行走，那也"应该逆着河流均匀往回走"（《祖先的眼神》）。由此可见，诗人已经意识到世俗时间对生命创造力的消磨，一代又一代人不断地在此岸重复着彼岸的错误，无法逃出经验的循环，也不足以掌握命运，因而与追求永恒无缘。借助梦境中重塑的时间观，诗人道出了凡人在时间面前的无力感，也通过对已知记忆中吉光片羽的点化之力，彻底回到了自己的内心。他在专属其身的物我联络体验中，尽力彰显着独立思想者的存在意识。

一部《时光积木》，恰适地呈现出建构在个体心灵之上的"时间"之诸多可能，变形化的时间赋予诗人更多的自由，也让孤独者的思想变得可感可观。某些时候，陈崇正还会把诗境引入极端化的想象场域。超验的感觉搭配纯净的语言，主体的怀疑感和荒诞感交织其中。他频繁调用"深夜""死亡""荒野"等意象，叙写灵魂的动荡、情绪的波动以及意识的惊跳。时间、经验乃至命运变幻与转化的玄妙，均在夜晚的空间内和丰富的细节间得到合理的安置与释放。在技术文明与商业文化混融的时代，很多人陷入了虚妄的自我膨胀，难以自拔，唯有真正的暗夜才能让人重新读懂生命的卑微，理解诗和满天星辰。这是诗人对于幽微自我的深邃理解，也助力他锻造出了"光编织在水里"（《碧河吟》）、"光秃秃的记忆已停满乌鸦"（《有什么挂在横梁上》）、"世界建在树杈上／人与人被空气分开"（《石头正在裂开》）、"记忆握在手里如烈日下的冰块"（《纯洁》）这类闪光的句子。诸多意象宛如蒙太奇般组合串联，语义节奏感极强。虽然诗意难以尽然破解，却也能使人感受到破坏性与创造性并存的精神力量。

陈崇正的诗是否定之诗，他的诗句里遍布着绝望。诗人写下："人类的绝望是一排竹子，终日与风为偶"（《与风为偶》）。抒情者悟读出存在的卑微感，认定"没有谁会仔细辨认一只蚂蚁／走过的痕迹"（《卑微幻想曲》），只能选择"带着命运的谎言，孤独地走完一生"（《眨眼睛》）。不过，极端之境也是纯粹之境，绝望勾连着虚妄，却也蕴含了反抗绝望的生机。诗人相信，只有需要保持世俗状态的人才会"对所有的绝望都保持克制"（《神秘情感》），因为绝望会打破日常生活的情感习惯，使人们遭遇痛感的侵袭。然而，诗人的使命便是由微小的痛感经验中显扬缪斯的想象力，唯有痛感才是真实的生命体认，它可以印证自我的存在，进而实现人类的自我救赎。"真正的幸福不是忍住泪水/而是把食指放到上下齿之间/狠命一咬，令它疼痛。"（《回忆过往美好时光》）疼痛以极端的方式唤醒了人们对存在的感知，绝望则是每一个生命体独特的精神印记。脆弱与生机并存，形成悖论式的张力，使诗人感受到自己"需要一种悲愤的力量/让生命颤动/让生活凄凉"（《寻找悲剧》），亦使他真切地"热爱那真实又赤裸裸的悲伤"（《日子以东的遗老》）。凭借对孤独、痛感、绝望的独到理解，那些常被解读为负向的精神要素有如闪电劈落一般，成为涤荡精神、塑造自我的强大力量。由此，诗人爱上了自我的孤独，并向世界宣告"我的孤独无药可治"（《我亲爱的孤独》）。

通览整部诗集，陈崇正一直在为自我的精神形象寻找合适的象征物。最后，我们发现，也许默默无声的"石头"，才是其灵魂的理想化身。他说自己像一块"固执的石头"（《石头》），一块"颤抖的石头"（《雨中的第三只手》），在梦境的时间里不断下沉，要"写出像石头一样质朴的诗"（《什么时候能》）。诗人往往会在自己的句子里植入诗观，或许，这"石头一样质朴的诗"，正包孕了他对理想之诗的全部理解。

原刊《星星·诗歌理论》2023 年第 10 期

写作就是回家：评陈崇正的《归潮》

谢有顺

陈崇正是广东最有才华、最勤奋的青年作家之一，他有很好的讲故事的能力，又能在现实、科技与想象力的混合中完成一种故事的精神，他的作品所形成的影响，拓展了大家对岭南文学的想象。科幻、玄幻、机器人、虚拟人、折叠术、分身术，这些陈崇正小说的核心元素，更像是人工智能时代里真正的想象力狂欢所留下的印痕。

《归潮》风格大变。这种现实主义的写法，以及处理历史与地方文化的方式，并非陈崇正近年的写作主流，但细心的读者还是能体认出这是陈崇正的小说，毕竟他之前写过不少现实感很强的小说，而且《归潮》里也藏了很多与陈崇正的出生、成长相关的细节。这让我想起前段读的《托尔金传》，里面有一段话说："不存在两个托尔金，一个是学者一个是作家，他们是同一个人。这两个侧面有所重叠，所以彼此难辨。又或者根本没有两个侧面，只是同一头脑、同一想象力的不同表达。"我也认为，不存在两个陈崇正，把《归潮》和陈崇正写元宇宙年代的那些小说合起来看，更能认识一个完整的陈崇正，它也是"同一想象力的不同表达"。

林森在一篇文章中说，《归潮》呈现出了四种"回归"，指出这是陈崇正对写作初心的回归，是他从想象性书写向现实主义书写的回归，也是他对个人文化记忆和南方文化遗存的回归等等，概括得很全面，林森认为《归潮》在陈崇正的个人创作中是一部标志性作品。我同意他的看法，并进一步认为，《归潮》为陈崇正创造了一个重新面对故土、面对自我、面对历史和现实的重要时刻。

几乎每一个优秀的作家，骨子里都会有为故土写一部作品的冲动和梦想。《归潮》或许就是这样的作品。我相信，写《归潮》时的陈崇正是庄重的、投入的，而且是充满眷念之情的，这不仅是因为他小说中写了很多潮戏、木雕、鱼生、单枞、祠堂、书楼、英歌舞及潮州方言等故乡的元素，而是他通过写重获了一束打量故乡的眼光。他未必有为故乡立传的雄心，但写出一个地方的灵魂与情义，确实是《归潮》的主旨。有些生活段落充满感情，有些人物遭际令人伤怀，可见作者在这个题材上用情至深。记得英国小说家、批评家詹姆斯·伍德曾说："写作和人生都没有捷径，都不靠聪明，而是靠深情。"确实，没有"深情"，作家根本写不出能打动人心的作品。我很看重《归潮》这部作品对故土的"深情"，陈崇正爱他笔下的人物，爱这块土地，也感念这块土地上发生的一切，所以，文字上也显出了诚恳、朴素且带着近乡情怯式的小心翼翼的风格，连小说里的人物，普遍都是善良而带暖意的，女性的代表林阿娥尤具人性的光彩。整部小说很少有用强用狠、阴暗龌龊的场景，陈崇正是想据此写出一个有情有义的潮州，他也是在以小说的方式向他热爱的这片故土致意。

同时，这也是陈崇正一次很好的自我检索的机会。《归潮》写了梅花村的陈洪礼和林厝围的林汉先这两个年轻人"过番"的故事，也写了两个家族百年来的风云变幻，林阿娥的回家、林家兄弟的牺牲，以及几代潮人的归潮故事，跨越百年，核心词是家国情怀，但这段历史的梳理，也让陈崇正有了一次真正的自我凝视。他通过一次写作，既重温了潮州人的这份情怀是如何形成又是如何迸发出惊人力量的，也检视了自己身上有哪些潮州人的精神积淀，它又将如何延展到当代生活之中。

这可能是一个作家真正走向成熟的标志，即开始懂得如何在历史中重新认识现实、认识自我。雅斯贝尔斯有一句话说得很好，他说："对于我们的自我认识来说，没有任何现实比历史更为重要了。"《归潮》所呈现出的历史感，首先得力于陈崇正对潮州人百年归潮史的调查、研究和共情，包括很多文化人如何参与这段历史，陈崇正也有资料查证和叙事设计，这些为小说实感的获得打下了坚实的基础。其次，陈崇正并没有只满足于挖掘历史记忆，而是有意让历史通向现实，并让现实中的人在一种文化传承中产生文化认同，这种自觉的历史意识的建构，也是《归潮》不同于陈崇正其他小说的意义之所在。艾略特在《传统与个人才能》一文中说，历史意识能使一个作家最敏锐地意识到自己在时间中的地位，以及自己和当代的关系。写作《归潮》的陈崇正，也由此省思了自己与历史、与当代的关系。

正是历史意识与当代意识的叠加，共同构成了《归潮》的写作要旨，里面那些闪闪发光的生活、风格独特的细节，是一种文化记忆的还原，也是一种日常精神的传承，藏在小说下面的那道潜流，是一个地方生生不息、永不言败的生命意志。这部小说不仅写了陈崇正所生活、所记忆、所理解的那个世界，还展现了作家所崇敬的人生、所寄托的情义。我觉得，潮州人民要感谢陈崇正，陈崇正也要感谢他曾深深受惠的那片土地。当一个作家找到了值得自己长久深情注视的地方时，写作就意味着回家。

原刊《人民日报》2025 年 1 月 21 日 20 版

书写"无根"和"有根"的南方：关于陈崇正的小说写作

杨庆祥

1

出生于 1980 年代的写作者，在当代文学的批评话语中常常被归于"80 后"这一大的社会群体。在很长一段时间内，批评界对"80 后"的指认往往会强调其整体性，内涵大概是成长于改革开放时期，拥有区别于前辈的自我意识和世界视野，同时与资本市场"暗通款曲"。这一指认很大程度上是 1990 年代以来的全球化乐观形象带来的意识幻觉，它当然指出了部分的事实，但是随着越来越多的"80 后"进入历史的现场，我们发现，"80 后"这一代际中的差异性越来越大，他们固然分享了共同的物理时空，但是因为出身、教育程度、甚至是运气的不一样，他们对世界的理解呈现出多元的视角，落实到文学上，也出现了千姿百态的写作状貌。对一个作家来说，如何在整体性的历史规定中发现自己的独特之处，决定了他的写作之路能否走深走远。

作家陈崇正既是"80 后"中的早慧者，也是"80 后"中的晚熟者。早慧是说他很早就与文学建立了某种亲密关系，虽然这种关系可能仅仅出于一种"自我抒发"的需要。他从写诗开始其写作之路证明了这一点，对于很多写作者来说，早期以诗歌的形式来表达情感是一个基本的模式。晚熟是指，在从诗歌写作走向小说写作的过程中，陈崇正不停地在寻找合适的题材、方法和表达方式，这种尝试是如此之多，"从文学题材来看，他的写作极为芜杂，各种题材交相辉映，比如《半步村叙事》《香蕉林密室》等讲述的是乡村故事；而《视若无睹》《我有青鸟，不翼而飞》则涉及城市题材，再比如《病刀》《梅花黑手镯》等居然包含着武侠小说的元素。"以至于批评家难免担心"其间也因叙事的芜杂和主题的涣散，而呈现出诸多不足之处"①。在我看来，这种寻找的过程是一个不断自我调整、自我发现的过程，即使耗时良多，甚至有些作品可能都无法公布于众——我相信一个好作家一定有大量的残稿废稿——但这对一个作家的养成无比重要，正是在这样的"学习"和"养成"中，作家陈崇正从文学青年、论坛写手"傻正""且东"的旧我中破茧而出，新生为一个具有自我面目且个性鲜明的作家。

2

经历过较为漫长的"学习时代"的陈崇正开始确定自己写作的根据地。与很多前辈经典作家一样，他试图通过地理空间的建构来展开其故事想象和人物塑造。这一地理空间，被陈崇正命名为"半步村"以及与此相关的"碧河镇"。"'半步村'及其所归属的'碧河镇'是陈崇正小说叙事的原点。他不仅在众多篇章中直接书写发生在'半步村''碧河镇'里的故事，那些在'西宠''东州'等城市里打拼的普通人，似乎也是从这个村庄、小镇走出，并往往难逃还乡的宿命；或者说，这些城市不过是放大了的'半步村'和'碧河镇'而已。他将七部以半步村为背景的小说结集为《半步村叙事》，

---

① 徐刚：《云山雾罩半步村：陈崇正小说论》，《创作与评论》2013年第9期。

将书写'我的碧河世界'的中短篇结集为《折叠术》,而带有明显科幻色彩的中篇集《黑镜分身术》,五幕内容彼此相关的神秘剧也是以'半步村'和'碧河镇'为背景上演。"① 这里面临的一个问题是,同样是建立写作的根据地,青年作家的原乡和前辈经典作家的原乡区别何在?更具体来说就是,陈崇正的"半步村""碧河镇"与沈从文的湘西、莫言的高密东北乡有何区别?这种区别当然不仅仅是民俗意义上,在民俗的意义上,每一个作家都可以说自己的原乡与众不同。在我看来,当代文学写作版图中的"原乡建构"本身就面临着地域与文学的内在矛盾,也就是说,如果仅仅是在地理的意义上进行区别,这不足以支撑地理空间的"文学"独特性。更重要的是,这一地理空间背后呈现的社会结构、文化结构和精神结构。沈从文的湘西是现代文明视野下原始的野蛮和力的美,这美同时也是一种悲剧;莫言的高密东北乡既是一代中国人生命力的张扬,也是这一生命力在历史中被错置后的支离破碎。那么,对陈崇正来说,20世纪80年代以来历史语境中的半步村和碧河镇是一个前现代和当下、当下和未来交错互生的一个多维空间,这一空间不仅仅是现实的,也是虚拟的,不仅仅是朝向过去的,同时也面向未来。长篇小说《香蕉林密室》和《美人城手记》是这一空间书写的集中之作,这两部作品的核心内容已经有批评家做了简要的总结:"在《香蕉林密室》中,'我'的二叔陈大同与半步村的计划生育大队(因队长名叫肖虎而又被称为'小虎队')不断斗智斗勇,终于将村外香蕉林地下如迷宫一样的洞穴改造为令人惊奇的'密室',进而成了接纳和保护孕妇们的地下妇产医院,一个与以'计划生育政策'为象征的权力相抗衡的'异托邦'。而到了《美人城手记》的时代,人工智能

---

① 宋嵩:《陈崇正小说:建构"南方异托邦"》,《韩山师范学院学报》第41卷第4期。

(AI)已发展到失控的程度,借助强大的学习能力,以及香蕉林(此时已被改造为烂尾工程'美人城')地下所独有的一种黑色的特殊物质'姜',一个名叫'石敢当'的机器脑对人类发动了机器人战争,并将人类逼到了崩溃的边缘。危急关头,陈星光和关立夏做出自我牺牲,依靠被称为'割头'的'头颅冷冻记忆萃取术'和'造梦'技术,在美人城世界的密室挑战游戏中破解了密码,拿到了最后的钥匙,彻底关掉了'石敢当',从而拯救了人类。"[1] 之所以说这两部长篇——实际上是一部长篇的上下部——是陈崇正的集中之作,不仅仅是指他将以前在很多中短篇中出现的人物、故事进行了强化和延续的处理,更主要是指这两部作品在建构其文学地理空间方面所呈现出来的纵深感,这主要表现在:其一,这一地理空间充满了以潮州文化为代表的岭南文化元素,举凡里面的人物、对话,相关的风俗、巫术,都带有鲜明的岭南特色,这首先是一个文化空间。其二,这两部作品中的主要叙述视角具有鲜明的代际色彩,基本上是以一群出生于20世纪80年代的少年为叙述视角,在成长小说的模式里勾勒出20世纪80年代以来的中国当代史。一代人对历史事件的(创伤性)记忆构成了故事发生的背景,比如《香蕉林密室》对计划生育的书写,比如《美人城手记》对市场经济展开的描述。其三,正是因对个人经验和历史事件的关联性记忆并将这种记忆转化为一种创造性的想象和书写,陈崇正的地理空间从普遍性的某一地方空间里挣脱出来,成为具有隐喻和象征色彩的文学空间,并在这一空间里呈现他独具个人标志的思考。在我看来,这一思考的核心在于如何用文学之轻来解构历史之重,发生在20世纪80年代以来的历史梦魇现在被密室、游戏、程序、AI来演绎和破解,这固然是

---

[1] 宋嵩:《陈崇正小说:建构"南方异托邦"》,《韩山师范学院学报》第41卷第4期。

"80后"的切身经验——有哪一位"80后"农村或者小镇青年没有在游戏厅幻想成为一名街头英雄呢?——但同时又是对这一经验的扩张和强化并形成了强烈的文学效果。

3

在我看来,20世纪80年代以来中国当代文学的一大书写主题是"流动性",借用鲍曼的观点,因为(后)现代性所催生的液化功能导致了"流动性"成为一种普遍的社会结构的功能模式。我在长文《生命意志、流动性和"文化游击战"——观察中国当代文学的几个视角》[1]里对此有充分的分析和论述,这里不拟展开。在此想说的是,陈崇正这些青年作家的写作,也在从不同的侧面切入这一"流动性"的基本主题。我们可以看到,在上述作品中,人物在不同的地理空间和文化时空中的"流动"构成了叙事的主要动力结构。在对"新南方写作"的讨论中,我将这种对流动性的体认和书写作为重要的判断标准——"在无边的海洋上漂泊以及在无数原点上起舞"——这是我认为的"新南方写作"的一个重要向度。"新南方写作"在2020年左右被文学界热议之后,陈崇正是最早几个对此概念进行呼应和推动的作家之一,很显然,他在这一命名中找到了一种契合。批评家很早就注意到了他作品中的新南方气息:"探索新南方写作指的是陈崇正自觉地确认自身的精神地理。他将河流穿过、幻术交织的半步村和香蕉林密室铺陈成一种溽热、湿润的南方风格,并由此出发去冥思我们时代的精神困境和超时代的时空难题。"[2] 但风格学意义上的指认并不能掩饰"流动性"和"地方性"之间的内

---

[1] 这篇文章是我2024年完成的关于近年来中国当代写作的宏观性论文,已完成待刊。
[2] 陈培浩:《新南方写作的可能性:陈崇正的小说之旅》,《文艺报》2018年11月9日第5版。

在矛盾冲突,"流动性"更强调的是一种"无根性",地方性则强调的是"有根性"。所以这里出现了与 20 世纪 80 年代"寻根文学"完全不同的命题,20 世纪 80 年代的"寻根文学"强调的是"有根",而 21 世纪 20 年代的"新南方写作"等地方性写作必须在"无根"和"有根"之间辗转腾挪,流动性的"无根"催生了"有根"的焦虑,而"有根"又必须在"无根"的视野里才能获得意义,这就是这一代写作者面临的两难,同时也对他们的写作提出了挑战。在我看来,陈崇正的写作一直试图平衡这种关系,在《香蕉林密室》和《美人城手记》里,他借助一种"去中心"的游戏方式将基于潮汕地域的"有根性"进行了极富后现代式的拆解——我以为这是这两部作品最有价值的地方。

  在最近出版的长篇小说《归潮》中,流行性和寻根依然是重要的主题,但这两者之间的平衡似乎被打破了。根据相关介绍:"长篇小说《归潮》力图通过两个家族的百年历史表达潮人精神图景和家国情怀。小说围绕着潮州碧河镇的梅花村陈家与林厝围林家两大家族的历史情谊,讲述了从民国到当下的三代潮州人的'归潮'历程,展现了潮州人'历经千劫,只为归潮'的恋土情结,以及'心安随处家庙,潮平四海归来'的潮人风貌。"[①] 近年来,以中国人的南洋经历为题材的作品并不少见,比如陈继明的《平安批》、厚圃的《拖神》等,这些作品的现实主义和家国情怀得到了批评家的肯定:"几乎每一个优秀的作家,骨子里都会有为故土写一部作品的冲动和梦想。《归潮》或许就是这样的作品。我相信,写《归潮》时的陈崇正是庄重的、投入的,而且是充满眷念之情的,这不仅是因为他小说中写了很多潮戏、木雕、鱼生、单枞、祠堂、书楼、英歌舞及潮州方言等故乡的元素,而是他通过写作重获了一束打量故乡的眼光。

---

① 这段介绍性文字来自该书出版社的推介文案。

他未必有为故乡立传的雄心,但写出一个地方的灵魂与情义,确实是《归潮》的主旨。"① 非常有意思的是,这些作品普遍以"出走"和"归来"为结构,并在一种线性的意义上将"出走-归来"建构为一种进步论的叙事。陈崇正的《归潮》可以说直接以"归潮"这个词将这一主题推向了"高潮"。我一再强调过,流动性的无根和寻根应该是一对辩证的合题,对任何一方的过度强调都可能会带来危险,在《香蕉林密室》和《美人城手记》里,寻根借助了作者的在地经验和个人的切肤之痛,所以那种对根的又迷恋又憎恶的情绪表现得非常充分和饱满,正如批评家所指出的:"陈崇正的想象力很大程度上与故乡生活文化习俗、宗教信仰和历史记忆休戚相关。对大多数作家而言,故乡记忆与文学创作之间是一种不言自明的关系,关键是如何把故乡记忆转化为文学故事,是直接呈现故乡的人和事,还是把故乡记忆化为小说故事的文化和思想资源,虽没有直接讲述故乡的故事却处处飘荡着故乡的幽灵。显然,陈崇正属于后者,故乡记忆和生活经验滋养了陈崇正的文学想象力,文学想象力又重构了故乡记忆和生活经验,因此陈崇正的小说始终存在历史和未来两副面孔,它们相向而立却又同向而行。"② 但是在《归潮》之中,因为预设了"归"的更高层级的价值,并借助宏大叙事来完成这种价值叙事,使得这部作品对"根"的执着重复着宗法社会的母题——如果我们考虑到陈崇正一贯的游戏精神,这里面是否暗藏着一种悖论的反讽?

陈崇正曾在一次访谈中谈及自己的写作愿景:"如果要用一个画面来概括我过去十年的写作,在我想象中,大概是夕阳西下,一个立在田野里的智能机器人能帮村民修建宗祠。这样的体验其实并不

---

① 谢有顺:《写作就是回家:评陈崇正〈归潮〉》,待刊。
② 杨丹丹:《陈崇正的人工智能叙事与小说"写什么""怎么写"问题》,《粤港澳大湾区文学评论》2024 年第 3 期。

魔幻，这是我身边的现实。"① 在我看来，有根的南方应该是这样一种南方：它的根在有和无、已知和未知之间移动，或者换句话说，南方之根可能不仅仅是那座宗祠，更有可能是立在田野里的那个机器人。

2024 年 8 月 17 日，北京—广州

---

① 陈崇正：《我所理解的新南方写作》，《青年作家》2022 年第 3 期。

Part 3

创
作
谈

先锋是流动的

高铁向北走，我在高铁上修改这篇文章。高铁在大地上奔突，正如先锋是流动的。先锋不仅仅是一种流派，也是一种精神，一种气韵。先锋的气韵弥漫流动，这本身就是一种姿态。这种流动不仅指向时代，同时也指向每一个具体作家的创作路径。

我们无法脱离文学传统来讨论先锋。相对于宏大而坚固的文学传统而言，文学的先锋性一直是流动的，没有永恒的先锋。所以，先锋在被定义之前，都会被认为无法远走的偏锋。具体到当下，比如近年非虚构写作盛行，一种紧贴大地的创作被冠以"接地气"而成为主流，那么若能颠覆这种所谓主流的写作，则是先锋。我以为文学还是不能一味在大地上行走，应该有腾飞的姿态。对我个人而言，我一直在探索一种可以糅合传奇小说和严肃文学的叙事手法于一体寓言式写作，借以表达生存的感觉。

几十年前的先锋派文学赶上了一个好时代，他们成为"立法"的一代作家。苏童、余华、格非等人当时的写作探索，会随着时间的推移而逐渐显示它的重要性。虽然后来他们都逐渐放弃文体的形式实验，回归故事，但在矫枉过正之间，小说家和他的读者都经历了一次叙述的升级，从1.0自动升级到2.0版本，所以后面的小说创作，就再也无法容忍老土的叙事。这些探索绝对不会从苏童、余华、格非这一波二十世纪八十年代先锋派小说家就停止，而是一直延续到九十年代的王小波、王朔等作家，先锋的探索从文学形式一直到文学语言。乃至二〇〇〇年之后的刘震云、毕飞宇、薛忆沩等作家，都在不同维度探索文学的边界。这些作家在面对历史题材、现实题材的时候，一直在试图越界。如果把他们归为先锋作家，很多人会不同意；但如果说他们身上具备了文学生产所稀缺的先锋精神，大概我们都不会有意见。格非曾在一次讲座里谈到，某天马原到他家里去，聊天时就感慨说不能再装神弄鬼，格非回应说，你装神弄鬼，我可没有。这个有趣的对话也反映了一个情况，就是二十世纪八十年代的先锋派小说家之所以回归故事，也是因为他们已经意识到形式的实验探索永远不可能代替内容本身。后来格非的转型应该说还是非常成功的，他不断在回归传统，也在打探这个全新的世界。先锋的难度在这个全新的世界面前，已经不是文本上的实验，而是如何去处理这个世界上时刻在发生的纷纭题材。其实余华的触觉是最敏锐的，他很早就明白这个道理，他的眼睛一直注视着中国当下瞬息万变的现实社会，并不断通过研究社会新闻的方式试图深入这个世界的内核。即使《兄弟》和《第七天》并不能让许多人满意，但这样一种探索的精神在方向上应该是正确的。回头看看我们就能明白，余华比许多作家都跑在前面。先锋最简单的理解就是走在前面的人，一个人跑到前面去了，就难免要付出更多的成本，包括失败和被嘲笑的可能。

如果不想被嘲笑，最简单的方法就是乖巧一些。文学走到今天，已经不是单纯的文学艺术，很多时候还要考虑商业环境和其他不便描述的复杂因素。作家们其实也都是聪明人，都明白文学生产中有一条非常讨巧的现实主义大道，在这条道路上出现了很多既叫好又叫座的作家和作品，这是人民群众喜闻乐见的部分。所以，青年作家也很容易就变成熟手，很快就明白读者和评论家都需要些什么菜式，轻车熟路就能做出拿手好菜，皆大欢喜。但真正的文学显然不是这样的，也不应该只甘心如此。总必须有一些人坚持剑走偏锋，坚持不妥协，坚持小众，坚持不讨评论家的喜欢。我依然相信，这个时代所召唤的大师，一定会思考应该如何用更好的方式去表达这个时代，而不仅仅是描摹现实。

世界在滑向庸常，所以必须不断重申先锋文学的价值。回头看很重要，每次回望都能修正我们前进的线路。先锋文学最大的贡献应该是在西方文学的坐标中修正和升级了我们汉语文学的叙述方式。中国新文学一百年，在八十年代经历了一次跑步前进，这批作家也突然成了全新的"立法者"，与当年胡适、鲁迅所面对的时代机遇是相类似的，都是和过去的时代说再见。他们一波人凑在一起，就能很快宣布一个全新的文学时代的到来。新世纪之后的文学，已经只能仰望当时那个"立法"的时代了。当下的青年作家，不再具备"装神弄鬼"的资格，更多的还是在不断从事新的探索。所以，我预感文学在未来的一段时间应该会出现转型，走向多元，走向专业资源的公约数。如果这一代青年作家无法走出上一代作家巨大的阴影覆盖，那也就可以被宣布为没有希望的一代。所以，不屈服的人应该正在进行各自的努力，虽然目前还没有什么特别耀眼的作品。

所以，我们也不需要那么多的帽子，更不需要将某一部分作家列为先锋作家。再说，被列为先锋作家也不一定是一件特别光荣的事。当年的先锋文学应该被理解为一种文学思潮，轰轰烈烈涨潮又退潮。这个时代不一定需要先锋作家，但更需要的是先锋精神。在一个价值多元的时代，文学不断被肢解和细分，也没必要授命哪几个人去充当先锋。但是每个作家都应该多少具备点先锋精神，至少我是这样要求自己的。我也曾说过，在众相纷纭的庞大世界面前，当作家穷尽想象希望介入现实的时候，他将别无选择地滑向先锋。

这个世界已经足够荒诞，作家如果要置身其中，就不可能是十分老实巴交地照搬照描。他总要想点办法呀。正因为如此，我会去写《分身术》和《折叠术》。前面这句话是在吹牛，假装我已经很厉害的样子。当然，我写了什么好像也不重要，反正作家们一般也不会互相阅读。

有人说一个好作家首先是一个好读者，但其实很多作家的阅读量是非常有限的。相对于评论家，作家更需要时间去创作，也更需要时间去经受生活，虚度时光发发牢骚，学者型的作家毕竟是少数。所以在我看来，很多作家说受到另一个作家的影响，很多时候也是不全面的一种误解。我看余华、马原等人写的一些读书随笔，经常会被他们对某些前辈作家的赞叹声弄得很错愕。你按照他们列举的作品按图索骥进行阅读，就会发现这些作品并没有他们说的那么好。他们也没有撒谎，只是他们进入这些作品的角度和时机与现在的我们并不相同，甚至可以说，每个人的阅读都是一种误读。作家读作家，中间的误解可能更能让人获得写作上的进步。如果我的这个谬论成立，我就是在坑坑洼洼的阅读中误解和受益的。如果非要自圆其说，我要说好作家都是擅长误读的。我想我的同代人都无法回避这个问题，都必须承认自己深受余华、苏童这一批前辈作家的影响。到目前为止，我们还只能仰望，确实惭愧得很，没有出现能完全超越他们的文本。但是，突围的号角不断吹响，包括他们"70后"作家，也非常努力。只要聪明人在努力，就不怕结不出好果子。年轻一代的写作资源一定是世界性的，不可能都是通过上一代人的哺育。我们会看很多最新的欧美电影和电视剧，会关注远方发生的小事。在万物互联的时代，所有人面对的资源相对平等，没有什么文学的藏经阁，也不存在武功秘籍，大家都清楚这个世界的资源不是太少而是太多了，需要研究的是将时间和精力花费在什么上面。

先锋意味着勇往直前的探索，也意味着相对性。卡夫卡和马尔克斯的作品都可以被视为具有先锋精神的现实主义,这个互相的扩展并不矛盾。也就是说,先锋的对立面是保守,是不先锋,而不是现实和现实主义。现实的对面站着的,甚至可能不是虚构,而是你是否相信。量子力学都发展到今天这个神神道道的地步,你说,有什么东西是真实存在的吗?什么又叫作真实呢?当一个作家开始怀疑现实,先锋性也就随之产生。再往前走一步,他就开始探索可能性了。探索可能性并不是炫技,而是对现实的探寻。在真正的文学场域里,并不存在凌空虚蹈的先锋。那样的"装神弄鬼"也是没有意义的。更重要的是,这个作家面对这个世界,他会去撬动这个世界的哪一个部分,他选择什么姿态,要讲述什么故事。这是一个老问题,几乎没有终极答案。一个作家最重要的还是要明白自己要干什么,不要为先锋而先锋,也不要为不先锋而不先锋。

那么,流动的先锋究竟又是什么?"所谓先锋派,就是自由。"尤奈斯库这句话我最早是在谢有顺的书中读到,当时觉得这样的表述太牛了。这句话提示我们,每一个作家都必须有一个立足点。如果你选择先锋,则意味着你站在自由这边。自由也就意味着一个作家必须具备某种能力,或者说,你要走在前面,你不能赤手空拳,你必须有所凭借,你必须有点自己的看法,不能失去自我。珍视每一个个体,包括作者自己,也包括故事中的人物,只有如此,才能"站在鸡蛋的这边"。但你空空的双手握住的究竟是什么呢?有人说文学性也许就是语言本身,或者也可以说,先锋性最后需要落实到语言的层面。如果语言方式陈旧,如何先锋?沿着这个问题思考下去,似乎更应该琢磨的是先锋性有多少维度,比如语言维度,王朔的语言探索和王小波、刘震云的语言探索就完全不同。不断扩大先锋的外延意义并不大,更应该从细分的地方切入,弄清楚先锋给我们带来的是哪些细部的全新经验。在先锋的外部,也并不存在泾渭分明的边界。所有的文学分类都必然是权宜之计。类型文学中难道就无法产生经典？显然不是的，不要忘记《红楼梦》当年也不是什么正经书。所有的分类和标签都是临时的，也是流动的，重要的是要在这种流动中看到方向，看到未来的可能，究竟什么样的产品更能代表这个时代的精神内质。

随着我们对宇宙的探索一点点前进，这个世界确实也越来越虚幻。我不知道后来的人们会如何看待我们这个时代，我们所处的这个充满荒诞的世界。如果人生是一个巨大的游戏，那么，让我们完美进入沉浸式体验的，正是孤独、恐惧、虚无之类的生存底色。我们的幸福和痛苦，大概都来源于人类对时间的感知。无论怎么说，能让我们觉得自己活在时间里，真的是上天的恩赐，也是人之所以成为人而不是动物的基础。所以，我们的孤独和恐惧，终将会在时间里被消解，其中有不可言说的诗意。对小说家而言，慢火炖煮这些终将消解的生存感觉，控制好火候，就可以在其中安插任意的插件。我常常在想，也许若干年后，小说家都能实现人脑和电脑的直接连接，那生产出来的小说，大概就是一个个游戏场景的模样。作家一人分饰多角，雌雄同体，一边杀人越货，一边修桥造庙。人工智能时代，我们永远不知道口罩的背面究竟是真人还是假人。面对一个可能被虚拟的现实，唯有心灵深处的自觉，对人之为人的体察，才是立人之本。在苍茫之中，人类的那一点悲欢，是最应该被善待，而不应该被取消意义的。

高铁向北走，但高铁并没有飞离地面；可以飞离地面的是我的想象力。所以小说最终离不开伦常，在伦常中被浸润、被摩挲而有了包浆，最后有价值的，也就是包浆上面的那一层柔光。但一篇充满隐喻的小说其实并不讨喜，充满机巧的笨拙才是好小说，特别是好短篇的重要表征。无意义的离开最终成为意义消解的题中之义，一个人毫无意义的失踪既反抗了隐喻，又创造了隐喻。

细密的土壤与不确定的虚构

从二十多年前第一次发表文章，到新概念作文大赛，再到出版第一本书，我一直在缓慢行进。如果用跑步来作比喻的话，我大概属于慢跑；而回头便会发现，这哪里是慢跑，压根只是散步——我走进一条人迹罕至的偏远小路，在魔幻、科幻、武侠、悬疑之类生长着想象力的奇花异草之间，希望另辟蹊径，正像手持长矛的堂吉诃德一样信心满满地前行。我写了《分身术》《折叠术》《悬浮术》，也构建了从半步村到美人城的新南方风景。我的写作从来没有离开过故乡潮州，一直带着很深的岭南文化烙印；而另一方面，身处粤港澳大湾区，我对科学技术的发展有着深刻的体察，特别是这几年人工智能的发展更令人惊叹。于是我不得不反复思考在当下写作的有效性，在潮汕平原的传统文化和珠三角的新生事物之间形成虚构的嫁接，一直是我小说写作的重要方向。从半步村到美人城，我左手科幻，右手现实，努力书写南方蓬勃的寓言。

要回顾这二十年的写作历程，从懵懂的青春文学到现在的科幻文学，那还必须从我的写作原点开始。我是一个从潮汕文化中成长起来的作家。大概在十二岁的时候，我有幸在收音机里听到这个世界上最美好的声音。那是一个午后，我听到邻居的窗户里传来了一个抑扬顿挫的声音,他在谈论杀气。那时的我不知道金庸和古龙,但我第二天准时来到这个邻居家,在收音机里听了一集潮汕话的《小李飞刀》。重新回忆这些经历,必须承认,我的写作受到讲古人林江先生等潮汕籍讲古人的巨大影响。我认为以潮汕方言为基础的思维习惯和文化传统,是看不见摸不着的,是需要每个潮汕人都站出来誓死捍卫的优雅的部分。更具体地说,这种语言方式的差异,会影响一个人的思维方式,而潮汕语言的独特性也就决定了潮汕人思维的独特和活力。如果要说哪一部分是优雅的,我认为最优雅和最有活力的语言,不在潮剧里,不在潮州歌谣里,而在以林江先生为代表的潮汕讲古人那里。他们保留了潮汕话最为典雅和晓畅的部分,他们对潮汕话音韵的把握达到了惊人的地步。

这几年涌现一股潮汕文化热潮,短视频里潮汕英歌舞火遍网络。英歌舞被媒体称为中华战舞,确实自信满满杀气腾腾,神秘而野蛮。为什么历来被视为闭塞的潮汕文化会突然被看见?如果可以给出自己的理解,我以为是这样的:这是因为有两股看不见的潮流形成合力,所以潮汕重新被看见。这两股潮流,一个是科技加速了信息传播,一个是传统文化的热潮。首先,科技的发展就如同一束光,照亮了原来看不见的地方,很多原来认为非常神秘的东西,比如武林高手,比如深山怪事,都像"闪电五连鞭"一样无处遁形。人们慢慢发现这个世界上能满足好奇心的地方越来越少了,而潮汕刚好就是这么一个孤岛,独特的封存方式让潮汕文化的异质性日渐凸显:潮汕有美景,有美食,有美女,还有封存千年的故事,还是离神明最近的地方,每个乡镇的民俗竟然千奇百怪各不相同。于是在探寻和发掘传统文化的热潮之下,人们重新以更为宽容的心态来审视这些早年被视为迷信活动的游神赛会,然后发现其中包含的民间信仰具有勃发的生命力。特别在"00后"也热心进庙烧香的当下,这些看似夸张的"营老爷"活动,这些伴随着潮州大锣鼓缓缓前行的队伍，流传千年，走向海外，受到海内外同胞热烈欢迎，故此更应该成为我们优秀传统文化的一部分得到弘扬。正是在这样的合力之下，潮汕的英歌舞和"营老爷"被大众所熟知。

那为什么潮汕的民俗活动看起来这么神秘野蛮充满活力？因为这些表演本质上不是给人看的，而是给神明看的。这一点与西方教堂壁画创作有异曲同工的地方。潮汕民间现在还有很多铁线木偶戏，小戏台也是对着供奉神明的"老爷宫"进行表演。潮汕人至今依然虔诚地认为我们不单单拥有一个看得见的现实世界，还有另一个我们所不能知晓的世界，里面住满了会随时会给予我们庇佑的神明和祖先。

这些年我主要关注的是潮汕平原上的血脉传承。潮汕人很讲究传宗接代，血脉传承是我作品的一个核心的主题。这种生命的承接，它其实很复杂，不能简单理解为潮汕人爱生小孩。从血脉传承的角度去理解潮汕文化，我从中归纳出几种特质：

一种是面对大海的求险。潮汕出商人，爱冒险，这大概与海洋密切相关。海洋让潮汕人有海盗精神，有冒险精神，并由此衍生出叛逆和创新，比如当年涌现的左联作家和众多红色革命，比如五条人乐队的反讽气息。海洋的高风险带来高回报，而这种风险就是会使人有一种生命的急促感和焦灼感。所以要赶紧生个小孩，要不然有可能出海丢了性命便无男丁守护家庭。越靠近大海的地方对于生小孩会越执着。这是天然的、冒险的、反叛的、创新的海洋性所带来的危机感。这是第一条线索。

第二种特质是面对物质的求实，潮汕人生活在整个潮汕平原上，物质条件相对富足，这里是岭东的粮仓。潮汕人的祖先在战乱中迁徙至此，即使生活无法优渥，他们也会极力维持这种没落贵族的生活方式，比如说带有贵族气质的生活习惯的传接，它自然就会召唤出一种内在需求，就是必须有子嗣来继承家业。潮汕地处偏远，历史上相对太平，如果天天兵荒马乱、朝不保夕，则没有时间考虑传宗接代之事。

第三种特质就是面对未知的求神，对祖宗和神明的敬重。重视宗族祭祀造成了香火传续的压力，这也是宗族文化或者信仰带来的动力。

这三种需求和动力就导致潮汕人的整个生命烙印中将传宗接代当成使命。我觉得这样一种文化在中国文化中是很特殊的，求险、求实、求神这三个特质刚好融合在一起，就如三片花瓣。这三片花瓣可以推演出潮汕平原的所有文化。比如我们饮食当中的各种粿，其实是跟祭祀有关；比如工夫茶作为潮汕人普遍的生活习惯就跟贵族优渥的生活条件有关；我们的下南洋的历史，红头船和侨批等文化印记，捕鱼前拜妈祖和祭孤魂野鬼等生活习俗，这又跟冒险有关。这三个维度可以说串联起了潮汕的所有习俗。

也正因为有这样的潮汕文化，所以潮汕是值得被一再书写的。血脉传承的问题可能会招来很多诟病，我的想法也必然有偏颇，但我反而认为在人工智能时代，反观人类生命存续的问题具有很重要的意义。长篇小说《美人城》包含《香蕉林密室》《美人城手记》两部各自独立的小长篇，共三十万字，初稿是在2018年完成的。那时我还在北京读研究生，也正是那个冬天，我这个南方人第一次见到漫天飞雪，鲁迅文学院的花园在一夜之间竟然被一种神奇而彻底的白色铺满，那天早上我在雪地里独自坐了很久，对南方以南的记忆重新浮上心头，我对自己说，我要在纸上重建美人城，那座记忆中难以磨灭的废墟。于是那年春暖花开时候，《美人城》的初稿便写完了。我自己也意料不到的是，修建在潮汕平原之上的美人城最后成为一座未来之城。就如同每个作家都有他的重要时刻一样，我笔下的城堡完成了它对自己的命名。

有评论家在讨论《香蕉林密室》时发现这个小说中存在一种又

细又密的风格，是浓度很高的一种写作。后来我也不断追问自己为什么会有这样一种"绵密"的风格。有一次回到潮州老家，看到金漆木雕，看到虾蟹篓，当时木雕艺人在一块木板上进行创作，镂空的工艺细节让我猛然醒悟：如果说故乡潮州给了我什么样的文化基因，大概就是这样精细绵密的艺术风格。潮州文化中细密的风格，大概跟潮汕平原农业生产存在某种联系。在《枪炮、病菌与钢铁》中，贾雷德·戴蒙德用了很大的篇幅来论证农业生产对欧亚大陆文明进程的巨大影响。长年累月的生产方式和思维习惯必定密切相关。跟开阔的北方相比真是很不一样，因为在北方农民只需要往地里撒点种子就会有收成，但潮汕人种田如绣花，瞻前顾后便成为生存哲学和文化基因。

在绵密的另一头，我喜欢有想象力的创造，喜欢无中生有，那些绚丽的场景让我着迷。通往艺术想象的道路，有简单的，也有复杂的。简单的符号，一个圆，一个点，也能够激发想象，但是，这需要激发，而复杂的东西本身就自带想象力。许多人可能会有一种经验，就是潮州有很多老房子，墙上都斑斑驳驳，凝视这些墙上的图案，你往往能从中看到人物和动物，甚至还能组合成故事。

最近我刚完成另一部长篇小说《归潮》，这是一次直面潮汕历史和文化的写作。在收集资料的过程中，那些远渡重洋的故事让我潸然泪下，我由衷感慨，潮汕人的家国情怀值得反复书写，也必定有人来重写潮汕。

当然我也明白过度凝视地域文化其实会降低一个作家写作的整体平衡，但偏颇几乎是所有艺术创作通向伟大的前提。况且我们就生活在南方以南。新南方的斑驳多元就如一支英歌舞的队伍，在固定的节奏之中行进和停留。

所以我想所有的驻足停留、流连忘返必定有其原因。在我这些年的创作中，来自潮汕平原的旧建筑和大湾区的科技相遇，来自青春岁月的往昔记忆与未来年代的科幻忧思相遇。作为一个"80后"作家,我的人生储备并不算多,但恰好见证了改革开放腾飞的四十年,故此在我的笔下,正是改革开放的前二十年和后二十年迥然不同的生活方式的折叠,让早已消失的美人城在纸上重建。

原刊《粤港澳大湾区文学评论》2024年第3期

Part4

访谈

好故事装下一个时代

陈崇正 & 唐诗人

唐诗人：崇正老师你好！之前我只是看你的小说，这些天特意翻找了你之前的诗歌，包括一些 2010 年之前的小说、散文等作品。我最大的一点感受是非文学的，就是作为二十一世纪以来慢慢出道的青年作家，你通过文学的方式从一个地方普通高校走出来，最后能够进入《花城》、考入北师大和鲁迅文学院联办的文学创作硕士班学习，对这个过程我个人特别感兴趣。因为这跟我的求学经历有些近似。我从中部农村考到哈尔滨，再到福建，再到广州，学校在变，城市在变，环境在变，我个人对我自己这个求学经历也有很多属于自己的感慨。我很想知道你对自己这个奋斗经历有什么特别私人的感受可以分享吗？

陈崇正：你看到的是我本科毕业之后的情况，然而对我而言，能读完大学已经殊为不易。我从来没有想过自己和文学有一天会这么紧密的联系。我出生在一个农民家庭，父母除了种田，主要的工作是在村里摆摊卖早点，就是豆浆油条之类不值钱的东西。我小时候曾经有过一个时期，需要每天很早就起床，把豆腐和油条装在竹筐里，再把竹筐绑在自行车后座的右侧，然后推着自行车沿街吆喝叫卖这些早点。那会儿我老爸的手艺并不好，每次都把油条炸得不像样子，有时候软得像口香糖，有时候硬得像石头。我奶奶常说这油条有时候黏得可以拔牙，有时候又硬得可以磕掉门牙。我每天就拉着这些不争气的货物，走街串巷，沿街叫卖，一根油条一毛钱，一块钱就可以优惠买十一根，每个早上大概可以卖十几块钱。由于腼腆，吆喝叫卖的时候，我总能够准确避开女同学家所在的巷子。有时候筐子里的东西没卖完，村子也就那么大，免不了要来回多转几圈，常常还会听到某个窗口传出几声含混的呵斥，因为我的叫卖声吵到他们睡觉了。筐里的东西卖完，我才能去上学，时间紧迫，所以经常急急忙忙。为了不迟到，我把单车骑得飞快，仿佛骑得快些，我就能飞离那个村子。

小时候，我为数不多的进城经历，是陪我爷爷拿着侨批去取钱。闹哄哄的城市在我看来就是另一个世界，我那时候从来没有想过我会住进城市。等到考入市郊的一所高中，我才突然发现自己必须通过拼搏来保证自己的人生不会回到过去。我将少年时期所经历的种种苦难视为黑暗的过去，而一个从黑暗中走过来的人，将不再害怕黑暗。虽然时至今日，我的人生并没有生成一个励志故事，但支撑我奋力向前的动力一直非常充沛。我总觉得我后面的人生，必须配得上我前面经受的苦难。

我们这样一个贫寒的家庭，但我居然还有两个妹妹和一个弟弟。所以我从小经历过的种种困苦，他们都看在眼里，所以对我这个大哥格外照顾。我的大妹比我小四岁，小时候大人忙于生计，常常是我用背带背着她走来走去。有一回我背着她不小心掉进臭水沟里起不来，我们哇哇大哭，非常绝望，所幸后来有人经过，把我们拉起来。所以我大妹一直很懂事，但就因为太懂事，她初中还没毕业就外出打工。我一直记得有一回，她从工厂回来，我骑着单车去车站接她，下着小雨，她浑身被淋湿了却毫不在意，一双眼睛非常警惕地东张西望。回到家我才知道她刚发了工资,身上带着四百块钱,一百块藏在包里,一百块藏在裤袋里,一百块藏在鞋垫底下,还有一百块放进袜子里踩在脚下。她说,同事经常说车上贼多,她一路上都很紧张,就怕钱丢了。我读高中那会儿,打电话太贵,我妹还会给我写信,字很工整,我把大妹给我写的信带回家,这些信把我老妈看哭了。除了寄信,大妹还会悄悄给我寄钱,后来上了大学我有了手机,她隔三岔五会给我充手机话费。她越跑越远,到了广州,我毕业后去看她,只见她走路带风,手里拎着很沉的货物,在人流极其密集的中大布匹市场里来回穿梭,我空手走在后面都跟不上。小妹和弟弟都比较幸运,他们比我小了差不多十岁,所以他们读大学时,我已经出来工作了,家里的经济稍微好转,有钱供他们读大学。小妹从小身体弱,我们都叫她猴子,她几乎每次考试都生病,后来才知道是因为紧张。小妹善良,不细心,常常丢三落四。相反,弟弟长得高大,心却挺细。他们从小是一对冤家,常常吵架。

兄弟姐妹四人,意味着我们家从小就被计划生育干部盯上。他们常常夹着黑皮包来家里收钱,但家里哪里有什么钱啊?我妈只能挺着大肚子东躲西藏。一直到长大了,我才明白这些场面的意义所在。也许,一个作家必须离开家乡,家乡的一切才能在笔下复活。跟我小时候上学一样,在写作上我一直都是个迟到者。当我想明白了这些,开始在小说中复活故乡中的人和事时,韩寒和郭敬明这一波"80后"的先行者已经名利双收,成了老板,也不再写作,都跑去拍电影了。电影这个行当有更多名声、美女和金钱。甚至后来的第二波"80后"作家也都已经崭露头角,他们有的得到了大咖的加持,有的本身就是文学期刊的编辑,更容易被关注;而我当时还在一所中学教书,平时写完小说和诗歌就打印了寄出去,大多石沉大海。不过当教师的八年时间里,也给了我有相对稳定的环境,可以读一些书、琢磨一些事情,完成最重要的写作准备。我常常想,那会儿如果没有选择教书,而是去当一个记者,估计我就会跟记者朋友去开餐馆做生意,没时间读闲书写东西,也就不会走上创作的道路。

唐诗人: 谢谢你的坦诚,我非常有同感。我们这种家庭出身的孩子,个人身后的亲人付出太多了,导致我们不能任性,只有勤勤恳恳地把自己选择的生活方式坚持下去,否则就是一种罪过,这是我们的原罪,逃不掉。

你从最早开始就有写一些小说,但确切而言,你也有从诗人到小说家的这样一个转型。在阅读了大量你的小说的基础之上,再去读你早期的诗作,我突然觉得特别的亲切。读的时候就感慨这些语言真是太像了,可以说你是直接用你的诗歌语言来写小说的。文学界一直都说有写诗的基础再进行小说创作,语言都会很精致特别。从你的转变来看,的确有这样的特征。但我个人不满足于这么一种表面的近似,所以我执意于思考是否还有其他层面的影响,比如精神结构。你的很多诗作,结构性都非常明显,看得出你在营造一种特别的诗学氛围和思想空间,这在你的小说中也表现得很明显,包括最新的小说,都保留了这样的特征,即你的结构意识是很强的,你像创作一首诗一样创作一篇小说,尽量把它写得圆润、完美。我暂时只看到这两点相似,你觉得诗歌创作和小说创作,除开语言,诗学结构、思维方式等层面是否有一些有意思的关联?

陈崇正: 诗人于坚有一本书叫《拒绝隐喻》,但我琢磨了很久,总觉得拒绝隐喻本身就是一个巨大的隐喻。诗歌终究还是隐喻的艺术,它需要声东击西,旁敲侧击,它需要言在此而意在彼,它需要项庄舞剑,顾左右而言他。诗歌是在方寸的土地里建造宫殿,它要求在有限的语词空间之内提供丰富的意义,这就要求语言具有十分必要的密度。诗歌用它的高超隐喻和语义密度形成特殊的艺术效果,我将之运用到小说艺术中,于是就形成了寓言式的写作方式。我不知道有没有其他作家如此命名自己的写作，但我的确从很早就意识到我在写的是一种具有绵密叙事风格的寓言。无论是我的中篇还是我的短篇，我都采用蜘蛛织网的手法推进故事，我相信即使只是一张残破的蜘蛛网，只要有阳光的照耀，蛛丝也能发出灿灿的光亮。所以要向蜘蛛学习写作，要学习它俯瞰的视角，要学习它叙事的密度，要学习它的从容和韧性。或者说，有一种写作的力学方向是看不见的，就像你知道蜘蛛网一直都在，但你不可能一眼看穿它。我要做的，就是不被你一眼看穿。

唐诗人：不想被一眼看穿的创作心理，我觉得这也是你写诗落下的特征。你的小说的确有这种特征，所以我最初读你的小说的时候，就有一种读得很过瘾，但最后又不知道重心何在的感受。我问过好些人关于你小说的看法，也有类似感受。我觉得这一阅读感受或许影响了很多人关于你小说的评价。这是个快餐阅读时代，尽管专业的读者不喜欢快餐阅读，但也普遍难以细致、反复来阅读你的作品，基本是读个印象，根据印象判断趣味，然后再做评论研究。这第一层面的阅读，或许就把你的小说区隔开来了。我觉得你追求这种风格是有些吃亏的。这是当下评论界的问题，评论家对一些文本缺乏足够的耐心。但也说明，你在小说里藏得太深了些。当然，我个人觉得，这不是深不深的问题，而是何种深、如何深的问题。在追求叙事密度、从容韧性方面，贾平凹的小说最有代表性，你的小说风格与贾平凹的小说风格是完全不同的，他的细密是日常生活般的细致绵密，你的小说是结构上的密不透风。或者说，他的小说是叙事的"密实"，你的小说是结构的"密室"。你怎么评论这个差异？

陈崇正：只为了不被一眼看穿，应该说是一种创作心理。我坦白这样一种潜在的心理，就是说我从诗歌的练习中获得一种先锋精神，它要求我必须隐藏自己，同时不要重复自己。这并不意味着我刻意将要表达的东西藏了起来，或者故弄玄虚。如果一个正常水平的读者读完我的某个小说，然后感觉不知道我到底讲了什么，那只能说明他读到的那个小说，刚好是我的失败之作。如果读完我的全部作品都是如此，那么只能说明我的小说还不够成熟。但我相信除了你，以及和你一样因为研究需要的几个朋友，会通读我的作品，其他人大概也只是翻翻看看，不会细读。我很早就明白这样的创作方式容易招致怀疑，不受待见，会在很长时间不被认可。其实我有能力写好一个让他们感觉喜欢好读的故事，但我避开了，选择了一条剑走偏锋的路。从《黑镜分身术》开始，这样的选择已经成为必然。这是我自己和自己的赌博，如果走错了，最多我就干点别的，不写了。至于贾平凹老师，我觉得我的小说和他的作品还不在一个重量级上，应该没有什么可比性。如果说有不同，那大概是西北的长枪大刀与岭南的绣花针之间的不同。我去了北方才知道北方人种田都是成片的，而南方人种田如绣花。北方作家如老牛耕地，一口气跑下去，出来的都是大东西；而南方炎热，我只能选择蜘蛛织网，走走停停，晃晃悠悠，大概就是这样。

唐诗人：就小说来看，我在你博客里翻找到的你最开始的一些作品，比如《神交》《宋初歌馆妓楼里的阳痿患者》之类，都是武侠气质的，但同时读上去也是浓郁的王小波范。武侠气质、王小波范，这两个因素其实都延续到了你今天的文学创作当中。所以一读《寻欢》，我首先想到的就是《小李飞刀》的李寻欢和王小波的《寻找无双》。当然你这些小说已完全超越了模仿阶段，而是一种文本之间的"超链接"，这些元素出现得也很自然，而且在《寻欢》等新近小说里，更掺杂了当前的现实困境与科技问题等。在我个人看来，这是一个非常值得肯定的创作实验，说明你不是在写自我、写内心的一些鸡毛蒜皮的事情，而是有一些宏大性的东西，比如科技带来的人的精神迷茫、现实世界里"侠气"的脆弱与不堪等等。以这个文本现象作为基础来看,你觉得今天我们的文学创作,该怎样更圆润地征用各种因素,如何兼顾思想、材料、现实、语言等等?你觉得这里面最重要的是什么?

陈崇正:其实我这些年,一直在试图摆脱王小波的影响。他打开了我通往小说艺术最重要的那扇门,也给我提供了一个天花板。我很担心自己成长为一个自带天花板的作家,因为我看到太多作家的天花板了。所以我花费很多力气,在摆脱他的覆盖。而我比王小波更幸运的是,我活在1997年之后的中国,我见证了他预言的未来,也印证了他一直反复重申的某些观点。当下的中国,作家的想象力在荒诞的现实面前正在经受前所未有的挑战。但我想,正因为如此,魔高一尺道高一丈,作家的想象力也因此需要被升级,我们需要新版本的想象力来帮助我们完成文学想象。唯有作家的想象力可以洞穿这个世界的荒诞,从而粘连起破碎的现实材料,重新构建意义的蜘蛛网。作家永远必须站在想象力这边,让没有想象力的作品见鬼去吧。

如果想象力成为好作品的重要指标,那么先锋的姿态也就不言而喻。先锋就是要求作家不能再回到老路上,必须去探寻新的边界线,比如让自己站在边界线上完成新的开拓。无论是在题材上还是在技术上,我们必须不断去变换姿态,才不会被现实完全覆盖。

唐诗人:的确,你在先锋性方面是很突出的。综观你此前的小说,如果按风格来看,你的小说主要是两大类型,一个是"半步村"系列乡土气味浓重的作品,可以以《碧河往事》作为代表,这类作品相对比较老实地在讲故事,讲半步村的故事;另一类是以"分身术""折叠术"为代表的先锋实验色彩比较明显的小说,这类小说当然也是讲故事,但更有着直接的叙事艺术表现。这里面涉及很多问题,首先一个是我觉得你更喜欢第二类,就是你其实很会说故事,但你骨子里更愿意去表现你的叙事艺术,不满足于只是讲述一个故事，可以谈谈你对讲故事的技巧与文学叙事的艺术之间关系的理解吗？

陈崇正：我确实曾经给自己两条路，一条紧贴地面，一条飞在空中，前者是《半步村叙事》，后者是《黑镜分身术》。但到了《折叠术》，我正在为这两条路制造一个交汇的点，我希望我的小说既能上天又能入海，既有现实关切又能有一个空中俯瞰的视角。当然，目前还只是一种艺术上的追求，我现在不一定就能做到。但无论如何变化，我应该不会离开故事。只要是叙事文本，就不应该完全脱离故事而将技巧作为唯一的价值。在任何时代，故事都是非常重要的容器，一个好故事可以装下一个时代。

唐诗人：除开少数几个小说，你大多数小说的叙事并非传统的写实、记叙，而是夹带了非常多的现代、后现代元素。比如有人说你的作品是魔幻现实主义的。我以为这种魔幻色彩，与西方现代魔幻叙述有关，也与你生活的潮汕地区的独特文化有关。这点也是我最为好奇的地方，很多作家能够写出故乡的故事，却无法把故乡独特的风俗文化写出来，往往是刻意为之，故意通过一些方言词汇来表现，或者刻意加一些与小说故事发展关系不大的风俗描写，这些写作方式不但表现不了特殊性，而且害了小说的可读性和影响力。但你的小说在这方面做得很好，用你的"术"融合了各种各样的元素，以一种非常现代的、思辨的方式，表达了自己关于这个世界的态度，也展示了地方文化的诡异魅力。做到这点，源于你的价值认知、思想视域超出了地方文化，能从人性的、生命根本价值这些普遍性、永恒的价值标准去观照一切，但这个解释也是普遍性的，你对此有没有自己的独特理解？

陈崇正：从《分身术》到《折叠术》，再到我手上还在写的《悬浮术》，"术"系列已经有了一个清晰的写作路径。最早写《分身术》，是我有一回和家人谈起往事，忽然说到小时候邻居一个巫婆的故事，一些情景就回来了，当时就觉得应该可以写点东西，但也没有想到会写一个系列。潮汕地区确实重视鬼神，我们村子周围大大小小应该也有几十路神仙了，逢年过节总要各种拜祭。有一天我看到一份关于平行宇宙的资料，突然就想起我小时候那个巫婆。此后一段时间，我试图将科学理论和故乡那些神神鬼鬼的故事进行对接，于是有了《黑镜分身术》。后来我发现其实这样的思路，是一种创作的潮流，比如这些年很热门的电影《雷神》《普罗米修斯》等，它们都在做一件事，就是将最新的科学理论和古老的神话进行某种自圆其说的对接。这样的创作路径给我们营造了一种似是而非的感觉，仿佛现在的现实和古老的故事，也可以存在另一种解释。或者说，这是在将古老的想象力和未来的想象力进行对接，古老的想象力就如密封的原浆酒坛子，而未来的想象力是一种先进的勾兑技术，一下子就造出了令人晕眩的美酒。所以这也给我们开发地域文化一种启示，不能回到老路子，要开拓新的路径。现在如果还要去鼓捣方言那一套，那是在钻牛角尖。

唐诗人：西方现代文学之外，你或许更受王小波小说的影响，你也在多个场合直言过这种关系。我在读你的小说的时候，就总会有种恍惚，怎么那么像王小波的叙述口吻，充满着各种戏谑、调侃、反讽等等。你熟练于这种叙述风格，这并非什么问题，但我又始终觉得有些怪异。这里面的问题，我想了很久。是不是你在学王小波的时候，在叙述口吻之外，还需要进一步理解到王小波那种处理"轻""重"关系的精湛？你的小说有轻有重，但有时"重"得太明显，这就让"轻"显得怪。我个人觉得，小说叙述尽可以各种方式来"轻"，但不需要在小说中表露出你的"重"来，不用怕读者读不明白你要说什么。王小波的很多小说根本不需要表露出自己在乎什么，但只要他的叙述、故事跟那个历史、那个时代拼接起来，很多调侃的、反讽的东西就自然成立。对此，你可能不同意我的判断，我想知道你是怎样理解王小波小说的。

陈崇正：可能评论家会去分析判断一个作家有没有真正学到另一个作家的精髓部分。对我来说，更重要的是我从王小波那里学到了什么，而不是没有学到的部分。即使我学到百分之百的王小波，那不过是王小波第二，又有什么用处呢？戏谑、调侃、反讽这些调调，其实余华和王朔那里也有很多类似的武器，所以也并非王小波的专属。相反，我觉得王小波给我最大的启发，是告诉我小说中应该有一种关于可能性的哲学。王小波的小说最大的魅力在于他不断在探索叙事的可能性，他一遍遍重复叙述，就是希望穷尽想象力的可能性。比如我小说中"分身术"的设定，就是一种关于可能性的哲学。对可能性的探讨，加上绵密的隐喻、蜘蛛网一样的结构，这些构成了寓言式写作的基本质地。如果王小波没有对历史的可能性进行反复的论证，那么夸张的拼接就会变成单纯的炫技，并不可取。所以，"可能性"三个字，应该是解读王小波小说非常重要的关键词。我也期待以后有人用这个关键词来解读我的小说。

唐诗人："可能性"，这是很好的一个关键词。这词能够解释为何你的小说会读起来颇有趣味、真正解读起来又困难重重。你的小说，内在的分叉非常多，这些分叉就是"可能性"，就是你的蜘蛛网的各种结点。你能织就一张完整的蜘蛛网，这是很考验叙事能力的。这点，我在你的《黑镜分身术》《停顿客栈》《半步村叙事》等作品里都感觉到了。它们有着非常完整、密实的结构，每一个分叉都有自己的延伸去处，但同时又都是这张蜘蛛网内部的、不可或缺的逻辑"丝路"。这种完美的叙事结构，从叙事艺术上来讲，绝对是值得肯定的。但也带来了很大的危险，其一是结点太多，难以找到蜘蛛所在的中心结点位置，其二是铺开的网络或许很大，但每一个网口往往又被封死，延伸出去的每一条"丝路"可能都非常脆弱。所以，我以为，在织就这张蜘蛛网的同时，你是否也得考虑，这个网不能织死了,而是活的?当阅读者碰到你蜘蛛网内部的任何一个结点的时候,是不是这整个网络都能迅速行动起来把它捕获?每一个结点的力量,后面是不是有整个网络的支持?抑或结点只是结点,打开结点只是打开一个洞,然后每个洞都显得平庸无力?我觉得这是你织蜘蛛网时特别要警惕的问题。

陈崇正:我觉得方向上应该是没有问题的,关键看如何操作,也就是技术熟练度的问题。很多薄弱的地方,大概是还没有足够的经验可以去发现它,并及时进行必要的修补,重新编织,而导致整体的失衡。更有可能是我留下了太多没有织完的网,这是作品完成度的问题。我自己也发现了,其实我的很多中篇完全不应该结束,应该一直写下去,写成长篇,那些细密的线头就能找到必要的呼应,要不然这个作品就只在我的构思中被完成,而实际上别人并不能完全知晓我引而未发的部分。

唐诗人:我最初读你的小说的时候,始终觉得你其实可以走畅销路线,你的小说很好读,内里有很多流行因素,包括武侠、巫术、性等等。但最近的几个小说,我感觉不是很好读了,但同时我又觉得更值得读了。或许,这只是我个人的阅读趣味问题,但我想说的是,你是不是在慢慢地转变自己,是不是在重新确立自己的文学位置,不再纠结于能卖多少书,而是寻找自己的叙述风格与忠实读者?这个心理过程是很有意思的,首先涉及你怎么理解这个时代的文学定位问题,其次是文学风格问题。对于前者,你觉得今天的纯严肃文学创作需要刻意去考虑读者接受问题吗?对于文学风格,确立一种属于你自己的、辨识度高的文学风格,我觉得是很迫切的,但这个你其实已经有了,只是不够明确而已,你对此肯定有一些困惑和解释,我很想了解。

陈崇正:我是"80后"作家队伍的迟到者,我跑进青春文学这个饭局时已经迟了,人去楼空,只剩下杯盘狼藉,所有人开始对

"80后"的写作指指点点,批评的声音居多。虽然我也获过新概念作文的奖,但那是个二等奖,淹没在一长串名字后面,也没有什么人会注意到我。大学时候我写了很多武侠小说,也写些青春调调的文字,因为这些好卖钱,那会儿很多青春类杂志需要这样的稿子,这样的稿子能换稿费,有了稿费我就可以跟朋友们到学校门口吃顿好的。最近还有很多人问我为什么不去写网络小说,网络小说也赚钱,其实我十年前就尝试着写了,但发现自己不是那块料,写着写着我就希望不重复自己。但写网络小说不需要,也不需要雕琢什么语言,这样的写作我还是不太习惯。当然,话说回来,如果现在认识一个网络小说平台的老总,他告诉我写吧,帮你推推,能发财,说不定我也就写了。我自信想象力还可以,写作的速度其实也还蛮快。上半年我住在鲁院,测试过,最快的时候一天能写一万多字,每天维持几千字的写作量,其实也不是特别难的事情。现在我们这帮严肃文学作家差不多都成为业余作者了,都有自己的主业,然后业余才写作,相反,网络文学作家那叫一个专业,就靠打字吃饭,人家用的键盘都比我们讲究。并不是我不希望自己畅销起来,而是做不到,一个人成为什么人,大概是天注定,也跟每个人的际遇相关。我回想以往走过的路,有很多分岔路口,如果当时做了另一个选择,我现在也可能就是个网络作家,说不定过得比现在更好。每次新书发布做活动,我最担心的就是没有什么读者来参加。一个没有什么读者的作家还是作家吗?我常常这样问自己,并感到沮丧。也别扯什么卡夫卡当时也没什么读者之类的故事来安慰自己,说到底还是自己的才情并没有征服读者,他们不感冒。然后回过头来,又会在心里骂,这帮家伙瞎了眼睛,我写得也挺好看,比很多狗血剧情有意思,但他们就是不看,那有什么办法呢?或者是属于我的运气还没有到来吧,关于读者,我是这么看的:首先你得有一个被阅读的基数,然后才可能让你的书找到喜欢它的人。但现在真的太难了,大家也都不怎么读书，愿意拿起一本纸书来阅读的，我也建议他们读读王小波，用不着来读我的，毕竟王小波去世了那么久，他比我更需要被记住。而我自己嘛，还是写得太少了，所谓的文学风格，还是需要文字数量来支持的。也有一本书就奠定了地位的，但通常不是因为独特的风格，而是风格以外的其他东西。

唐诗人：你对"术"的热爱与你的武侠小说阅读经验有关，这个也众所周知了。武侠小说、科幻小说、悬疑小说，这些类型小说的因素在你的小说中有非常明显的征用。这段时间我们探讨了好几次类型小说与纯文学创作之间的关系问题，我们谈了很多一致的地方，比如你说过"悬念"可以打通这些小说。但我很想知道你怎么理解它们之间的不同。比如你也写过武侠小说，或者假如现在你转身去写武侠、科幻、侦探小说，那么这与你创作一个纯文学作品，就类似于不久前出来的《寻欢》《折叠术》这些小说时，你的创造初衷会有不一样吗？你为什么会考虑这些不一样？这些虽然很明显，但很有意思。当我们的作家都清楚知晓每种文体的差异性时，也即一种文体、文类意识的高度自觉的时候，其实说明了我们的文化现实、文学环境已发生了大的变化。这不再是以往的一种文体打天下的时代，而是各种文体自寻生存空间的时代。当然，也说明这是一个缺乏共识、没有经典的时代，创造一个能够打通所有文类偏好，能够通过作品本身的魅力从一个趣味圈子进入所有趣味圈子的作品，这是特别艰难的。你有没有这样的写作抱负？

陈崇正：最近我发现一件事，我喜欢听的歌曲，歌手都比我年轻了。以前说起偶像，都是比我们年龄大的人，但现在会发现花粥、陈粒这样的歌手，都好年轻，个性张扬，完全配得上她们拥有的粉丝数量。流行音乐比文学更容易迭代，这是我的感慨。同时我也想到，其实经典音乐还是拥有很多粉丝。所以按这个道理类推，我们所说的类型文学，应该也在频繁进行迭代，只是我们不在其中，无法感受到其中的波涛汹涌。比如，说起武侠，我们只知道已经被经典化的金庸和古龙，对现在最热门的武侠可能并没有任何阅读经验。但读者的趣味、故事的模式，可能不断在变化着，存在今年和去年的差别，这样的阅读消费风潮，跟流行音乐是一个道理。另一边，据我所知，类型文学已经不是武侠、科幻、侦探这样的划分方式，他们细化到宠虐，宠文里面还有高甜和宠逆之分。总之，那已经是高度折叠和细分的趣味划分，应该不存在一个作品可以打通所有的趣味圈子。严肃文学中难道就没有这种趣味标签的细化吗？我相信还是有的，只是并不明显。所以，我觉得在当下写作，写作者内心要有一个强大的艺术直觉，主要沿着这个艺术直觉往下写就好，重要的是四个字：自圆其说。其他的都不用理会，你无法用一部作品去讨好所有人。慢慢我已经弄明白了，大部分读者的阅读，其实并不需要什么微言大义，也不需要什么深度思考和开阔眼界，他们不需要小说，他们仅仅需要一个好故事，生活太累，他们只是希望在文字里做一次白日梦而已。所以，我不可能为他们写作，我只能为那些心中有星辰和大海的读者写作。当我做出这种选择的时候，大概已经注定我就是小众的作家。这个世界如此破碎，价值体系只会随着科技的往前发展而变得更为细化，作家要做的只能是顺势而为，依时而动。特别像我这种只占有五百个读者的作家，其实不需要很多读者，我的理想是拥有五千铁杆读者，相当于一个微信好友的上限，也就够了。而且走出去，我也从来不敢对别人介绍我是一个作家，如果有朋友在一些场合介绍我是作家，我反而会觉得有一丝局促，因为我怕他们会问我，你是作家，你的哪部作品被改编成影视了？有能够在电视上看的没有？

唐诗人： 的确如此，我们这个时代，说起来是特别的多元，获取信息什么的都特别容易，但其实，价值观从来没这么单一过。这种文化现实，导致当代人无比焦虑，普遍不能够在自己的行业里确认自己的价值。而这种心理在文人知识者层面更为普遍，宏大的东西消逝之后，一切都可以用物质利益来进行价值衡量的话，传统的纯文学写作的价值就显得很可疑了。这个时代的纯文学，本身就是一个不合时宜的东西，而这个行当的作家学者们，注定是纯粹的出于兴趣才坚持。我的观点是，既然是兴趣的事业，作家就应该秉持最纯粹的兴趣去写作，要不忘初心，同时也努力把写作专业化，写出专业圈内的精品，以此来成为超出专业圈子的、时代的、历史的经典文本。我一直相信，读者要形成类型的迷，而非畅销的奴，写作者亦是。"迷"就是兴趣，就是本着兴趣去读、去写，慢慢专业化、精品化，而"奴"就是什么流行看什么、写什么，跟风而已。但是，我们的文化还没有形成这种风气，"奴"的现象严重，专业化也变成了利欲关系的圈子化，这是特别让我悲观的地方。你现在既为作家，又是编辑，对当代中国文坛的各种问题应该也有自己的理解，可以谈谈这些吗？

陈崇正：你可能不知道，编辑是个非常麻烦的职业。我以前非常喜欢结交作家朋友，但现在就会发现我认识的作家越多，我的工作量就越大，这真是要命。再者，当了编辑之后，职业多多少少会影响一个人的性格，我的眼睛变得更加挑剔，总是在挑毛病，因为看稿子时眼睛就变成杀毒软件，总是在发现作品的硬伤和不足，有问题的就拿到一边去了，这种性格比较讨嫌。当了编辑还有另一个麻烦，那就是不好再说文坛的坏话，也不能随意得罪人，谁我都得罪不起，要不别人就不给我好稿子了。所以，我们还是谈谈文学内部的问题吧，文坛乱象留给杂文家去批判。

唐诗人：可以理解你。最后谈谈你的长篇小说《美人城》吧。这个长篇里涉及很多东西，几乎把你中短篇小说里涉及的东西都纳入进去了，你也的确通过征用各种类型小说的元素来拓展了自己小说的历史内容和精神空间。但我是把它当作寓言小说来读的，生命寓言、历史寓言、未来寓言、科技寓言等等。这种寓言化写作，貌似是今天很多青年作家热衷的创作取向。尤其是长篇小说，更容易寓言化。我个人认为，寓言化或许是让作家的创作接通宏大的一个便捷渠道，但更是源于这个快速变化的时代环境。作家难以把握住什么恒定的东西，只有寓言化才能更普遍性地、更完整化地表现这个时代。评论家一直呼吁作家直面这个时代，但结果往往是，一直面就写成了新闻报道，一直面就写成了内心独白，在内心与世界之间，难以建立起直正可靠、可信的叙述。所以，我一直觉得，真正直面这个时代的话，成就的作品往往就会是寓言。我内心一直在期待一部内部非常细密、但总体又是一个当代寓言的作品，至今没有看到。阎连科《炸裂志》的结构和想法是好的，整体也的确是当代中国城市化寓言，但叙述风格过于神实化，导致很多人难以接受，影响了作品的高度。这也是我特别希望你将《美人城》继续拓展、丰富的一大原因，内部的细密，才能支撑起这个时代的驳杂。要追求这两个层面的完美，是艰难的。对此，你可以说说寓言化写作的叙述问题吗？你梦想中的长篇小说是怎样的？

陈崇正： 长篇《美人城》确实是我目前最成熟的作品，它是我的宠儿。2017 年 9 月，我入读北师大和鲁院联办的文学创作硕士班，宿舍在十里堡的老鲁院。作为一个南方人，我在那里经历了人生中最冷的冬季。过年之后，春暖花开的三月，我和朱山坡、林森一起开车去宋庄玩了一天，回来之后，朱山坡回广西陪余华游北海。我记得清楚，那是 3 月 22 日的晚上，我和林森到朝阳大悦城散步的路上，两个人一合计，觉得应该沉下心来把一直想写的长篇写完。我们开始的设想是每天三千字，定时定量，不完成不睡觉。第一天我写了三千五百字，但林森第一天写了五千字，第二天一口气干了一万字，把我吓一跳，只能小步跟跑。接下来半个月，写作的节奏很顺畅，以每天平均五千字的速度推进。每天下午四点四十分，林森算准鲁院门口辣鸭头摆摊的时间，出去买辣鸭头。每次我听着门口的脚步声走过去，能听到他跳下了楼梯，就知道有鸭头吃了。果然，不久后就会传来敲门声，他拎着一只红色的袋子走进来，两个鸭头，几只鸭翅膀，我们两个就凑在一起吃鸭头聊天，整个宿舍都是辣鸭头的味道。那段时间，我们在走廊里碰面，不会问吃了吗，会问写了多少字。4月5日，我完成了长篇的上部《香蕉林密室》，那天晚上写完之后很兴奋，拉着朱山坡和林森出去吃消夜，结果走过去发现外面太冷，于是折返，吃了一包方便面庆祝了。林森劝我一鼓作气把下部也写了，于是4月7日，我开始了下部的写作，5月20日就完成了下部《美人城手记》十一万字的初稿，兴奋得一个晚上失眠。接下来一个月是漫长的修改，才形成了二十七万字的版本。

我不知道《美人城》会有什么样的命运，很多成名作家提到过运气，说一部好作品得有好运气。有时候运气确实也是能力的一部分，我并不能确定我有好运气。假如《美人城》能被大家承认，我就可以在这里侃侃而谈，说说我这部长篇是如何构思，如何酝酿十年，两月写就，又如何得到名家点拨，但现在一切都是未知数，就怕所有人都觉得我不过写出了一坨狗屎。写作经常是这样，有时候觉得自己写得很牛逼，有时候又觉得自己写的都是狗屎。

所幸很多看完这部长篇的朋友给出了肯定的评价。我最近也在考虑是否将这个长篇的第三部分也写完，但已经没有林森的鸭头，也没有朱山坡的早餐油条，更没有北京鲁院宿舍的安静时光。

写完这个长篇给了我一种长跑的信心，同时我觉得，其实如果时间充分，写长篇要比写中短篇更加舒服一些，因为不必为了寻找一个短篇小说的故事内核而抓耳挠腮，写长篇只要规划好路线，匀速跑动其实更为舒服。长篇和短篇有着不同的难度，与长篇小说相比，短篇小说可能更需要一层包浆，让它更加圆熟，更加可以触摸。

相对于许多"80后"作家，长篇算是我的短板。很多人已经出版了好些长篇,而我还没出版过长篇小说,对长篇也就没有什么发言权。对于一个迟到者来说,猛然冲刺可能并不是很好的选择,小步跟跑也许更有可能跑出一道彩虹般的美丽弧线。但这次跟跑,我发现我还比较适合有长度的写作,大容量所形成的复杂性让我着迷。

  我不知道什么样的长篇才是好长篇,但我知道什么样的长篇不算好:冗长、炫技、深陷人情世故还自以为老练,这样的长篇就不算好长篇。我见过太多类似的大家伙,看起来具有庞大的设置,但其实一个中篇甚至一个短篇也足够表达,完全不需要一个长篇的容量。所以回到我原来的设定,长篇当然必须长,有一定的容量和足以匹配的叙事密度,然后它必须充满寓意,再然后,它又必须刚好像一张蜘蛛网一样打开,蛛丝上挂着露珠,露珠上折射着清晨最美好的阳光。

  唐诗人:很好的比喻。期待您未来更多精品,也谢谢您的回答!

陈崇正创作年表

出版目录

诗集｜《只能如此》｜中国戏剧出版社｜2009 年 11 月

小说集｜《此外无他》｜云南大学出版社｜2010 年 7 月

中篇小说集｜《半步村叙事》｜花城出版社｜2015 年 3 月

短篇小说集｜《我的恐惧是一只黑鸟》｜花城出版社｜2015 年 8 月

写作入门书｜《正解：从写作文到写作》｜清华大学出版社｜2016 年 3 月

小说集｜《黑镜分身术》｜作家出版社｜2017 年 7 月

小说集｜《折叠术》｜安徽文艺出版社｜2018 年 6 月

小说集｜《遇见陆小雪》（文学新势力丛书）｜济南出版社｜2019 年 7 月

散文集｜《人世间的水》｜江苏凤凰文艺出版社｜2019 年 9 月

随笔集｜《向蜘蛛学习写作》｜广东人民出版社｜2021 年 8 月

长篇小说｜《悬浮术》｜作家出版社｜2023 年 3 月

诗集｜《时光积木》｜广州出版社｜2023 年 4 月

长篇小说｜《美人城手记》｜花城出版社｜2023 年 7 月

长篇小说｜《香蕉林密室》｜作家出版社｜2024 年 3 月

长篇小说｜《归潮》｜花城出版社｜2024 年 3 月

发表目录

小说

短篇小说｜《宋初歌馆妓楼里的爱情浪子》｜《潮声》第 2 期｜2005 年 4 月

短篇小说｜《剑煮酒无味》｜《异域》第 9 期｜2005 年 9 月

短篇小说｜《此致敬礼》｜《后 80》第 10 期｜2005 年 10 月

短篇小说｜《预感》｜《科幻·少年秀》第 12 期｜2005 年 12 月

短篇小说｜《领空权　二婶坟》｜《三峡文学》｜2006 年 4 月

短篇小说｜《陌生女人穿墙而过》｜《潮声》总第 114 期｜2007 年 1 月

短篇小说｜《眨眼睛》｜《潮声》第 4 期｜2007 年 4 月

短篇小说｜《你欠我一个吻》｜《佛山文艺》5 月下期｜2007 年 5 月

短篇小说｜《凤凰单车的时间简谱》｜《潮声》｜2007 年 12 月

短篇小说｜《吴起的杀妻真相》｜《赣西文学》｜2008 年 5 月

中篇小说｜《半步村叙事》｜《作品》第 1 期下半月刊｜2011 年 1 月

短篇小说｜《布苏的酱油瓶》｜《江门文艺》第 18 期｜2011 年 8 月

短篇小说｜《擒拿手》｜《牡丹》10 月号｜2011 年 10 月

短篇小说｜《魔方女孩》｜《黄金时代》第 11 期｜2011 年 11 月

短篇小说｜《爱恨领空权》｜《南城文艺》第 1 期｜2012 年 1 月

短篇小说｜《心灵手术刀》｜《江门文艺》第 3 期｜2012 年 3 月

短篇小说｜《绝望漂移的海岛》（附创作谈）｜《南飞燕》第 3 期｜2012 年 3 月

中篇小说｜《香蕉林密室》｜《世界日报》小说版（美国）连载（3 月 19 日 - 5 月 7 日）｜2012 年 3 月

中篇小说｜《断魂》｜《山花》第七期（A）｜2012 年 7 月

中篇小说｜《你所不知道的》｜《百花洲》第 4 期｜2012 年 7 月

短篇小说丨《爱慕》丨《芙蓉》第 4 期发表，《东莞文艺》第 9 期转载丨 2012 年 7 月

短篇小说丨《替身》丨《黄金时代》第 7 期丨 2012 年 7 月

短篇小说丨《咬》丨《北方文学》第 8 期丨 2012 年 8 月

中篇小说丨《你所不知道的》丨《世界日报》小说版（美国）连载（8 月 24 日 - 9 月 24 日）丨 2012 年 8 月

短篇小说丨《我有青鸟，不翼而飞》丨《创作与评论》第 9 期丨 2012 年 9 月

中篇小说丨《你所不知道的》丨《中华文学选刊》第 10 期转载，《文艺报》"看小说"栏目推介丨 2012 年 10 月

短篇小说丨《幸福彼此平行》（附创作谈）丨《青春》第 10 期丨 2012 年 10 月

短篇小说丨《你猜不到的命运》丨《南城文艺》第 5 期丨 2012 年 10 月

短篇小说丨《空间密码》丨《作品》第 11 期丨 2012 年 11 月

短篇小说丨《海岸线》丨《广州文艺》第 1 期丨 2013 年 1 月

短篇小说丨《消失的匕首》丨《山东文学》第 2 期丨 2013 年 2 月

短篇小说丨《没有翅膀的树》丨《青春》第 2 期丨 2013 年 2 月

短篇小说丨《结扎》丨《中国作家》第 4 期（文学版）丨 2013 年 4 月

短篇小说丨《水猴》丨《儿童文学》第 4 期（上）丨 2013 年 4 月

中篇小说丨《分身术》丨《创作与评论》第 5 期丨 2013 年 5 月

中篇小说丨《春风斩》丨《作品》第 6 期（上）丨 2013 年 6 月

中篇小说丨《若隐若现》丨《西部》第 8 期丨 2013 年 8 月

短篇小说丨《没有翅膀的树》丨潮州《韩江》丨 2013 年 9 月

短篇小说丨《秋风祸事》丨《南飞燕》丨 2013 年 9 月

中篇小说丨《停顿客栈》丨《长江文艺》第 10 期丨 2013 年 10 月

短篇小说丨《陌生女人穿墙而过》丨《黄金时代》第 11 期丨 2013 年 11 月

随笔小说丨《被虚无围困的意义追认》丨《北京文学（精彩阅读）》第 12 期丨 2013 年 12 月

中篇小说丨《秋风斩》丨《芙蓉》第 6 期丨 2013 年 12 月

短篇小说｜《凤凰铁锁咒》｜《青春》第 1 期头条｜2014 年 1 月

中篇小说｜《停顿客栈》｜《中篇小说选刊》第 2 期转载｜2014 年 2 月

短篇小说｜《平行分身术》｜《果仁小说》（电子阅读）｜2014 年 3 月

短篇小说｜《玉蛇劫》｜《人民文学》第 4 期｜2014 年 4 月

短篇小说｜《我的恐惧是一只黑鸟》｜《长江文艺·好小说》第 4 期转载｜2014 年 4 月

中篇小说｜《黑镜分身术》｜《花城》第 3 期发表，《中篇小说选刊》第 6 期转载｜2014 年 5 月

短篇小说｜《碧河往事》｜《收获》第 1 期｜2015 年 1 月

中篇小说｜《黑镜分身术》｜《小说月报》小说新声特集转载｜2015 年 1 月

中篇小说｜《夏雨斋》｜《中篇小说选刊》新锐小说家专号转载｜2015 年 1 月

短篇小说｜《灯盏照寒夜》｜《青年文学》第 1 期｜2015 年 1 月

短篇小说｜《遇见陆小雪》｜《文学港》第 7 期｜2015 年 7 月

短篇小说｜《穿墙纪》｜《青年作家》第 7 期｜2015 年 7 月

短篇小说｜《尘埃法则》｜《福建文学》第 1 期｜2016 年 1 月

中篇小说｜《冬雨楼》｜《青年作家》第 3 期｜2016 年 3 月

中篇小说｜《双线笔记》｜《作品》第 12 期｜2016 年 12 月

短篇小说｜《口罩》（后改名《寻欢》）｜《作家》第 9 期｜2017 年 9 月

短篇小说｜《贵姓》｜《香港作家》第 1 期｜2018 年 1 月

短篇小说｜《白鹤》｜《青年文学》第 1 期｜2018 年 1 月

中篇小说｜《折叠术》｜《芒种》第 4 期｜2018 年 4 月

短篇小说｜《虚度》｜《江南》第 3 期｜2018 年 4 月

短篇小说｜《白云山隧道》｜《香港文学》第 8 期｜2018 年 8 月

中篇小说｜《葵花分身术》｜《青年作家》第 10 期｜2018 年 10 月

短篇小说｜《念彼观音力》｜《作家》第 3 期｜2019 年 3 月

中篇小说 | 《悬浮术》| 《大家》第 2 期 | 2019 年 4 月

短篇小说 | 《鹿岭屠龙术》| 《特区文学》第 2 期 | 2019 年 4 月

中篇小说 | 《猫头鹰》| 《文学港》2020 年第 1 期 | 2020 年 1 月

长篇小说 | 《香蕉林密室》（《美人城》上部）| 《作家》第 2 期 | 2020 年 2 月

长篇小说 | 《美人城手记》（《美人城》下部）| 《江南》第 2 期 | 2020 年 3 月

中篇小说 | 《喜鹊》| 《中国作家》第 9 期 | 2020 年 9 月

短篇小说 | 《海滩机器人》| 《六盘山》第 3 期 | 2021 年 3 月

中篇小说 | 《飞行术》| 《大家》第 3 期 | 2021 年 5 月

短篇小说 | 《潮墟》| 《天涯》第 6 期 | 2021 年 11 月

短篇小说 | 《开窗》| 《作家》第 11 期 | 2021 年 11 月

短篇小说 | 《开门》| 《人民文学》第 9 期 | 2021 年 9 月

短篇小说 | 《凤凰》| 《芙蓉》第 5 期 | 2021 年 9 月

中篇小说 | 《众神》| 《芒种》第 7 期 | 2022 年 7 月

短篇小说 | 《开播》| 《十月》第 4 期 | 2022 年 7 月

短篇小说 | 《骑马去澳门》| 《大家》第 1 期 | 2023 年 1 月

中篇小说 | 《原住民俱乐部》| 《西部》第 6 期 | 2023 年 11 月

短篇小说 | 《暹罗鳄》| 《雨花》第 12 期 | 2023 年 12 月

短篇小说 | 《大风夜行》| 《作家》第 2 期 | 2024 年 2 月

长篇小说 | 《归潮》| 《当代·长篇小说选刊》第 1 期 | 2024 年 2 月

短篇小说 | 《南方寓言》| 《天涯》第 3 期 | 2024 年 5 月

短篇小说 | 《逆风局》| 《特区文学》第 5 期 | 2024 年 5 月

短篇小说 | 《海灵》| 《北京文学》第 10 期 | 2024 年 10 月

短篇小说 | 《不周山》| 《湖南文学》第 1 期 | 2024 年 5 月

散文、随笔、评论访谈等

文章｜《到远方去》｜《潮州日报》｜ 2000 年 5 月 21 日

文章｜《上帝夜访陈崇正先生》｜《全国中学优秀作文选》｜ 2001 年 5 月

文章｜《在真空中漂浮》｜《全国中学优秀作文选》｜ 2002 年 10 月

文章｜《老树和老树的故事》｜《梅州青年作家》｜ 2003 年 10 月

诗歌｜《十二指街》《家书》｜《河源日报》副刊｜ 2005 年 9 月 6 日

散文｜《秋天：抱着琴和拎着刀》｜《东莞日报》城市副刊｜ 2006 年 11 月

诗歌｜诗歌随笔｜《独孤九剑和诗和派》｜《潮声》总第 112 期｜ 2006 年 11 月

诗歌｜组诗一首｜《九月诗刊》｜ 2007 年 10 月

诗歌三首｜《中西诗歌》｜ 2007 年 11 月

诗歌｜《当归》｜《诗歌月刊》｜ 2008 年 4 月

诗歌｜《当默哀的笛声鸣响》｜《诗词报》｜第 10 期｜ 2008 年 5 月

书评｜《生活的力量和老死的耻辱》｜《东莞文艺》｜ 2008 年 12 月

叙事散文｜《明灭》｜《作品》第 11 期｜ 2009 年 11 月

创作谈｜《在故事的中途》｜《作品》第 1 期下半月刊｜ 2011 年 1 月

诗歌｜《五月廿八，夜雨》｜《星星诗刊》第 11 期｜ 2011 年 11 月

诗歌｜《有时候》｜《南飞燕》第 2 期｜ 2012 年 2 月

诗歌｜《阳光植物》｜《诗选刊》第 4 期｜ 2012 年 4 月

随笔｜《由韩寒的道歉谈谈诗歌标准》｜《北京文学（精彩阅读）》第 5 期｜ 2012 年 5 月

散文｜《家史与文学梦》｜《黄金时代》第 6 期｜ 2012 年 6 月

诗歌｜《海瓜子》｜《中国诗歌》第 4 期｜ 2013 年 4 月

散文｜《漂浮》｜《人民日报》2013 年 3 月 20 日

散文｜《唯有故乡不可修改》｜《人民日报》2013 年 8 月 7 日

组诗｜《当时》｜《延河》下半月刊第 8 期｜ 2013 年 8 月

散文｜《无名火》｜《右边阅读》2013 年 7 月 12 日

散文｜《老屋时光素描》｜《广州文艺》第 4 期｜2014 年 4 月

访谈｜《陈崇正：东莞小镇上的理想青年》｜《北方文学》第 4 期｜2014 年 4 月

散文｜《水鬼》｜《工人日报》2014 年 6 月 9 日

随笔｜《到拉萨去》｜《萌芽》第 2 期下半月刊｜2015 年 2 月

散文｜《命运的宠儿》｜《清明》第 4 期｜2015 年 4 月

短评｜《现实的荒谬在小说中生成》｜《福建文学》第 8 期｜2015 年 8 月

书评｜《用笔尖抵抗遗忘》｜《人民日报》2015 年 10 月 27 日 24 版

对话访谈｜《时代与历史，魔幻与虚无——关于小说如何可能的对话》｜《创作与评论》8 月（下）｜2016 年 8 月

散文｜《开往诗与梦的广州地铁》｜《广州文艺》第 9 期｜2016 年 9 月

对话访谈｜《陈崇正：恐惧对面站着麻木》｜《广州文艺》第 9 期｜2016 年 9 月

随笔｜《白日梦里的石膏像》｜《湖南文学》第 10 期｜2017 年 10 月

散文｜《林森：走路带海风的居家男人》｜《西湖》第 1 期｜2018 年 1 月

诗歌｜《甜蜜也如同绝望一样伤筋动骨》｜《散文诗》第 1 期｜2018 年 1 月

诗歌｜《如果不幸读懂了天空》｜《延河》第 1 期｜2018 年 1 月

随笔｜《悬念在故事中的可能》｜《鸭绿江》第 3 期｜2018 年 3 月

创作谈｜《我们能否相信写作》｜《中国作家研究》第 2 期｜2018 年 3 月

散文｜《杀气》｜《清明》第 4 期｜2018 年 4 月

随笔｜《被想象的情爱作为一个文学问题》｜《大家》第 3 期｜2018 年 5 月

随笔｜《文学的边界》｜《天涯》第 4 期｜2018 年 7 月

文学对话｜《文学何以分南北》（李蔚超主持）｜《江南》第 6 期）｜2018 年 11 月

随笔｜《智能时代的炼金术士》｜《文艺报》2018 年 11 月 9 日

对话｜《当代六十位新锐男作家的性别观调查》（北京师范大学张莉教授主持）｜《中国现代文学研究丛刊》第 2 期｜2019 年 3 月

随笔｜《大湾区文化的新南方思维》｜《中国文化报》2019 年 6 月 13 日

访谈｜《书无非是读书人的玩具》｜《南方都市报》2019 年 6 月 23 日

散文｜《一种寒冷，四种想象》｜《小说林》第 3 期｜2019 年 6 月

散文｜《偷书贼》｜《福建文学》第 7 期｜2019 年 7 月

对谈｜《活在文学的边界线上》｜《文学报》2019 年 9 月 19 日

散文｜《潮州潮州》｜《香港文学》第 12 期｜2019 年 12 月

随笔｜《"地方性写作"的希望与困难》｜《羊城晚报》2019 年 1 月 27 日

散文｜《人世间的水》｜《散文海外版》第 1 期选载｜2020 年 1 月

随笔｜《南腔北调漫记》｜《边疆文学》第 2 期｜2020 年 2 月

对谈｜《好故事装下一个时代》｜《四川文学》第 3 期｜2020 年 3 月

随笔｜《新冠时期的文学和命运》｜《鸭绿江》第 3 期｜2020 年 5 月

随笔｜《德国漫记与出版忧思录》｜《天涯》第 3 期｜2020 年 5 月

诗歌｜《新天鹅城堡》｜《延河》第 5 期｜2020 年 5 月

评论｜《王小波〈万寿寺〉中的"沙盘诗学"》｜《南方文学》第 3 期｜2020 年 5 月

对话《陈崇正×林培源：文学接通现实也挂满想象的露珠》｜《文艺报》2020 年 5 月 25 日

评论｜《王小波〈寻找无双〉中的"沙盘诗学"》｜《雨花》第 7 期｜2020 年 7 月

随笔｜《青春文学消亡史》｜《羊城晚报》2020 年 7 月 19 日

评论｜《王小波〈红拂夜奔〉中的"沙盘诗学"》｜《湖南文学》第 8 期｜2020 年 8 月

访谈｜《陈崇正的魔幻变奏》｜《中国青年作家报》｜2020 年 8 月

随笔｜《文学骨架上的青年作家》｜《文艺报》2020 年 9 月 23 日

随笔｜《城市的曲面》｜《青年文学》第 10 期｜2020 年 10 月

评论｜《王小波与他的"沙盘诗学"》｜《当代作家评论》第 6 期｜2020 年 11 月

非虚构｜《碧河居简史：潮汕人的三重门》｜《新周刊》总第 576 期｜2020 年 11 月

散文｜《水荫路的夏天》｜《南方都市报》20201101"大家"副刊｜2020 年 11 月

短评｜《"喊一声亲爱的，从此恩断义绝"》｜《鸭绿江》第 12 期｜2020 年 12 月

随笔｜《向蜘蛛学习写作》｜《都市》第 1 期｜2021 年 1 月

诗歌｜《母爱三章》｜《诗刊》第 6 期｜2021 年 6 月

文章｜《守住中国南大门：读懂广东抗疫的四个镜像》｜《学习时报》2021 年 6 月 25 日

文章｜《无名者之歌》｜《南方日报》2021 年 7 月 14 日

随笔｜《如何阅读苏童》｜《四川文学》第 8 期｜2021 年 8 月

评论｜《转述与意象：王小波小说的"沙盘诗学"》｜《文学艺术周刊》第 10 期｜2021 年 10 月

随笔｜《漫想四种》｜《滇池》第 11 期｜2021 年 11 月

诗歌｜《红尘里就此别过》｜《草原》第 12 期｜2021 年 12 月

诗歌｜《秋天的告别》｜《湘江文艺》第 1 期｜2022 年 1 月

随笔｜《白云笔记》｜《青年文学》第 3 期｜2022 年 3 月

随笔｜《我所理解的新南方写作》｜《青年作家》第 3 期｜2022 年 3 月

随笔｜《打开折叠的松山湖》｜《羊城晚报》花地版｜2022 年 3 月

诗歌｜《时光积木》｜《诗潮》第 7 期｜2022 年 7 月

诗歌｜《阳台种花，七月将尽》｜《北京文学》2022 年第 7 期

诗歌｜《失焦》｜《扬子江诗刊》第 4 期｜2022 年 7 月

对谈｜《"移动的肖像"及"被省略的人"》｜《都市》第 7 期｜2022 年 7 月

短篇｜《偏移》｜《草原》第 9 期｜2022 年 9 月

诗歌｜《城堡时代》｜《延河》第 9 期｜2022 年 9 月

随笔｜《班长马亿和花城思考题》｜《西湖》第 11 期｜2022 年 11 月

对谈｜《潮汕、寓言与新南方写作——作家陈崇正访谈》（苏沙丽 陈崇正）｜《南方文学》第 6 期｜2022 年 11 月

组诗｜《未来情书》｜《诗歌月刊》第 2 期｜2023 年 2 月

诗歌｜《城堡时代》（2 首）｜《星星》第 3 期｜2023 年 3 月

专访报道｜《陈崇正：在新南方开启不确定的创作美学》｜《南方人物周刊》｜2023 年 7 月

学术讨论｜《新南方写作：地缘、文化与想象》｜《南方文坛》第 5 期｜2023 年 9 月

专访报道｜《作家陈崇正：在科幻的武林中，做一个侠客》｜《新周刊》｜2023 年 9 月

随笔｜《艾青的文学故乡以及其他》｜《中国作家》纪实版第 10 期｜2023 年 10 月

诗歌｜《院落黄昏》｜《草堂》第 10 卷｜2023 年 10 月

诗歌｜《长安的思念》｜《延河》第 11 期｜2023 年 11 月

散文｜《鹤塘先生四十自述》｜《传记文学》｜2023 年第 12 期

随笔｜《细密的土壤和不确定的虚构》｜《粤港澳大湾区文学评论》第 3 期｜2024 年 5 月

随笔｜《让阅读成为习惯》｜《南方日报》｜2024 年 8 月 18 日文化周刊

随笔｜《海风中的不确定美学》｜《青年作家》第 11 期｜2024 年 11 月